TODO SE DERRUMBA

TODO SE DERRUMBA

SHEENA KAMAL

Cualquier forma de reproducción, distribución, comunicación pública o transformación de esta obra solo puede ser realizada con la autorización de sus titulares, salvo excepción prevista por la ley.
Diríjase a CEDRO si necesita reproducir algún fragmento de esta obra.
www.conlicencia.com - Tels.: 91 702 19 70 / 93 272 04 47

Editado por HarperCollins Ibérica, S. A.
Avenida de Burgos, 8B - Planta 18
28036 Madrid

Todo se derrumba
Título original: It All Falls Down
© 2018 by Sheena Kamal
© 2022, para esta edición HarperCollins Ibérica, S. A.
Publicado originalmente por HarperCollins Publishers LLC, New York, U.S.A.
Traductor: Carlos Ramos Malavé

Todos los derechos están reservados, incluidos los de reproducción total o parcial en cualquier formato o soporte.
Esta edición ha sido publicada con autorización de HarperCollins Publishers LLC, New York, U.S.A.
Esta es una obra de ficción. Nombres, caracteres, lugares, y situaciones son producto de la imaginación del autor o son utilizados ficticiamente, y cualquier parecido con persona, vivas o muertas, establecimientos de negocios (comerciales), hechos o situaciones son pura coincidencia.

Diseño de cubierta: CalderónStudio
Imágenes de cubierta: Shutterstock

ISBN: 978-84-9139-553-9
Depósito legal: M-11616-2022

A mi madre

UNO

1

Cuando levantaron las primeras tiendas de campaña para tratar a los adictos que entraban y salían como muertos vivientes, pensé: «Claro».

Cuando los periódicos empezaron a publicar un artículo tras otro sobre la adicción a los opiáceos que estaba invadiendo la ciudad, pensé algo más o menos así: «¿No me digas? No se os escapa nada, chicos».

Pero, cuando la infraestructura de salud mental se obsesionó con los zombis, no me quedó más remedio que plantarme.

A nadie le importó mi queja.

Con todas estas personas adictas a los adictos, ¿dónde se supone que vamos a buscar ayuda psicológica los humildes asesinos de la ciudad?, me pregunto yo. Nos hemos visto reducidos a quejarnos sobre el tema en nuestras reuniones semanales. No es que haya grupos de apoyo a asesinos en Vancouver. Que nadie se haga una idea equivocada. Las válvulas de escape alternativas para los homicidas de la ciudad tienen muchas carencias. Los terapeutas privados cuestan un ojo de la cara, por así decirlo, y tampoco es que puedas encontrar en la comunidad muchos grupos de discusión sobre el tema. Lo más cercano que he encontrado es uno para personas con trastornos alimenticios, pero no creo que las personas que hayan hecho cosas horribles con su apetito puedan entender que maté a una persona o dos el año pasado. En defensa propia, pero aun así.

Durante mi turno, me conformo con contarles a mis compañeros chiflados que me siento como si estuviera eclipsada por mis demonios, y ellos asienten como si me entendieran. Somos desconocidos que conocen los secretos más profundos los unos de los otros, unidos en el círculo sagrado de una sala de reuniones con manchas de orina en la zona este del centro de Vancouver. Levantan sus brazos anémicos para aplaudir con educación después y salimos del círculo. Volvemos a ser desconocidos, por suerte.

La sensación de que alguien me observa me sigue desde ese barrio pobre del este de Vancouver que frecuento hasta la elegante casa de Kitsilano en la que ahora ocupo algo de espacio. Conduzco con las ventanillas levantadas porque el aire apesta a humo de los incendios forestales de la costa norte de Vancouver, humo que ha llegado hasta aquí en ráfagas pestilentes y se ha instalado sobre la ciudad. No ayuda que estemos viviendo uno de esos octubres que no se acuerda de que en teoría tiene que existir una temporada otoñal y hace un calor casi insoportable para esta época del año.

Mientras conduzco, me obsesiono con otra muerte más. Una que aún no ha tenido lugar. Pero lo tendrá.

Pronto.

2

Cuando llego a casa, Sebastian Crow, mi antiguo jefe y nuevo compañero de piso, está dormido en el sofá.

Estiro una mano para tocarlo, pero la aparto antes de que mis dedos le rocen la sien. No quiero despertarlo. Quiero que duerma así para siempre. En paz. Tranquilo. En un lugar donde la palabra que empieza por «C» no pueda atraparlo. Cada día parece encogerse un poco más y su espíritu crece más para compensar la disminución del espacio físico que ocupa. Está enfermo y no hay nada que yo pueda hacer porque es terminal. Mi perra Whisper y yo nos hemos mudado para hacerle compañía y para asegurarnos de que no se caiga por las escaleras, pero, más allá de eso, no hay esperanza. Hay un enorme incendio con el que parece arder él también. Su cuerpo se ha puesto en su contra, pero su mente se niega a rendirse todavía.

No hasta terminar el libro.

Cuando me pidió que le ayudara a organizarlo y revisarlo, no pude decirle que no. No se le puede decir que no a Sebastian Crow, el periodista que está escribiendo sus memorias a medida que se acerca al final de su vida. Las escribe como carta de amor a su difunta madre y como disculpa a su hijo, del que está distanciado. También como una explicación para el amante al que ha abandonado. Lo que he leído del libro es precioso, pero significa que está pasando sus últimos días viviendo en el pasado. Porque no hay futuro, para él no.

Whisper me empuja la mano con el hocico. Está inquieta. Nerviosa. Ella también lo nota.

Le pongo la correa, porque no me fío de ella con este humor, y caminamos hasta el parque de enfrente. Hay allí un hombre que ha estado intentando acariciarla, así que nos mantenemos alejadas de él en un acto de generosidad hacia sus manos. Al otro extremo del parque hay un camino que recorre la costa. Permanece incluso aquí el humo de unos incendios invisibles. Ni siquiera la brisa marina logra disiparlo. Caminamos, ambas inquietas, hasta que damos la vuelta al parque. Me siento en un banco con Whisper bien cerca.

El hombre que ha estado observándome pasa por delante.

—Hace una bonita noche para el acecho —comento—. ¿No te parece?

El hombre se detiene. Me mira. Abre la boca, quizá para soltar una mentira, pero vuelve a cerrarla. Estoy de espaldas a la farola que ilumina pobremente esta parte del parque. Whisper y yo solo somos para él dos sombras oscuras, pero él aparece iluminado por completo. Lleva el abrigo abierto y en el cuello tiene una franja de piel con manchas que va desde la mandíbula hasta la clavícula. Parece como si hubiera intentado crecerle piel nueva en esa zona, pero se hubiera detenido a medio camino, dejando a su paso una marca inacabada. Es un hombre anciano, pero me cuesta calcular su edad. Sea la que sea, ha empleado sus años en aprender a vestir bien. Chaqueta elegante. Buenos zapatos. No cuadra. Un hombre que cuida su apariencia y se pasa las noches sentado en un parque siguiendo a mujeres mientras pasean a sus perros.

Esperamos en un silencio incómodo, los tres. Whisper bosteza y se pasa la lengua por los caninos afilados para acelerar las cosas. El hombre lo interpreta como la amenaza que sin duda es.

—Tu hermana me dijo dónde encontrarte —dice al fin.

Si cree que eso me va a tranquilizar, se equivoca mucho. Lorelei no me habla desde el año pasado, desde que robé el coche de su marido, lo saqué de la carretera y lo despeñé por un barranco.

Pero decido seguirle la corriente.

—¿Qué quieres?

—Y yo qué sé —responde con una sonrisa triste—. Supongo que recordar los viejos tiempos en mis últimos años.

—¿Y qué tiene eso que ver conmigo?

—Conocí a tu padre. —Menos mal que tiene una voz suave, porque, pronunciada un decibelio más alto, esa frase podría haber hecho que me cayera de culo, si no estuviera ya sentada en él—. ¿Puedo sentarme? —Señala el banco. Hay algo extraño en su tono de voz. Su dicción está demasiado medida para ser alguien enfrentado a un animal impredecible. Me pregunto si la cicatriz del cuello tendrá algo que ver con su actitud despreocupada. Si será uno de esos hombres tan acostumbrados al peligro que ya no le tiene miedo.

—No. Conocías a mi padre, ¿de qué?

Hace una pausa y observa los colmillos de Whisper.

—De Líbano. Sabes que servimos con los marines allí, ¿verdad?

Lo ignoro porque no lo sabía, pero desde luego no es asunto suyo.

—Eso no explica que me estés siguiendo.

Se pasa una mano por la cara y detiene las yemas de los dedos en la cicatriz. Observa que dirijo la mirada hacia allí.

—De Líbano. Una explosión. —Sopesa cuidadosamente sus siguientes palabras antes de hablar—. Dije que vendría a verte si le ocurría algo.

Me río.

—Llegas varias décadas tarde.

—No soy un buen amigo. Mira, ahora estoy retirado y tenía que viajar a Canadá. Pensé en pasarme a verte. Ya vine a veros a tu hermana y a ti cuando murió, hace muchos años, pero entonces estabais con vuestra tía y todo parecía en orden. Hace un par de días conseguí localizar a tu hermana. No parecía muy contenta contigo…

—No tiene por qué. —Lorelei y yo no nos habíamos despedido de manera amistosa. Sin embargo había mantenido su apellido de soltera cuando se casó y tenía mucha presencia *online*. No sería difícil de encontrar si uno se molestaba en buscarla.

—Le dije que éramos viejos amigos. Tardé en convencerla, pero me comentó que podría encontrarte a través de Sebastian Crow. Y aquí estoy.

—Pero ¿por qué?

Se pone nervioso, saca un cigarrillo de la chaqueta y se lo enciende. Mantiene la mirada fija en la llama del mechero.

—¿Alguna vez has hecho una promesa que no has cumplido? He hecho muchas cosas malas en la vida, pero lo que pasó con tu padre, al final… Nunca pensé que lo que le sucedió estuviera bien. Sabía que lo pasó mal después del problema en Líbano, pero Dios mío. Qué pena.

Me mira la mano y ve que tengo los dedos aferrados a la correa de Whisper con tanta fuerza que se me clavan las uñas en la palma, dejando marcas en forma de media luna.

—No sé qué estoy haciendo aquí —admite. Todavía no ha dado una calada al cigarrillo, no parece tener intención de fumárselo.

El año pasado estuve a punto de morir ahogada. No recuerdo mucho de aquello, solo que debí desmayarme en algún momento. Cualquier submarinista sabe que, en la última etapa de la narcosis de nitrógeno, la hipoxia llega al cerebro. Puede provocar discapacidad neurológica. Con frecuencia se ven afectados el juicio y el razonamiento, al menos en el momento. Pero también puede resultar agradable, la falta de oxígeno. Cálida. Incluso segura.

Puede hacer que alucines.

Me pregunto si estaré experimentando un efecto colateral a largo plazo provocado por haber estado a punto de ahogarme. Porque antes me daba cuenta de cuándo la gente mentía, casi con seguridad. Pero ahora no estoy tan segura. Tras los acontecimientos del año pasado, cuando desapareció mi hija, la chica a la que había dado en adopción sin pensármelo dos veces, veo a la gente de un modo diferente. Quizá sea mi instinto maternal perezoso, que me nubla los sentidos. O quizá haya perdido mi magia. Porque, al decirme que no sabe qué hace aquí, le he creído. Creo que hacemos cosas que no tienen sentido. Ni siquiera para nosotros mismos.

También es posible que esté siendo víctima de mis propias alucinaciones.

Estoy tan confusa que no digo nada en respuesta. El veterano de guerra parece tan inquieto como yo. Me quedo mirándolo fijamente hasta que se aleja, hacia el océano, y desaparece en la noche densa. Entonces me froto las manos para recuperar el tacto. Tengo los pensamientos enmarañados, pero uno de ellos se suelta de la maraña.

No es solo la sorpresa de que alguien venga a buscarme después de tantos años. Ni siquiera es que sintiera la necesidad de seguirme en la oscuridad para asegurarse de que estoy bien. Es más que eso, y tiene que ver con las cosas que no sabía sobre mi padre. Que hubo problemas en Líbano. Con mi padre.

Mi padre tuvo problemas en Líbano y luego, algunos años después, se voló los sesos.

3

A lo lejos, en el espacio exterior, una estrella llamada KIC 8462852 parpadea por alguna razón desconocida, mientras en la tierra, un expolicía, exagente de seguridad, exmarido y exjugador de bolos aficionado pone cara de asco al tomarse un vaso de zumo de espinacas, con la esperanza de que sus órganos internos presten atención al esfuerzo que está haciendo por ellos.

Esta estrella en particular ha confundido a científicos de todo el mundo por su constante parpadeo, mientras que Jon Brazuca se confunde solo a sí mismo con su nueva determinación de ser más amable con su cuerpo. Heredó la baja autoestima de su madre débil y de su padre de barbilla hundida, quienes se disculparon durante toda su vida e incluso en sus años de jubilación.

Pero Brazuca lo ha superado. Ese círculo humillante de «lo siento» y «te pido perdón» terminaría con él.

Ha pasado página y la ha mezclado con un *smoothie*.

El sol de última hora de la tarde está ya muy cerca del horizonte y él está lleno de clorofila y alegría. Brazuca siempre ha estado más despierto de noche, más vivo, y ahora ha recurrido a la astronomía para llenar los huecos. No es un hombre de ciencia, pero desearía serlo. Una vez su madre lo llevó a España siendo un niño, a los acantilados de Famara, y juntos contemplaron las estrellas reflejadas en las lagunas de agua de la playa.

Al pensar en eso, anhela una época más sencilla, cuando las mujeres a las que satisfacía con tanta generosidad no lo drogaban y lo ataban a una cama, abandonándolo después para ser descubierto por las doncellas del hotel. Que es algo que realmente le pasó hace más o menos un año. Nora Watts, la mujer con la que había asistido a las reuniones de Alcohólicos Anónimos, la mujer que había perdido una hija a la que ni siquiera quería, la mujer a quien se sentía obligado a ayudar sin ninguna razón que para él tuviese sentido… lo había dejado abandonado, borracho y drogado. Le había dado un cóctel de alcohol y sedantes que le dejó dormido, y le dio a su cuerpo la pequeña sacudida que llevaba tanto tiempo deseando.

Y ha tardado meses en volver a quitarse la adicción.

Brazuca está en la terraza de su apartamento en el este de Vancouver y mira hacia el cielo, en dirección a la estrella parpadeante sobre la que ha leído en una revista. Por un instante siente cierta afinidad con el universo. Se termina el zumo y eructa satisfecho.

Su amigo Bernard Lam le ha pedido que vaya y, por primera vez en su vida, le apetece mezclarse con un multimillonario.

—Brazuca —dice Lam en la puerta de su imponente mansión en Point Grey. Si hay crisis inmobiliaria en Vancouver, podría ser porque gran parte del espacio está ocupado solo por esta única finca. Tiene un ala este y un ala oeste, y unas veinte habitaciones entre medias. Hay canchas exteriores para cualquier deporte y un campo de minigolf. Si te aburres de la piscina de agua salada, hay otra de agua dulce al otro lado de la propiedad.

Bernard Lam, el *playboy* hijo de un adinerado empresario y filántropo, le hace un gesto y Brazuca lo sigue hacia el interior de la vivienda. Su famoso encanto no está por ninguna parte. Su actitud es hosca y taciturna mientras lo conduce por un largo pasillo lleno de fotografías de familia enmarcadas en la pared, fotos más recientes de Lam y su esposa, hasta llegar a un estudio.

—¿Qué sucede? —pregunta Brazuca en cuanto la puerta se cierra a sus espaldas.

—Un momento. —Lam se acerca a su portátil, situado en el escritorio. Junto a él hay una botella de *whisky* escocés, pero ninguna foto. Es una zona libre de familia. Gira la pantalla hacia él.

—Es preciosa —comenta al ver a la mujer que aparece en el ordenador de Lam. En la foto, lleva un vestido de verano y se halla en un yate, riéndose ante la cámara. Es alta y voluptuosa, con una melena de pelo oscuro y lustroso y unos ojos brillantes.

—Se llamaba Clementine. Era el amor de mi vida.

No hay zumo de espinacas que pueda frenar el dolor de cabeza que empieza a sentir Brazuca en las sienes cuando Lam utiliza el tiempo pretérito. La mujer de la foto no es la mujer que aparece en las paredes de su casa. Así que el amor de su vida no era su nueva esposa.

—¿Cuándo?

—La encontraron la semana pasada en su apartamento. Dicen que fue una sobredosis. Está… estaba embarazada de cuatro meses.

—¿Era tuyo? —pregunta Brazuca, cuidándose de mantener un tono neutro.

Lam arquea una ceja, como si no pudiese existir ninguna otra posibilidad.

Brazuca decide no insistir.

—¿Qué necesitas?

—¿Sigues trabajando para esa pequeña agencia de detectives privados? ¿Te dan días libres?

—Acepto contratos según lo necesitan. Son flexibles. —Sus nuevos jefes no son selectivos con el trabajo que escoge, siempre y cuando les quite volumen a ellos. Incluso le han ofrecido hacerle socio de manera más oficial, pero ha dicho que no a eso. No quiere nada oficial.

—Bien —dice Lam—. Muy bien. Quiero que averigües quién es su camello.

—Bernard…

—Por supuesto, serás recompensado generosamente.

—No es por el dinero.

—Entonces hazlo por un amigo. Hazlo por mí. Mi chica y mi hijo han muerto. Quiero saber quién es el responsable.

Brazuca se pregunta si Lam sabe que, al usar la palabra «chica», los ha dibujado a ambos con la misma inocencia idealizada.

—No te va a gustar lo que salga de aquí —le dice con calma—. No te aportará tranquilidad. —La muerte por sobredosis es algo desagradable a lo que enfrentarse. No es fácil culpar a alguien.

—¿Quién dice que quiero tranquilidad? —Lam se sirve un chupito de *whisky* en el vaso y se lo bebe—. Te daré los papeles y sus contactos. En su teléfono no han encontrado nada. La droga que tomó… —Aparta la mirada, ordena sus pensamientos—. Era cocaína mezclada con un nuevo opiáceo sintético que circula por las calles. Un derivado del fentanilo más potente de lo que se había visto hasta ahora, y de hecho más fuerte que el fentanilo. Se llama YLD Ten.

—¿Wild Ten? He oído hablar de ella. No mucho. Pero sé que se mueve por ahí. —Era ese estúpido nombre lo que llamó su atención. Era fácil de recordar cuando le haces un pedido al simpático camello de tu barrio.

—Entonces sabrás lo peligrosa que es. Tenía solo veinticinco años. Toda su vida por delante, Jon, y era una vida conmigo. Tengo que saberlo. Por favor.

—Está bien —dice Brazuca pasado un minuto. Porque no es la clase de hombre que puede decir no a un grito de socorro. Resulta que no ha pasado página como le gustaría pensar—. Le echaré un vistazo. ¿Tienes la llave de su apartamento?

—Por supuesto —responde Lam—. El piso es de mi propiedad.

—Claro —murmura Brazuca—. Me pondré con ello de inmediato. —No le hace falta decir «señor» porque está implícito. Bernard Lam, a quien le salvó la vida varios años atrás, es ajeno a esa indirecta.

4

Estoy otra vez aquí, en casa de mi hermana, al este de Vancouver. Es sábado y solo se sabe que es por la tarde gracias al reloj. La neblina no es tan densa como ayer, pero ahí sigue. Todavía oculta la luz del día y genera imágenes aterradoras de pulmones de fumador para los chiflados de la vida sana, que no dejan de hacer excursiones o de montar en bici en estas condiciones, pero que se quejan sin parar mientras lo hacen. He oído que hay otro incendio forestal en Sunshine Coast y el viento está arrastrando el humo hacia aquí.

Vancouver no está ardiendo, pero desde luego lo parece.

He esperado a que el coche de Lorelei se aleje para aproximarme a la estrecha verja que conduce al jardín. Su marido, David, está sentado en el pequeño porche, contemplando su patético jardín. Hay algunas plantas que intentan ganar fuerza, pero no pueden competir con la menta, que crece como la mala hierba, incluso en esta atmósfera posapocalíptica. Parece que quiere mantenerse positivo, pero no lo logra. Siento pena por los hombres como David, los hombres decentes y trabajadores del mundo. Por mucho que lo intenten, las cosas más simples parecen abrumarlos. Ni siquiera logra obtener algo comestible de la tierra.

Está bebiendo una cerveza *light* y no se molesta en levantarse cuando doblo la esquina. La última vez que nos vimos, me lanzó algo de dinero y me pidió que me mantuviera alejada de Lorelei.

No parece sorprendido ahora que he roto nuestro acuerdo. Después ve a Whisper y una sonrisa de satisfacción le cruza la cara. Parte del motivo por el que la he traído conmigo es que los amantes de los perros son fáciles de manipular. Ella entiende su papel lo suficientemente bien como para acercarse corriendo y saludar a su entrepierna con el hocico. Zas. Me alegro de verte.

—¿Quién es esta chica tan buena? —dice sonriendo mientras le rasca detrás de las orejas—. ¿Quién es?

Y entonces me mira. La sonrisa desaparece. Intento no sentirme ofendida. De todos modos, las buenas chicas están sobrevaloradas.

—La caja amarilla —digo. No hay razón para andarme por las ramas.

Lo piensa por un momento y después toma una decisión.

—Arriba, en el armario del cuarto de invitados. La balda de arriba.

Paso junto a él y entro en la casa. Mis visitas a casa de mi hermana suelen ser clandestinas, de modo que al principio no sé bien cómo proceder. ¿Se supone que debo moverme de un modo diferente ahora que tengo permiso?

La casa de Lorelei es como su personalidad. Sobria, ordenada y un poco insulsa. Aquí no hay lugar para sorpresas. La caja está justo donde me ha dicho que estaría. Cuando vuelvo a salir con la caja de zapatos amarilla bajo el brazo, descubro que las cosas han progresado con Whisper. Está ocupada disfrutando de las caricias de un hombre. Está tumbada boca arriba, ofreciendo su tripa para que se la frote. La muy ninfómana.

—Gracias —le digo a David cuando vuelve a mirarme.

Asiente.

—¿Le dirás que he venido?

—No, a no ser que se dé cuenta de que falta la caja. Pero hace años que no la abre, así que no me preocuparía.

Yo también asiento y ambos hacemos un gesto con el cuello

para intentar superar el momento incómodo que hemos vivido. Ahora existe un entendimiento entre nosotros. Un secreto. El marido de mi hermana y yo hemos acordado que Lorelei no debe saber que he estado aquí y que me he llevado algo suyo. No se lo diré porque ya no me habla. El silencio de David sobre el tema probablemente se deba a una culpabilidad mal entendida sobre nuestra tensa relación. Aunque no tiene nada que ver con él. Pero David es un buen hombre y no me negaría lo que me queda de mi padre, todo guardado convenientemente en una caja que antes contenía un par de zapatos de tacón de Lorelei, talla treinta y ocho.

Cierro ligeramente las piernas. La presión aumenta más despacio de lo que me gustaría. Más despacio de lo que estoy acostumbrada. Y entonces acaba, bastantes segundos después de lo que solía tardar. No siento vergüenza, lo cual supongo que es en sí mismo un avance, pero, claro, tampoco siento gran cosa.

Sigo con la impresión de que me observan, pero el ángulo está equivocado.

Cuando aparto las rodillas de las marcas que han dejado junto a la cabeza del desconocido, me pregunto si el viaje hasta aquí habrá merecido la pena. No encuentro una respuesta, no mientras me pongo los vaqueros, ni siquiera cuando le desato las manos de los postes de la cama y me dirijo hacia la puerta. Como el cliché en que me he convertido, el dinero está en un sobre encima de la cómoda.

Encuentro la respuesta cuando ya estoy en mitad del aparcamiento del motel.

Me sentaré en tu cara, dice el anuncio que publiqué *online*. *Y tendrás las manos atadas. Cuando termine, me iré. Sin compromiso. Sin tonterías. Sin juegos. Mis dientes son más afilados que los tuyos.*

Después pongo una cifra razonable que estoy dispuesta a pagar.

En general, es un anuncio insultante. He llegado a odiarme a mí misma más que a los estúpidos solitarios que responden a él, pero aún no me he cansado. Me corro y después me voy, y al principio funcionaba bien.

Mi viejo Corolla tarda un minuto en acostumbrarse a la idea de que espero algo de él y, mientras tanto, me quedo con esa respuesta inquietante. Ya no es suficiente. Da igual el número de desconocidos cuyas caras intento borrar con mis muslos.

Una hora más tarde, aparco junto al restaurante de Burnaby Mountain y me dirijo hacia un punto situado en mitad del jardín. El aire está más limpio aquí arriba, además la vista de las preciosas tallas japonesas que tengo debajo y la ciudad de Vancouver al oeste son insuperables. Estoy aquí porque a mi amigo periodista Mike Starling le gustaba venir a este sitio a pensar, o eso se decía en su necrológica el año pasado, después de que fuera encontrado muerto en su bañera con las venas cortadas. Para mí, Starling no era de los que se sientan en las montañas y contemplan la vida, pero, la verdad, mi memoria no es la mejor. Lo que más recuerdo de él es su desdén por los bebedores de cafés con nombres interminables y el aspecto que tenía allí muerto, en una bañera llena de agua ensangrentada.

Mis amigos del grupo de apoyo me aseguran que no tengo nada por lo que sentirme culpable porque no soy yo la que lo mató, pero ¿qué sabrán ellos? Tampoco es que su opinión sea muy sensata. Y lo que no saben (porque no se lo he dicho) es que yo soy la razón por la que murió. Murió porque unas personas peligrosas fueron a buscarme y él eligió protegerme. Tal vez incluso estuviera aquí sentado mientras llegaba a la conclusión de que merecía la pena luchar por mi vida, cuando decidió que investigaría quién me había colocado la diana en la espalda.

Bebo el café que he traído conmigo —café, sin más— y vierto un poco en el suelo junto a mí, para él. Para que sepa que la mujer por la que sacrificó su vida aún tiene algo de sentido del humor. Quizá sí que le gustara subir aquí, y quizá todavía quede una parte de él en este lugar, porque me parece que Mike Starling nunca podría dar la espalda a un misterio.

La verdad, yo tampoco puedo.

5

Es tarde. El contenido de la caja está extendido sobre la mesita baja frente a mí y estoy tirada en el suelo, contemplándolo a la altura de los ojos. No hay gran cosa. Una carta de amor. Una cinta de seda azul arrugada. Cinco postales de una dirección en Detroit. Algunas fotografías desgastadas. En una aparece una mujer en la cama, con un bebé en brazos. La mujer tiene la cabeza cortada, quizá deliberadamente, y acuna en sus brazos bronceados un bebé arrugado. La fecha que aparece al dorso me indica que ese bebé durmiente soy yo.

La dejo a un lado.

Las otras dos son de mi padre, con Lorelei y conmigo. Esas fotos no tienen fecha, pero los tres hemos cambiado drásticamente de una foto a la siguiente. Lorelei y yo crecemos con la velocidad a la que crecen los niños, pero el aspecto de mi padre ha dado un giro dramático. En ambas tiene el pelo negro y liso, los ojos oscuros. Son las arrugas de la cara las que le han cambiado. En la primera parece un padre satisfecho, pero cansado. En la segunda, parece un hombre atormentado con un pie en la tumba. Criar hijos no está al alcance de cualquiera.

—¿Qué estás haciendo? —pregunta Seb desde la puerta. Mi propio fantasma viviente ha decidido hacer su aparición sigilosa, con un rostro demacrado y pálido.

—¿Tienes hambre? —Señalo la caja de *pad thai* que he comprado en su restaurante favorito, a la vuelta de la esquina. Compro un poco cada dos días, por si acaso está de humor para una dosis elevada de sodio y carbohidratos. Siempre acabo comiéndomelo a la mañana siguiente porque nunca está de humor. Aunque me asegura que come, rara vez le veo hacerlo. Yo, por otra parte, he ganado unos cinco kilos desde que me mudé. Si hay algo que no puedo soportar es desperdiciar la comida. Porque entonces tienes que averiguar cómo conseguir más.

Niega con la cabeza y se acerca a las fotos.

—¿Quiénes son esos? —pregunta mirando por encima de mi hombro.

—Mi padre y mi hermana.

—Y tú. Guapa. —Cuando sonríe, la sala se ilumina y casi me olvido de que está a punto de morir—. ¿A qué viene este arranque de nostalgia?

Ya no nos ocultamos secretos el uno al otro. No hay tiempo para eso. Le hablo del hombre de la otra noche, que dijo que conocía a mi padre.

—Qué raro —murmura y se deja caer en el sillón rígido que hay junto a la mesita. Una de las pocas piezas de mobiliario que su amante Leo, mi antiguo jefe, dejó atrás en su ataque de rabia despechada—. Después de todo este tiempo. ¿Por qué molestarse?

Me encojo de hombros.

—Es que... —Deslizo la mirada por el techo, por el suelo, por Whisper, por cualquier sitio menos las fotos.

—Es que, ¿qué?

—Nunca supimos gran cosa de su vida. Cuando mi tía enfermó, nos pusieron en hogares de acogida y estas cosas me las llevé conmigo en su momento. Cuando ella murió, donó casi todo lo que tenía a la beneficencia y lo demás desapareció. No nos queda ningún otro dato de la vida de mi padre. —Ni de nuestros primeros años. Pero eso no lo digo, porque está implícito.

—¿Es eso lo que te inquieta? ¿Que solo tengas esta caja? —Su voz suena tan ligera, tan suave, que flota sobre la tensión que se ha acumulado en mi interior—. Porque has descrito a tu padre como un superviviente de las reubicaciones de los años sesenta. Muchos niños con herencia indígena que fueron separados de sus familias y entregados en adopción sabían menos de sus padres. Tenían mucho menos de lo que tú tienes en esa caja.

Y algunos tenían más, y otros tenían más o menos lo mismo. Años después de que el gobierno canadiense pusiera en práctica el sistema escolar residencial, también aplicó una política de adopción forzada que no pretendía ayudar a mejorar la situación. Fuera de las reservas, fuera de los centros urbanos, aquella integración impuesta se produjo en comunidades donde hizo daño. Si se piensa bien, esa estrategia siempre es la que más se usa cuando se intenta borrar a las personas. En Canadá, como si fuera cualquier otro lugar del mundo colonial, empezaron con los niños.

Sé que probablemente Seb tenga razón al decir que debería sentirme agradecida por lo que tengo, pero ahora mismo no creo que pudiera saber menos de lo que sé.

—Lo que me inquieta es que no puedo confirmar nada de lo que me dijo. No es que carezca de información, es que la que tengo está incompleta.

Coge las postales.

—¿Y qué me dices de estas? ¿De quién son? —No figura firma en ninguna de ellas. Solo el nombre de mi padre, garabateado con una letra torcida.

—Creció en Detroit. Es donde vivía la familia que lo adoptó. Pero de niña nunca me habló de ellos. Nunca nos vimos. Supe de ellos a través de mi tía, pero ella tampoco sabía gran cosa.

Seb se queda mirando al vacío con la mirada desenfocada. Con un súbito arranque de energía, se levanta del sillón y me agarra las manos. Cuando habla, su voz suena grave y urgente.

—A veces estas cosas ocurren por una razón, Nora. ¿No te das cuenta? Este hombre entra en tu vida y te obliga a contemplar lo que sabías de tu padre. Y, como tú misma has dicho, no es gran cosa. Has estado aferrándote a los recuerdos que tenías de él siendo niña, pero tal vez haya llegado el momento de saber quién era realmente sin las vendas de la infancia.

Pero está muerto, me dan ganas de decirle.

Quiero decirle que se meta en sus propios asuntos y me mantenga al margen de su obsesión con el pasado, pero no lo hago. Tal vez sea porque normalmente no hablo de mi padre en voz alta. He construido un búnker en mi corazón en torno a su recuerdo. Con muros de hormigón. Construido para soportar un ataque nuclear. Lo llamativo en este búnker no es lo que hay dentro, sino lo que falta. No hay respuestas, solo preguntas. Por eso he elegido mantenerlo enterrado en las profundidades durante tanto tiempo. Porque abrirlo solo me demuestra todo lo que no sé.

—Vete a Detroit —continúa Seb—. Encuentra a quien envió estas postales. Fuera cual fuera el problema, la persona que abra la puerta en esa dirección podría saber algo al respecto. Si no vas, siempre te quedarás con la duda. Te atormentará.

Ahora me doy cuenta de lo que está haciendo. Está tratando de impedir que cometa los mismos errores que ha cometido él. Debería callarme, pero no lo hago. No tengo ningún control sobre lo que digo a continuación.

—Igual que Leo se quedará con la duda para siempre —le digo—. Cuando mueras. Se preguntará por qué no se lo dijiste. Y tal vez piense que debería haber sabido que estabas enfermo. —Leo, su amante, que se quedó destrozado cuando le dejé para trabajar con Seb. Leo cree que es una traición profesional, pero no lo es. Es una traición personal. Soy de las pocas personas que están al tanto de la enfermedad de Seb y han accedido a ocultárselo al resto de su entorno.

Seb me suelta las manos como si se hubiera quemado y abandona la habitación sin decir una palabra más. Whisper se levanta con elegancia de su sitio junto a la ventana y corre tras él. Al igual que Seb, se niega a mirarme, como para recordarme que no los merezco a ninguno de los dos.

Cuando oigo que se cierra la puerta de su dormitorio, apago las luces del salón, me acerco a las cortinas y me quedo mirando largo rato el parque de enfrente. El hecho de que no vea al veterano de guerra no significa que no esté ahí.

Llamo a David, que hasta ahora no sabía que tenía su número. Es bueno tener a alguien que siempre sabes que responderá al teléfono cuando le llamas. Aunque no reconozca mi número en la pantalla del teléfono, es demasiado educado para dejar que salte el buzón de voz.

—¿Diga? —contesta al cuarto tono. Su voz suena somnolienta.

—Soy Nora. ¿Lorelei fue alguna vez a esa dirección? A la que figura en las postales.

Se produce una pausa y oigo el roce de las sábanas mientras se levanta de la cama. Se abre una puerta, después se cierra.

—No —responde con un susurro apenas audible—. Escribió algunas cartas en la universidad, pero nunca obtuvo respuesta. No tenía suficiente dinero para ir a verlo por sí misma... y después lo dejó correr. ¿Estás pensando en ir?

—No lo sé —digo tras unos segundos—. Gracias. —Cuelgo el teléfono. Siempre es bueno dejar a las personas algo confusas. Que le den vueltas a la cabeza, para que contesten al teléfono la próxima vez que llames.

Cuando Seb me ha preguntado qué me inquietaba, he esquivado el tema. Pero es tan simple como esto: cuando una bala golpea un cráneo, la sangre y la masa cerebral son expulsadas con fuerza. Desgarra los huesos craneales, los tejidos conectivos y las membranas. Dependiendo de lo cerca que esté el cañón, cabe la posibilidad de quemar la capa externa de la piel por el humo y la pólvora. El resultado de una bala en el cerebro es la muerte, a no ser que tengas muchísima suerte. Mi padre no la tuvo.

Sin embargo, lo que me importa ahora es por qué apretó el gatillo. No paro de pensar en por qué dos niñas pequeñas fueron abandonadas a merced del sistema. Cuando el resultado es que le jodes la vida a alguien por completo, la motivación es importante. Y quizá Seb tenga razón. Quizá en Detroit se halle la respuesta.

6

Hace varios meses, cuando Seb, Leo Krushnik y yo todavía trabajábamos juntos en Hastings Street, Leo dejó caer sobre mi mesa una solicitud de pasaporte con el argumento de que los viajes internacionales podrían mejorar mi vida sexual. «No estás muerta de cintura para abajo, ¿sabes?», me dijo. «Y es difícil echar un polvo en esta ciudad». Entonces le lanzó a Seb una mirada nostálgica.

Esa fue la primera vez que observé el distanciamiento entre ellos.

Ahora camino hacia la oficina antes del amanecer, mucho antes de que Leo se plantee aparecer. Su nuevo socio, en cambio, es antisocial y tiene horarios extraños. Utilizo mi antigua llave para entrar y me extraña que Leo no se haya molestado en cambiar la cerradura. Hacía tiempo que no pasaba por aquí, pero el cambio es sorprendente. Ha redecorado todo el local. Cualquier recuerdo de la presencia de Seb ha sido eliminado sin piedad. Su título de pastelería no está colgado en ninguna pared, y tampoco está en la casa, lo que hace que me pregunte si Leo habrá hecho algo drástico con la única prueba tangible de que Seb sabe manejarse con la mantequilla y la harina.

Pese a que la oficina está ubicada en medio de la zona este de la ciudad, bastante cochambrosa, el interior ahora es bastante chic. Más que gritarlo a los cuatro vientos, la nueva decoración anuncia discretamente que aquí se llevan a cabo investigaciones por un módico precio. Cuando Seb me dio la oportunidad de irme con él, no lo dudé, pero por primera vez siento nostalgia. Mi viejo escritorio sigue en la zona de recepción, pero está casi eclipsado por un enorme jarrón lleno de flores.

Stevie Warsame, el nuevo socio de Leo, ha trasladado su mochila buena al despacho de Seb y ha instalado un complejo puesto de ordenadores en un rincón. En el otro rincón hay un segundo escritorio que me desequilibra. Aunque no he venido por eso, no puedo evitar registrarlo. Solo encuentro algunos cargadores de móvil, equipo de vigilancia y una tabla que compara el valor nutricional de diversas verduras cuando se toman en zumo. ¿Leo me ha sustituido por un jarrón y le ha dado un escritorio en el despacho de Seb a un friki de los zumos?

—¿Has encontrado lo que estabas buscando? —pregunta una voz familiar a mi espalda.

Brazuca, mi antiguo padrino de Alcohólicos Anónimos, está apoyado en el marco de la puerta, mirándome con desconfianza. No lo veo desde el año pasado, cuando me dijo que me perdonaba por haberle drogado y abandonado en un hotel en la montaña. Cuando descubrí que me había mentido sobre su trabajo y fui demasiado estúpida para darme cuenta.

Ahora aquí estamos otra vez, ambos con cierto mal aspecto, él un poco menos; posiblemente debido a la introducción de las verduras frescas en su dieta. Tiene mejor color en las mejillas y los ojos parecen brillarle más. Por alguna razón, nos imagino follando, pero es un pensamiento desagradable. Ninguno de los dos tiene nada de carne. Estamos demasiado delgados y pegar nuestros huesos picudos el uno contra el otro es lo menos sexi que me puedo imaginar. No podemos consolarnos. Al menos el uno al otro. Si respondiera a mi anuncio *online*, tendría que borrar su mensaje. El instinto de supervivencia es una cosa curiosa.

—¿Mejorando tu vida? —pregunto mientras levanto la tabla.

Sonríe, ignorando la distancia que hay entre ambos, como si fuera cuestión de simple espacio físico. Pero, a medida que pasan los segundos y la distancia se convierte en un abismo, se da cuenta de que no hay nada entre nosotros salvo desconfianza y un único orgasmo.

—Algo así —responde—. ¿Qué estás haciendo aquí? Pensé que te habías ido para trabajar con Crow.

—¿Qué estás haciendo tú aquí? Pensé que trabajabas para WIN Security. —La empresa de seguridad que fue contratada para encontrar a mi hija, Bonnie, cuando desapareció. Contratada por una familia corrupta que los tenía comprados. A mí me habían alertado de su desaparición sus padres adoptivos, lo que desencadenó una serie de acontecimientos que hicieron que estuviera a punto de morir ahogada.

—Necesitaba un cambio después del año pasado. No has respondido a mi pregunta. —Entra en la habitación. Todavía me duele mucho el hombro del disparo del año pasado, pero con la fisioterapia he logrado disimular la cojera provocada por una lesión de tobillo que nunca llegó a curarse del todo. Pero Brazuca no ha tenido tanta suerte con su pierna tullida, resultado de una herida de bala cuando era policía. O quizá sus lesiones no son solo físicas. Lo achaco a su mentalidad de víctima.

—Estoy buscando a Stevie.

—Warsame está en una misión —dice Brazuca, lo que explica el silencio de Stevie—. ¿Quieres dejarle un mensaje?

No necesito a Brazuca para eso. Si quisiera dejarle un mensaje a Stevie, lo haría yo misma. Pero lo que tengo que decir no puede comunicarse por medios electrónicos. No han creado caracteres de teclado capaces de abarcarlo.

—Voy a estar fuera un tiempo. Necesito a alguien que eche un vistazo a Seb.

No me pregunta dónde voy y yo no le ofrezco más información.

—¿Qué le ocurre? —pregunta al fin.

Le digo lo del cáncer y los tratamientos fallidos.

—Leo no lo sabe —añado cuando he terminado—. Puedo pagarte para que lo hagas si Stevie no puede.

—¿Por qué todo el mundo cree que necesito dinero de repente? —murmura mientras se pasa una mano por el pelo.

Me encojo de hombros. Puede tener que ver con su vestuario, que está bastante desfasado y, la verdad, no es lo suficientemente ajustado para el hombre moderno, pero no lo menciono. El ego masculino es algo frágil.

—¿Con qué frecuencia? —me pregunta.

—Cada pocos días. El paseador de perros que he contratado se pasará todos los días.

—¿No vas a llevarte a Whisper contigo? —me pregunta con el ceño fruncido—. ¿Sabes qué? Da igual. No necesito saberlo.

Paso junto a él, con cuidado de evitar que nuestros cuerpos se rocen por accidente. La última vez que nos tocamos me había sentado a horcajadas encima de él y le había metido alcohol por la garganta, sabiendo perfectamente que es alcohólico. Nunca le he pedido perdón por eso. Ni lo haré. Antes de los acontecimientos del año pasado, era capaz de distinguir las mentiras, con todos salvo con Brazuca. Sus mentiras fueron las que más me dolieron porque no las vi venir. Quizá no quise hacerlo. No volveré a cometer ese error.

—A Krushnik no le va a gustar esto —me dice cuando llego a la puerta.

—Puedes decírselo si quieres.

Pero ambos sabemos que no lo hará. No es cosa nuestra contar ese secreto. Leo acabará por enterarse y tendremos que enfrentarnos a él cuando llegue el momento. Por ahora accedemos a guardar silencio.

Otro entendimiento ilícito, otro hombre. Últimamente parece que los acumulo.

Se me ocurre preguntarle una cosa, porque sé que es muy observador.

—¿Has visto a alguien vigilando el edificio cuando has entrado? Alguien que te haya provocado desconfianza.

—Estamos en la parte este de la ciudad. Todos me provocan desconfianza —me dice, mirándome como miraría a un loco. Y la zona este de Vancouver es zona de reunión para los locos. Para mí también. Los desamparados, los adictos, las personas con demonios nos refugiamos aquí porque con frecuencia es el único lugar que nos acepta.

Digo que sí con la cabeza. Sus poderes de observación no dan para tanto.

Mientras regreso al coche, veo a un grupo de personas arremolinadas en torno a un cuerpo tendido en la calle. No puedo evitar fijarme en sus caras para ver si el veterano está entre ellas. No lo está, así que me vuelvo hacia el espectáculo. Hay un hombre acuclillado junto a una mujer, hablándole en voz baja. La mujer está inconsciente. Saca una aguja intramuscular de un kit que tiene al lado y extrae una dosis de líquido de un vial. Entonces se la clava en el muslo. Alguien suelta un grito entre la multitud. Será alguien que no es de por aquí, porque esto es el día a día por esta zona. No espero para ver si la mujer del suelo se despierta con la inyección de naloxona. Ya hay suficientes ciudadanos preocupados alrededor y, además, ya tengo bastantes problemas.

Cuando regreso a la casa, Seb está en su despacho con la cabeza apoyada en el escritorio y Whisper a sus pies, mirándome con ojos acusadores. Por un momento se me para el corazón, pero entonces oigo a Seb respirar entrecortadamente. No soy una mujer grande, pero levantarlo no me supone un gran esfuerzo. Es como un montón de huesos en mis brazos, sujetos solo por tejidos conectivos frágiles y músculos débiles. Lo dejo con suavidad en el sofá y ocupo mi sitio en el sillón.

Leo se ha llevado todo menos los libros. Si hubiera sabido lo mucho que Seb los necesitaba, se los habría llevado también. Pero no lo ha hecho, así que siguen aquí y, cuando Seb se encuentra bien, los enumeramos mientras revisamos sus memorias. Habla y escribe mientras yo escucho y tomo mis propias notas, o escribo cuando él no tiene fuerzas. Solo trabajamos en esta habitación y dejamos en la puerta todo nuestro equipaje extra. Todo el mundo necesita un lugar sagrado, y este nos pertenece a nosotros tres, protegidos por los libros maltrechos que han significado algo para él a lo largo de su vida.

Yo no soy ninguna académica, pero los libros de Seb han supuesto una revelación para mí. Nada me conmueve como la poesía de Césaire, el escritor político de las colonias francesas que hablaba del rechazo de la gente a desafiar su visión del mundo. Qué fácil era apartar las ideas, como espantar una mosca.

La semana pasada, antes de que llegara el humo de los incendios del norte, llevé a Whisper a las rocas que dan al océano. Teníamos tiempo que matar mientras Seb estaba en el hospital. Nos quedamos allí largo rato, el suficiente para ver el ciclo de la vida ante nosotras. Justo por encima de la superficie del agua, en el borde de mi campo de visión, dos pájaros de presa rodeaban un punto concreto del agua. De vez en cuando uno de los dos se sumergía. Se llamaban el uno al otro y, cuanto más tiempo pasaba, más cerrados eran los círculos. Yo percibía lo que veían. Que la criatura del agua, un pato desorientado, quizá, estaba cada vez más cansada. Sus reflejos eran cada vez más lentos. Al final sucedería lo inevitable.

Me recordó que el desastre se abalanza y ataca cuando una criatura está más débil.

Sola, con dos bocas hambrientas que alimentar y con la certeza de que el amor de una mujer es algo poderoso, pero no tan poderoso como el vacío que deja cuando se marcha. Hasta que apareció ese veterano de guerra, cuyo nombre ni siquiera se me ocurrió preguntar, pensaba que mi padre simplemente no pudo soportar la presión.

Pero ahora pienso en Césaire y una sospecha se aloja en mi mente. Como bien dijo, la idea es como una mosca molesta. Me zumba en el oído. Me dice que hay algo más tras la muerte de mi padre de lo que me había permitido pensar. Altera mi visión del mundo.

7

Brazuca se ve obligado de inmediato a reconsiderar sus prejuicios hacia las mujeres mantenidas cuando entra en el apartamento de Clementine. No es en absoluto el burdel que se había imaginado. No tiene nada de frívolo, además del precio de vivir en un apartamento con vistas a English Bay. Tiene un ambiente acogedor y cálido y, aunque los muebles no son baratos, tampoco son ostentosos. Alguien con muy buen gusto convirtió este lugar en un hogar.

La luz suave de la tarde se cuela en el salón, donde Brazuca encuentra una fotografía enmarcada de Lam rodeando con los brazos a Clementine. Están contemplando las aguas de Deep Cove, al norte de Vancouver, donde se juntan Burrard Inlet y el fiordo de Indian Arm. Brazuca nunca ha visto a Lam tan feliz como en esa fotografía, sonriendo contra la melena de Clementine.

Oye un ruido en el interior del apartamento. Se aparta de la fotografía, pasa frente a la elegante cocina y se detiene en la puerta del dormitorio.

—¿Hola?

Una joven china lo mira, se aparta un mechón de pelo de la frente y se lo engancha en un moño descuidado. Lleva un chándal con el logo de la Universidad de British Columbia y está sentada en el suelo rodeada de montones de ropa, zapatos y bolsos, con aspecto de estar totalmente perdida.

Lo que le llama la atención es que no parece especialmente sorprendida de ver allí a un desconocido. Tampoco parece preocupada por su seguridad. Se quedan mirándose durante unos segundos, después la mujer señala los bolsos. «¿Sabes lo que cuesta normalmente un bolso de diseño?», pregunta al fin. «Claro que no lo sabes. Me lo imagino por tu manera de vestir. No eres uno de los novios habituales de mi hermana».

A Brazuca le hace gracia, pese a todo. Se cruza de brazos y se apoya en el marco de la puerta.

—Miles de dólares —continúa ella—. Debe de haber bolsos por valor de cincuenta mil dólares por lo menos solo en esta habitación. ¿Qué voy a hacer con estas cosas?

—Deberíamos aunar nuestros recursos y venderlas juntos. Ambos seríamos ricos.

—Estas etiquetas se venden solas. Y no estoy segura de lo que aportarías tú, seas quien seas.

—Jon Brazuca —dice él y decide no tenderle la mano. La mirada desconfiada de la mujer le indica que se quede donde está—. Un amigo de Clementine me ha pedido que me pasara por aquí.

La mujer se queda mirándolo y él se siente tentado de retroceder al ver la rabia súbita en su expresión. Se pone en pie.

—¿Te refieres a Bernard Lam? Ella muere de sobredosis y él se pone furioso, ¿verdad? Su juguetito ha muerto.

—No creo que Clementine fuese su juguetito.

—Vamos a dejar clara una cosa —dice la mujer apuntándole al pecho con un dedo—. No sé por qué quería que la llamasen por ese horrible nombre de *stripper*, pero su nombre era Cecily Chan. Estudiaba Literatura Inglesa en la universidad antes de dejarlo para ser modelo. Era una persona, con una familia que la quería.

Brazuca levanta una mano en gesto de paz. Tenía una tía abuela llamada Cecily y entiende que una mujer de menos de cuarenta prefiera que la llamen de otro modo.

—Vale, lo pillo. La querían. No he dicho que no fuera así.

Ella se pone seria. Da una patada a un bolso que podría valer más de lo que él gana en un mes.

—Lo siento. Estoy fuera de mí. No soporto esto. Mi hermana ha muerto y lo único que ha dejado atrás es un puñado de mierda carísima que ahora me toca a mí gestionar.

Va a la cocina y enciende el hervidor de agua. Pocos minutos más tarde, camina tras él con una caja de cartón llena de bolsos de diseño y la deja caer junto a una pila de cajas que ya están en el salón. Después saca una bolsita de té de un armario al que apenas llega. Juntos preparan una tetera de té de jazmín muy aromático y se sientan a la mesa del comedor que da a la bahía.

La habitación va oscureciéndose mientras el sol se pone sobre el agua, pero ninguno de los dos se molesta en cerrar las cortinas o encender las luces. A veces Brazuca recuerda lo bonita que es esta ciudad. Por qué eligió vivir aquí. Está tan perdido en sus pensamientos que tarda unos segundos en darse cuenta de que la mujer está mirándolo fijamente. Llevará así un rato.

—Soy Grace —dice.

—Grace. ¿Tienes a alguien que pueda venir a ayudarte con las cosas de Cecily?

—No, la verdad es que no.

—¿Tus padres, quizá?

Niega con la cabeza.

—Como si alguna vez fueran a poner un pie aquí. Nuestros padres y ella tuvieron una pelea hace algunos años. Ella dijo que desearía que estuvieran muertos. Le dijeron que podrían estar muertos para ella, si era lo que quería. Después se marchó y nunca más volvieron a hablar. Se negaron a venir a la misa cuando murió porque la pagó ese gilipollas. Solo estuvimos algunos primos y yo. Hacia el final, no creo que a mi hermana le quedaran muchos amigos.

Brazuca contempla las cajas de cartón apiladas en el salón.

—Bueno, de acuerdo, quizá yo pueda ayudarte a trasladar algunas de estas cosas. ¿Dónde vives?

—Vivimos en Richmond... ¡Oh, no me mires así!

—¿Así cómo?

Tiene la taza apretada con las manos con tanta fuerza que parece empeñada en romperla. Hay una rabia súbita en ella, quizá porque su hermana ha muerto, o quizá porque le toca a ella limpiar el desastre.

—Como si todos condujésemos un deportivo, recibiésemos clases de violín y viviésemos en Richmond. Como si estuviésemos invadiendo de pronto vuestra maldita ciudad. La familia de mi madre lleva aquí desde que los chinos vinieron a construir el ferrocarril hace cien años, y mi padre se mudó aquí desde el continente cuando era un niño. Ambos son ingenieros. No es que hayamos llegado a comprar propiedades delante de vuestras narices. Tenemos raíces aquí. Estoy estudiando para ser urbanista.

A Brazuca no debería sorprenderle que se ponga a la defensiva. El precio de la vivienda está tan alto que muchos culpan a la afluencia de los chinos de los precios astronómicos del mercado. Más de la mitad de la población de la ciudad de Richmond es inmigrante, y hay ciertas personas que se sienten incómodas con el cambio demográfico. Es una especie de racismo insidioso que Brazuca observa cada vez con más frecuencia y empieza a verlo ahora a través de los ojos de esta mujer. De pronto siente ternura hacia ella. Estira el brazo y le cubre las manos con las suyas.

—No he dicho que tu familia no pertenezca a este lugar. Siento mucho lo de tu hermana.

—Mi hermana... se dejó comprar y pagar. —Gira las manos y entrelaza los dedos con los de él. Se le quiebra la voz, pero no hay lágrimas en sus ojos—. Trabajas con Lam, ¿verdad? ¿Sabes cómo son esa clase de mujeres?

Hay algo inquietante en su manera de mirarlo. Brazuca aparta las manos, pero no sabe dónde ponerlas, así que se las mete en los bolsillos.

—A veces le ayudo con algunos problemas. Antes... era policía.

—Pero ya no lo eres.

—No.

Grace rodea la mesa y aparta la taza de Brazuca. Se sienta entonces en su regazo.

—Grace…, ¿qué estás haciendo? —pregunta él, sin saber si tendrá la fuerza de voluntad para quitarse de encima a una mujer cachonda y triste.

—Quiero… quiero sentirme como se sentía ella. Solo por una noche —dice. Y acerca su boca a la de él.

Resulta que Brazuca no tiene fuerza de voluntad, después de todo.

No ha sido una proposición sexi, piensa Brazuca, mucho más tarde, cuando yacen los dos enredados en la cama de la hermana. Aunque, claro, sus proposiciones no suelen serlo. Tiene el don de atraer a mujeres a las que no les interesa en lo más mínimo la suavidad. Haber pasado página no parece estarle ayudando mucho, ni siquiera en eso. Yacen en la cama, a oscuras, durante largo rato. Brazuca no sabe si le ha hecho sentir como una puta, pero él desde luego se siente como si lo fuera. Hay tanto silencio en el dormitorio de Clementine que ambos se percatan del sonido de la llave al girar en la cerradura. Brazuca mira a Grace a los ojos y se lleva un dedo a los labios. Se levanta y se pone los vaqueros. Oye un roce a su espalda mientras Grace se viste.

Sale sin hacer ruido al pasillo y se detiene en la entrada del salón.

No sabe qué espera encontrar allí, pero desde luego no a una mujer diminuta con un traje sastre ajustado. Está de pie en mitad del salón, levantando un teléfono en el aire. Está mirando las cajas apiladas en un lado de la habitación. Él la observa desde la puerta, con Grace moviéndose por el pasillo, mientras la mujer se acerca a la caja de los bolsos de diseño y rebusca en ella. Su melena oscura es tan larga y lustrosa que, aunque Brazuca no está muy familiarizado con las extensiones capilares, está bastante seguro de que esa mujer las lleva. Por fin la mujer saca de uno de los bolsos un pequeño teléfono que vibra y finaliza la llamada que está haciendo desde su propio móvil.

—Tú debes de ser el camello —dice Brazuca.

La mujer se detiene. Lo mira y no dice nada. Él percibe la rabia de Grace a su espalda.

Señala con la cabeza el teléfono que ha sacado del bolso, que es desechable, de los que se encuentran con facilidad y a los que se les puede meter cualquier tarjeta SIM.

—Usabas un teléfono especial para comunicarte con ella. Mantenía tu número al margen de sus demás contactos. Muy lista.

La mujer vuelve a guardar el teléfono en el bolso. Cuando habla, su voz suena agradable e infantil. Tiene una sonrisa torcida que resulta extrañamente encantadora.

—Oh, así es todo más limpio.

Esa es la razón por la que él ha venido al piso. Se preguntaba por qué no encontraba registros del camello de Clem en el teléfono que le había dado Lam. Clementine llevaba una vida muy aislada, pero tenía que recibir su suministro de algún lado.

Grace aparece en el marco de la puerta.

—Zorra.

La mujer observa su cara. Es tan diminuta y sonríe con tanta dulzura que Brazuca quiere creer que es más joven de lo que debe de ser. Sin embargo, como tiene una mirada calculadora, supone que debe de tener al menos diez años más de lo que había pensado en un principio.

—En eso no te equivocas, cielo —le dice a Grace antes de mirarlo de nuevo a él—. Probablemente Bernie te ha pedido que vinieras a buscarme, ¿verdad?

—¿Cómo lo sabes? —Brazuca no se imagina a nadie llamando «Bernie» a Lam, al menos no a la cara. Lam es un *playboy*, pero hay ciertas cosas que ni siquiera él soportaría.

—Oh, lo sé todo sobre Bernie —continúa la mujer agitando una mano con uñas de manicura—. Tú debes de ser Bazooka. Clem hablaba de ti de vez en cuando, pero solo porque debió de oírselo decir a Bernie. No tenía vida propia.

Él asiente. Bazooka. Es un apodo que no logra quitarse de encima.

—¿Y tú eres?

—Priya. —Suspira—. No tiene sentido seguir ocultándolo. Si le das mi descripción a Bernie, sabrá que soy yo. Soy yo quien los presentó, ¿sabes?

—¿A Lam y a Clementine?

—Sí. Ayudo... a suministrar personas para cierta clientela de élite. Bernie estaba obsesionado con los chochitos asiáticos. Los que no tienen ataduras, quiero decir. Y yo sabía que Clem sería buena para él. —Ignora a Grace deliberadamente—. Es curiosa la gente. Incluso aquí, no se salen del rebaño.

Brazuca entra en la habitación, alejándose un poco de Grace, que parece estar a punto de entrar en combustión espontánea.

—Háblame de lo que le diste. ¿Lo sabías?

—¿Que se moriría? Claro que no. No es algo que suela hacer con frecuencia, por cierto. Clem no confiaba en nadie más y yo le debía un favor. Sabía que tenía contactos. Pero le dije que esta vez sería la última durante un tiempo. Su adicción estaba descontrolándose y no podría mantenerla oculta si seguía así. Entonces Bernie se vería involucrado y yo acabaría en la mierda. Como estoy ahora, supongo.

—¿De dónde sacas tu mercancía?

—Espera —dice Grace volviéndose hacia Brazuca—. ¿Por eso te ha enviado? ¿Es por la droga? ¡Por amor de Dios! ¡Mi hermana ha muerto!

Priya mira hacia la puerta.

—Me parece que vosotros dos tenéis algunas cosas que aclarar.

Brazuca se acerca más a ella, asegurándose de exagerar su cojera. Es un truco barato, pero no le importa recurrir a él cuando le resulta útil.

—Tal vez deberíamos hablar en privado. —Lo cual, se da cuenta ahora, es lo que debería haber sucedido desde el principio.

—Quiero oírlo —dice Grace cruzándose de brazos.

—No —responde Priya—. No quieres. —Entonces sale con dos bolsos de diseño. Uno de ellos será el suyo.

Brazuca le lanza una mirada arrepentida a Grace mientras sigue a la camello de su hermana hacia la puerta, dejándola más o menos igual que la encontró. En mitad de una habitación, perdida y triste.

Alcanza a Priya en el ascensor, sin molestarse en disimular lo rápido que puede moverse cuando de verdad quiere. Y solo durante breves espacios de tiempo.

—No puedo darte un nombre —le dice ella cuando la alcanza—. Lo entiendes, ¿verdad? Bernie no lo entendería, pero tú eres una persona más razonable. Me doy cuenta solo con mirarte.

—Creo que la quería de verdad. Esta vez no es solo la actitud de macho. No puedo volver sin nada.

Ella asiente, comprensiva. Ambos tienen que rendir cuentas a alguien. Se abren las puertas del ascensor y ella entra.

—¿Bebes?

—Ya no. —No desde que Nora lo ató a una cama y le metió ron con analgésicos por la garganta. Lo que supone que, oficialmente, cuenta como una recaída, aunque no pueda considerarse culpa suya. La había subestimado y había pagado el precio. Recuerda que entonces también se sintió un poco como una puta. Parecía ser un denominador común en sus tratos con mujeres.

—Una pena. Hay un bar en Gastown que creo que es muy bueno. Sirven unos cócteles de frutas con sombrillitas. El Lala Lair.

Se cierran las puertas.

Brazuca se plantea volver al apartamento para ayudar a la hermana de Clementine a organizar todas sus carísimas pertenencias y acompañarla en su dolor. Se lo piensa mejor y pulsa el botón del ascensor. Al fin y al cabo tiene un trabajo que hacer y, por mucho que desee atribuir a su *sex appeal* la conversación con Priya sobre tomar una copa, sospecha que ella tenía una motivación diferente. Le ha dicho lo que necesita saber, de la única manera que consideraba segura.

En cuanto a Grace..., bueno, solo espera que haya obtenido lo que necesitaba de él.

8

Espero a Simone detrás del escenario de un pequeño local de cervezas artesanales que los martes por la noche se convierte en un club *drag*. Hay lentejuelas y borlas por todas partes. Siento como si estuviera en la pesadilla de la chica de un harén, esperando a que el pachá venga a hacer conmigo lo que quiera. Hay una *drag queen* en el pequeño camerino en el que me encuentro, aplicándose un denso contorno de ojos líquido con la precisión de un cirujano. Me ignora por completo mientras se pone las botas de tacón alto y sale por la puerta. Segundos más tarde entra Simone, cubierta de purpurina corporal y con una prenda verde lima que es más una camiseta que un vestido. Me recuerda a la primera vez que nos vimos en un grupo de apoyo a alcohólicos. Llevaba puesto algo similar, posiblemente rosa chillón.

—No has venido a las reuniones —me dice cuando me ve sentada junto a la balda de accesorios y pañuelos brillantes.

—Lo sé —respondo. Se disgustaría si supiera que estaba acudiendo a otra clase de reuniones. Pero, en mi defensa, apenas puedo hacerme cargo de mis propios problemas. ¿Cómo puedo esperar que lo haga ella?

Se quita los tacones y se sienta frente al tocador para frotarse los pies.

—Tampoco respondes a mis llamadas.

—No me gusta hablar por teléfono —le digo. Desde el año pasado, cuando fui arrastrada hasta la orilla de Vancouver Island, después de que mi hija, Bonnie, fuera secuestrada, he estado evitando a Simone y sus miradas perceptivas. Le gusta mucho hablar de sentimientos. Sobre todo de los suyos, pero de vez en cuando también se interesa por los míos.

—Y ahora quieres que investigue el pasado de tu padre, ¿verdad? —Se quita el vestido. El cuerpo musculoso que hay debajo es una publicidad del valor estético de la depilación corporal—. Recibí tu mensaje ayer, Nora, pero has sido tan mala amiga conmigo que no sé si me apetece ayudarte esta vez. ¿Dices que has encontrado una organización de veteranos para los marines de Líbano? Quizá deberías investigar por ahí —me dice, sabiendo de sobra lo que opino de hablar con desconocidos por Internet sobre algo que no sea sexo.

Es difícil saberlo solo con mirarla, pero Simone es una especie de experta en seguridad informática. Tiene su propia empresita, que dirige como su *alter ego* Simon, y parece satisfecha llevando una doble vida con zapatos de tacón de aguja dorados. No me ofrezco a pagarle por su ayuda porque sospecho que sería perjudicial para mí. Así que espero mientras se quita la peluca y el maquillaje y se pone un chándal encima de las medias. Lo único que queda de su personalidad *drag* son las uñas largas y pintadas, que utiliza para rascarse el cuero cabelludo tras haberse quitado las horquillas de la peluca.

—Perdón —digo con una sonrisa—. Hablemos de ti.

Sonríe y me saca de la habitación.

—Esperaba que me preguntaras. Estoy saliendo con un chico nuevo, Terry, pero todavía tiene un pie dentro del armario. Ha sido una pesadilla maravillosa.

Me estremezco con la imagen que me viene a la cabeza y me pregunto, no por primera vez, por qué cuando le preguntas a alguien por su vida en general lo considera como una invitación para darte el coñazo con su vida sentimental. Pero se trata de Simone, así que me muestro más indulgente.

—Cualquiera tendría suerte de tenerte.

—¿Incluso tú? —me pregunta en tono de broma. Le sostengo la puerta abierta y me guiña un ojo mientras sale.

—Sobre todo yo. —Y es la verdad. ¿Quién no querría como amante a una experta en seguridad informática? Pensándolo mejor, entiendo el dilema de Terry. No hay nada que no pudiera descubrir sobre ti si se lo propusiera.

—¿Y qué harías cuando me quitara las medias y te enseñara la polla? ¿Podrías gestionar a un hombre como yo?

La pregunta me desconcierta. Desde que se me presentó como mujer, y además una mujer capaz de entonar a la perfección el *Single Ladies*, nunca he pensado en ella como hombre. No sé si quiere que lo haga. Incluso en chándal, sin la peluca, con el pelo corto y sin maquillaje, me parece la persona más femenina que he conocido jamás. Se ríe.

—No pongas esa cara de sorpresa. De todas formas, no eres lo suficientemente bollera para mí.

De pronto me siento ofendida. ¿No soy lo suficientemente bollera? ¿Cómo se atreve? Reviso mi energía femenina, que sigue siendo tan dudosa como siempre ha sido. Conque no soy suficientemente bollera. Ya.

—Investigaré sobre tu padre, Nora. Sabes que lo haré. Pero no puedo empezar hasta dentro de dos semanas. ¿Te parece bien?

—Sí —respondo—. De todas formas voy a hacer un viaje, así que envíame los detalles por *email* cuando puedas.

Se le ilumina la cara.

—Eso es nuevo. ¿Vas a algún lugar emocionante?

—He oído que los viajes internacionales son buenos para el alma —respondo encogiéndome de hombros.

—A Detroit, ¿verdad? Te vas a Detroit. —Entonces suspira y entrelaza el brazo con el mío—. Venga. Acompáñame a casa de Terry. Así me cuentas qué tal llevas la sobriedad.

Hace una noche nublada y el humo no se ha disipado aún, así que la convenzo para que tome un taxi mientras yo cojo el autobús para volver a casa. Cuando llego a la entrada, se enciende la luz de mi móvil. La luz solo se enciende cuando recibo un mensaje en una aplicación particular que he instalado para poder comunicarme con Bonnie, la hija a la que di en adopción hace dieciséis años. Que ella sepa quién soy es el resultado de una cagada administrativa espectacular donde las haya. Bienvenidos a Canadá, tierra del beicon, los consorcios del sirope de arce y los errores administrativos indignantes. Un error que hizo que el certificado de nacimiento original de Bonnie acabara en manos de sus padres adoptivos cuando nació. Quizá algún oficinista cansado metió la pata. Quizá era su primer día de trabajo o quizá llevaba allí cientos de días. Tal vez fuera un corte de mangas al sistema en su último día. La razón por la que el archivo de Bonnie se filtró ya no importa, porque ahora ya sabe quién soy.

No solo eso, además tiene mi número de teléfono.

Nunca nos llamamos. Nunca oímos nuestras voces. Solo intercambiamos fotografías mediante esa aplicación, para evitar aumentar los cargos en nuestras tarifas telefónicas. La foto que me envía esta vez es de su pie en un estribo. Siempre es su pie en alguna parte, y doy por hecho que el resto de su cuerpo también. Está bien porque su pie lo está. Supongo que de todo ello debo deducir que sigue con esto de vivir la vida. Ahora mismo está haciéndose un examen ginecológico, por ejemplo.

Gracias por la actualización.

Le envío una foto de Whisper que he guardado con ese propósito. Ella me muestra sus pies y yo le muestro a mi perra, y esta es nuestra relación. Fotos de nuestras vidas, pero a distancia y enmascaradas con filtros de melancolía.

En la casa, encuentro a Seb despierto y en su despacho, revisando el último borrador de sus memorias. Acabamos de terminar sus capítulos de Kosovo y hemos abordado su matrimonio, de cuando intentaba pasar por heterosexual. Siempre ha sido un gran escritor, pero este libro está tan cargado de emotividad que tuve que dejarlo tras leer sus últimas páginas.

Estoy preocupada porque sigue sin querer hablar de su última visita al hospital. Por eso sé que ha sido mala.

—No tengo por qué irme, lo sabes, ¿verdad? —le digo cuando vuelvo de sacar a Whisper. No hemos vuelto a ver al veterano desde nuestra inesperada conversación en el parque. Se ha desvanecido en la noche y se ha llevado consigo mi equilibrio mental. Aun así, estaba inquieta durante el paseo y Whisper se ha impacientado, así que nos hemos dado la vuelta a medio camino para volver a casa. Ya no le gusta estar lejos de Seb durante mucho tiempo. Ahora mismo está tumbada a sus pies, lamiendo la alfombra en la que ha hundido los dedos.

—Sí que tienes. Además necesito estar solo un tiempo.

—¿Seguro que no me necesitas?

—Ya casi he acabado —responde encogiéndose de hombros—. Has hecho un gran trabajo con la documentación y la organización, Nora. Me alegra… haber contado con tu ayuda.

No me mira a los ojos.

Cuando los perros saben que se están muriendo, encuentran un lugar cómodo y se tumban en él hasta que llega su hora. No hay en sus ojos autocompasión. No se resisten a lo que viene. Son sus dueños los que se asustan ante la idea de que su mascota está a punto de morir. Pero para el perro solo existe una especie de resignación tranquila.

Una hora más tarde vuelvo a entrar en el despacho. Seb está en el sofá con Whisper acurrucada en el otro extremo, aún a sus pies, alrededor de la gruesa manta con la que se ha cubierto. Como está dormido, le agarro las manos huesudas y se las aprieto con ternura. No me devuelve la presión. Whisper agita el rabo dos veces, pero se niega a levantarse. Probablemente porque percibe que me voy. Que mi mochila junto a la puerta es señal de que voy a abandonar a la manada cuando más me necesita. Aunque he acudido a Brazuca y le he dejado instrucciones —y algo de dinero extra— al paseador de perros, sigo sintiéndome culpable. Cuando los miro, añado el miedo a la mezcla de emociones.

Lo que me asusta es que Whisper parece tan tranquila como él ahí en el sofá.

Pero no puedo quedarme más. Tengo que tomar un avión.

9

Frente a la clínica, Bonnie mira la foto de la perra en su teléfono. Como siempre, Whisper mira directamente a la cámara y parece algo aburrida. Un BMW plateado entra en el aparcamiento. Bonnie se cuelga la mochila al hombro y se acerca al coche con cautela. Se monta, pero se cuida de no mirar a su madre. Lynn no dice nada hasta que abandonan el aparcamiento, pero Bonnie se imagina lo que le espera. Su madre tiene los hombros en tensión. «¿Por qué no me lo habías dicho?».

—Iba a tomar el autobús, pero se me ha olvidado el abono.

—No has respondido a mi pregunta. ¿Por qué no me habías dicho que estabas embarazada? —pregunta Lynn, que pensaba que Bonnie estaba ajustándose bien a la vida en Toronto y lo único por lo que tenía que preocuparse era una leve alergia al enebro de Virginia que había desarrollado el año anterior.

Bonnie se encoge de hombros. Ha sido una intervención fácil, más sencilla de lo que pensaba. Es como si la hubieran raspado por dentro, pero los calambres no han sido más dolorosos de lo normal.

—Pensaba que podía gestionarlo, nada más.

Lynn evita mirar a su hija cuando dice:

—Pensabas que te juzgaría. Por todo lo que tuve que pasar para adoptarte.

Ninguna de las dos lo dice, pero está en el aire. Porque Lynn no podía tener hijos. Porque Bonnie es el resultado de una agresión contra su madre biológica. Porque Bonnie ha podido elegir mientras que Nora no pudo. Y tiene a alguien que la lleve a casa desde la clínica después de la intervención.

Lynn detiene el coche a un lado de la carretera. El clima inusualmente cálido de este otoño empieza a ceder. Toronto es más fresco ahora, pero no lo suficiente para que nieve. La lluvia salpica en las ventanillas mientras ambas miran al frente, sin atreverse a mirarse a los ojos. Coloca la mano sobre la de Bonnie y se la aprieta con cariño.

—Yo nunca te juzgaría, cariño. Nunca. Es tu cuerpo, tu decisión. ¿De acuerdo?

—Sí, lo sé. Es que no quería hablar de ello. ¿Podemos no contárselo a papá?

—¿Por qué íbamos a hacerlo? —dice Lynn—. No es asunto suyo.

—Gracias, mamá —dice Bonnie, algo aliviada.

Su padre sigue en Vancouver y probablemente continúe follándose a su jefa. Ya no culpa a sus padres porque su matrimonio se rompiera —eso eran cosas de críos—, pero eso no significa que esté más unida a ellos. Sobre todo a Everett, que era el padre en quien más confiaba hasta que el año anterior descubriera que estaba teniendo una aventura. Había reaccionado exageradamente a aquella noticia, de un modo espectacular. Se había escapado para ir a conocer a su padre biológico, que había resultado ser un monstruo. Es un momento de su vida en el que intenta no pensar.

—Si ocurre algo, solo quiero que sepas que puedes confiar en mí. Eso es todo. —Lynn vuelve a arrancar—. ¿Tienes hambre?

—Es demasiado tarde para comer. Solo quiero irme a la cama.

Lynn la mira por el rabillo del ojo mientras conducen hacia su apartamento en el artístico barrio de Leslieville, pero no dice nada a modo de respuesta.

Bonnie tiene una sensación de inquietud que nada tiene que

ver con la clínica, o con lo que vino antes. Eso fue un alivio, más que otra cosa. El pasado verano había visto a su antiguo novio, Tommy, que ahora quería que le llamaran Tom. Ambos tenían claro que se había acabado, pero se echaban de menos. Bonnie no había planeado acostarse con él, pero no se arrepentía. Simplemente no tuvieron tanto cuidado como antes.

No, decide ahora. Se siente algo cansada, nada más, pero no se arrepiente de lo que ha sucedido en la clínica. Su impulso de contactar con Nora ha sido una sorpresa, pero lo que le preocupa realmente es la respuesta de Nora. Normalmente tarda en responder. Captar a Whisper con la iluminación correcta y mirando a la cámara no es tarea fácil. Esa foto le llegó mucho más rápido que de costumbre, como si Nora estuviera esperando a que le enviara algo. Como si estuviera esperándolo y hubiera anticipado su respuesta.

Mientras vuelven a casa, Bonnie no puede evitar preguntarse por qué.

DOS

10

Las nubes dibujan formas preciosas frente a mi ventanita ovalada. Hasta ahora el vuelo ha sido tranquilo, el avión atraviesa esas formas como si fueran de azúcar. Podría quedarme aquí arriba para siempre, pero la mirada solícita de la auxiliar de vuelo ha empezado a convertirse en una mirada de odio cuando me entretengo con la bandeja de la comida. Ha intentado retirármela en varias ocasiones y yo la he salvado aferrándome a ella con mano de hierro. Pero, si hubiera una pelea a muerte entre nosotras, apostaría por ella. Nunca apostaría contra una mujer capaz de recogerse el pelo en un moño tan firme. Una bomba podría volar este avión por los aires y, entre los restos, encontrarían una esfera de pelo perfecta, aún intacta, sin un mechón rubio fuera de su sitio.

Cuando aterrizamos, el agente de aduanas de Estados Unidos parece dudar de que mi razón del viaje sea «turismo», pero probablemente no pueda imaginarse qué problemas podría causar en Detroit que no se hayan causado ya. Desde el aeropuerto alquilo un Chevy Impala y, mientras atravieso la ciudad con la luz de última hora de la mañana, entiendo por qué ha dejado de importarnos todo una mierda. Hay edificios abandonados por todas partes. Calles decadentes. Personas que no se miran unas a otras a los ojos. Me resulta violento, sobre todo viniendo de una de las ciudades más bonitas —y menos asequibles— del mundo, donde quiere vivir tanta gente que casi nadie tiene oportunidad.

Y llego aquí, a Detroit.

No hace calor ni hay humo como en Vancouver cuando me marché, pero desde luego el aire tiene algo pegajoso. Algo pesado. Me da en la nariz, como un puñetazo que alguien me ha lanzado antes de haber tenido tiempo para reaccionar. O quizá mi mente esté jugándome de nuevo una mala pasada.

Me registro en un motel barato del centro y trato de situarme. Me dijeron que estaba ubicado en una buena zona de la ciudad, cerca de la universidad, pero las parcelas de la manzana con edificios en demolición me dicen otra cosa. El motel en sí parece estar bien y las sábanas están limpias, pero tienen un estampado floreado desgastado que resulta insoportablemente esperanzador, dada la ubicación tan deprimente del motel. No puedo meterme en esa cama, pero tampoco quiero salir a la calle hasta que tenga que hacerlo, así que me siento, con las cortinas echadas, en un sillón que podría venirse abajo con el peso de un culo más. Pero estoy viviendo al límite, así que me da igual.

Sueño con una niña cubierta con la sangre de un hombre, que resbala en ella cuando abre la boca, suelta un grito silencioso y se escabulle. Me despierto entonces y me siento como si la ciudad de Detroit se hubiera derrumbado mientras dormía y casi todos los escombros me hubieran caído encima. Hacía mucho tiempo que no pensaba en esa niña pequeña. Y nunca, al menos hasta hoy, había soñado con ella. Menos mal que ya casi ha anochecido y es hora de hacer una visita. Así que, por el momento, puedo dejar a un lado todos esos recuerdos de una infancia feliz.

No me molesto en mirar los mapas, porque hay demasiadas cosas en el mundo que me resultan incomprensibles ahora mismo como para prestar atención a las señales de las calles y manejar un vehículo en movimiento al mismo tiempo. Simplemente sigo las instrucciones del GPS de mi móvil hasta que llego a la dirección de las postales.

La casa de ladrillo, de dos plantas, debió de ser una buena casa, pero su gloria se ha esfumado con el tiempo, al ritmo del deterioro del resto de la ciudad. Buscando en la web anoche, descubrí que este barrio al sureste de Detroit solía ser una zona predominantemente blanca, pero ahora es más mixta que antes, en su apogeo, cuando los estadounidenses tenían sueños y la Ciudad del Motor era el lugar donde ir a vivirlos.

El hombre que me abre la puerta parece tan viejo como la pintura descascarillada del porche, y es tan corpulento que el recorrido hasta la puerta debe de haber consumido las reservas de energía que tenía para el resto de la noche. Pero sus ojos son despiertos y están despejados mientras me mira, allí plantada en su puerta. Tras él veo a una niña pequeña que se asoma. Se lleva un dedo a los labios, pidiendo que guarde silencio.

La ignoro y centro mi atención en el hombre. El sol está poniéndose sobre mi hombro, envolviéndonos a ambos en una suave luz rosada. No digo nada de entrada. Ahora que estoy aquí, me pregunto si tal vez verá algo de los rasgos de mi padre en mi cara. Guardo silencio y una parte de mí alberga la esperanza de que me reconozca.

—¿Quién diablos es usted? —me pregunta a modo de saludo.

—Me llamo Nora Watts. Creo que usted conocía a mi padre, Samuel.

Su mirada sobresaltada me recorre de arriba abajo, fijándose en mis vaqueros y en mi sudadera con capucha; observa que tengo el hombro derecho ligeramente echado hacia atrás y el pie izquierdo medio paso adelantado. Como un luchador. Retrocede y está a punto de cerrarme la puerta en la cara. «No sé quién es ese».

Pongo el pie en el marco de la puerta para ganar tiempo mientras busco en el bolsillo del abrigo. Saco las postales que le enviaron a mi padre, atadas ahora con la cinta de seda azul, y se las enseño.

—¿Sabe quién envió esto? Salieron de esta dirección.

Finge que no mira las postales, pero un ligero movimiento de su mirada me indica que las ha visto.

—Largo de aquí. No tengo nada que decirle. —Doy un paso inconsciente hacia atrás al oír la furia de su voz. Me cierra de un portazo, pero alcanzo a ver algo que reconozco en su expresión. Algo que parece desesperación. Me quedo un momento en el porche, mirando a la niña pequeña que se asoma por las cortinas de la ventana cercana. Apostaría mi coche de alquiler para el que temerariamente rechacé el seguro adicional a que ese hombre no solo ha visto antes las postales, sino que además fue su mano la que las escribió.

Porque, cuando le he preguntado si conocía a mi padre, me ha mentido a la cara. Estoy casi segura de ello. Parece que vuelve a asomar la cabeza esa pequeña intuición que solía tener cuando alguien me miente, la capacidad que antes me salía sola ahora solo despunta de vez en cuando, a retazos, pero me queda lo suficiente como para dudar del hombre que acaba de cerrarme la puerta en las narices.

La niña pequeña abre la ventana y me hace un gesto para que me acerque. Lleva la melena castaña recogida en una coleta medio deshecha en lo alto de la cabeza, y unas gafas de ver con montura azul que se le resbala todo el rato por la nariz. En una mano sujeta una piruleta, que me ofrece. No sé calcular la edad de los niños, al no haber formado parte de la infancia de Bonnie, pero creo que esta podría tener unos dos años, o algo más. A lo mejor está en edad de ir a la guardería. Agarro la piruleta, le quito el envoltorio y se la devuelvo.

—Para ti —le digo.

—Gasias. —Le faltan los dos dientes paletos y cecea un poco. Asoma la lengua por el hueco y me sonríe. Puede que haya encontrado a la criatura más adorable que jamás ha existido.

—¿Es tu padre el que ha abierto la puerta?

Niega con la cabeza.

—¿Tu abuelo?

Asiente.

—¿Sale alguna vez de casa?

Eso provoca una carcajada profunda, como saben hacer los niños, una risotada sorprendente y deliciosa. Si algo pudiera derretir este frío corazón mío, sería sin duda una risa como esa.

—Vamos al colegio —dice sin dejar de sonreír. Entonces vuelve a llevarse el dedo a los labios, espera un segundo mientras escucha un sonido de dentro, después vuelve a sonreírme. Es sorprendente ver lo pronto que empiezan las niñas a ocultarles secretos a los machos alfa de sus vidas.

—¿Te gusta el cole?

Niega de nuevo.

—No pasa nada —le digo—. En realidad no lo necesitas. Tienes que abrirte camino en el mundo por ti sola, ¿entiendes lo que digo? No acabes como yo. Sé tú misma. Busca dinero.

Asiente muy seria al recibir aquel pedazo de sabiduría no solicitada. Desato la cinta de seda azul de las postales y se la entrego.

—Camina muy despacio mañana cuando vayas al cole, ¿vale?

Me bajo del porche y regreso a mi coche de alquiler, que he aparcado a la vuelta de la esquina. Cuando llego al lugar, tardo un minuto en darme cuenta de que el Impala ha desaparecido. Me lo han robado. Cruzo la calle hacia la parada de autobús cercana. La gente que hay bajo la marquesina no se molesta en hacerme un hueco. Se quedan ahí, con los ojos vacíos, sabiendo perfectamente que mi coche se ha esfumado ante ellos, pero nadie está dispuesto a hablar del asunto. Un hecho más del día a día. No tiene nada de especial.

11

Brazuca observa desde su coche mientras una frágil efigie de Sebastian Crow recorre lentamente el parque con Whisper a sus pies. Son casi las diez de la noche y son las únicas figuras a la vista. Crow se detiene en un banco, apoya una mano en el respaldo para sujetarse y tose contra la manga de su chaqueta durante varios segundos. Después se limpia la boca con el dorso de la mano y regresan hacia la casa que está al otro lado de la calle.

Brazuca siente una furia inexplicable hacia Nora por haberle arrastrado hasta allí. ¿No se suponía que había un paseador de perros? Debería haberle pasado el encargo a Warsame, quien, como si hubiera tenido una premonición, ha vuelto a desaparecer, inmerso en alguna misión. Crow tarda un minuto entero en subir los escalones hacia la entrada de su casa. Whisper espera pacientemente abajo hasta que llega al rellano, después sube con él.

Se le queda la imagen de Crow apoyado en el banco, dolorido. No logra librarse de ella hasta casi una hora más tarde, de pie frente al exclusivo restaurante de Gastown que había mencionado Priya, la camello de Clementine.

—¿Vas a entrar o qué? —dice una mujer a su espalda. Va vestida como una cabaretera, con rizos enormes y unos zapatos de tacón tan altos que lleva los pies casi en un ángulo de noventa grados.

Brazuca se echa a un lado para dejarla pasar.

—Perdón. —Pero ella ni siquiera lo mira o da muestras de haberlo oído.

Camina hasta la cafetería vegana abierta las veinticuatro horas que hay al otro lado de la calle y se sienta a una mesa junto a la ventana con vistas a la entrada y a los ventanales del Lala Lair.

Mientras picotea algo llamado ensalada de semillas *super power*, mantiene la mirada fija en la ventana. Pasada la medianoche, un hombre indonesio delgado, con pantalones hechos a medida y un jersey cuello de cisne, sale del Lala Lair. Cuidándose de mantenerse alejado de la cámara que hay colocada sobre la entrada, se enciende un cigarro y hace una llamada telefónica. Las dos últimas noches, Brazuca ha estado viendo a ese hombre hacer exactamente lo mismo. Ayer, sin embargo, pidió una hamburguesa de quinoa en vez de la ensalada *super power* y el estómago aún no le ha perdonado.

Una mujer con un vestido azul ajustado y un bolso brillante se sienta frente a él.

—Hola —dice mientras se sube la parte delantera del vestido.

Brazuca parpadea. Tarda unos segundos en reconocer a la hermana de Clementine.

—Grace, ¿qué estás haciendo aquí?

—Oh, he venido al Lala Lair todas las noches esta semana. Es un nombre gracioso, ¿no te parece? Lala Lair. Lalalair. Intenta decirlo tres veces seguidas. ¿Te gusta mi vestido?

El vestido en cuestión es muy ajustado salvo en la parte de arriba, y está diseñado para alguien con canalillo.

—No está mal.

—Mentiroso. Es horrible. Se me cae haga lo que haga. Es de mi hermana —explica. Mira hacia abajo—. El bolso también. Creo que me lo voy a quedar. En fin, ¿qué estaba diciendo? Ah, sí, mi hermana. Tenía las tetas operadas, así que probablemente no le preocupara lo de llenar el vestido.

—No deberías estar ahí —le dice él señalando con la cabeza el exclusivo bar del otro lado de la calle.

—Bueno, y ¿qué iba a hacer? Os oí hablar a esa zorra y a ti en el ascensor. Sí, estaba escuchando junto a la puerta. ¿Qué iba a hacer? ¿Ignorar a su camello? Mencionó el Lala Lair y supuse que tendría algo que ver con Cecily. ¿Qué has descubierto? ¿Y qué haces en esta cafetería *hippie* en vez de al otro lado de la calle?

—Un hombre tiene que comer —responde con voz neutra. A Grace no le hace falta saber que ya ha estado ahí, ya ha husmeado y ha sacado toda la información posible sin llamar la atención.

Se quedan mirándose. Bajo las capas de maquillaje llamativo, aplicado sin mucha experiencia, Grace muestra una expresión seria. Saca una memoria USB del bolso y se la pasa.

—Tengo un amigo que trabaja en criminología en la Universidad de British Columbia que está investigando a los traficantes de droga para su tesis. Me ha pasado material sobre la Wild Ten.

—No la llames así. La estás idealizando.

—Es el nombre que recibe en la calle —insiste—. Dice mi amigo que es relativamente nueva, pero está poniéndose de moda. Hay unos laboratorios de drogas clandestinos en China que fabrican fentanilo para contrabando. También manipulan la estructura química de la droga y crean nuevas versiones. Como la Wild Ten. Es muy difícil regularlo.

Brazuca le devuelve el USB.

—Grace...

—Quiero saber qué le ocurrió a mi hermana tanto como tú. Y a mí no me pagan —dice, sin saber que, con pullas como esa, él es prácticamente como el teflón. Todo el mundo tiene que ganarse la vida. No van a ser todos urbanistas.

La camarera se acerca con la cuenta y Brazuca paga en efectivo. Cuando se marcha, le lanza a Grace una mirada severa.

—Ya sabes lo que le ocurrió a tu hermana. Se metió una sobredosis y se murió. Fin de la historia. No deberías estar aquí ni al otro lado de la calle. Vete a casa, Grace.

—No me digas dónde debería estar —murmura ella.

—Hablo en serio. ¿No tienes clase o algo así?

—Nos hemos acostado juntos, imbécil. No puedes hablarme así. Soy una mujer adulta. Puedo estar donde me dé la gana. —Se levanta de la silla con torpeza, se cuelga el bolso del hombro y maldice cuando la cadena se le engancha en el pelo—. Joder —dice mientras se dirige hacia el cuarto de baño intentando desenredársela.

En cuanto desaparece, Brazuca abandona la cafetería y cruza la calle. Con la capucha puesta, camina hacia el callejón, permitiendo que la cojera le desequilibre. Apoya una mano en la pared de ladrillo del callejón de detrás del Lala Lair y maldice cuando la cremallera se le atasca e intenta soltársela.

Un elegante BMW se detiene en el callejón y recoge a un cliente que acaba de salir por la puerta trasera del bar; toca el claxon para que se aparte. Él levanta un brazo automáticamente para protegerse la cara del brillo de los faros y le saca el dedo al conductor.

La ventanilla del copiloto se baja y el hombre del cuello cisne intenta fijarse bien en Brazuca, que tiene la cara parcialmente cubierta por la capucha.

—Muévete.

—Sí, sí, un segundo, tío. —A Brazuca le sale la voz ronca, lo más neutral posible. Se aparta de la pared y camina hacia la calle, donde de inmediato se cuela entre las sombras de un portal. Cuando el coche entra en la carretera, iluminado por una farola del callejón, se ve con claridad la matrícula. Le saca una foto con el móvil—. Ya te tengo —murmura, aunque no hay nadie allí para oírlo.

Hace una llamada al mismo número al que envía la foto. La voz que responde al teléfono suena confusa y molesta.

—¿Qué cojones? —murmura el detective Christopher Lee, del Departamento de Policía de Vancouver—. ¿Sabes que algunos de nosotros tenemos trabajos de verdad a los que acudir por las mañanas?

—A mí también me alegra oír tu voz, cielito. Necesito un favor. Me lo debes.

—Me has dado un chivatazo en todo el tiempo que llevas fuera del cuerpo. Uno.

—A veces solo se necesita uno. Te he enviado una matrícula. El conductor ha recogido al gerente del Lala Lair.

Se produce un breve silencio mientras Lee le da vueltas a aquella información en su cabeza.

—El Lala Lair, ¿eh? Sí, oí algunos rumores cuando estaba en la Unidad de Bandas.

—Averigua si sigue habiendo rumores.

—¿Disculpe, su majestad? ¿Te estás inflando a cerveza este fin de semana?

—Sí, vale —dice Brazuca, que nunca se molestó en decirle a su antiguo compañero que es alcohólico y que, salvo una recaída reciente, lleva sobrio dos años—. Me estoy inflando a cerveza. Te dejo que sigas con tu cura de sueño.

—Maldita sea —dice Lee—. El hecho de que tú te hayas abandonado no significa que los demás tengamos que hacer lo mismo.

Se ajusta la capucha más a la cara cuando dobla la esquina y ve a una mujer con un vestido que le queda grande intentando parar un taxi. No lleva chaqueta y se rodea con los brazos para protegerse del aire frío. Aunque han tenido un otoño suave, no hace tiempo para olvidarte la chaqueta en casa. Pero es posible que no piense con claridad últimamente. «Tengo que colgar», le dice a Lee.

—Podrías haber esperado a por la mañana para esta mierda.

—Estabas levantado de todos modos.

Se oye un clic al otro lado de la línea cuando Lee cuelga el teléfono. El taxi pasa frente a la mujer sin detenerse. «¡Gilipollas!», grita. Cuando ve que Brazuca se acerca a ella, le da la espalda.

—Eh —le dice él—. ¿Quieres hacerme sentir como una puta?

Grace se vuelve para mirarlo y entorna los ojos.

—¿Sabías que la prostitución no es ninguna broma? Mucha gente se gana la vida así. No deberías burlarte de eso. —Lo dice sin darse cuenta del hecho de que ella fue la que inició esa clase de comentarios, cuando estaban en el apartamento de su hermana, pagado por el hombre con el que se acostaba Clementine.

—¿Quién se está riendo?

Grace se encoge de hombros.

—Siempre y cuando tengamos las cosas claras —murmura. Entonces le da la mano, Brazuca sospecha que más para mantener el equilibrio que por otra cosa, y caminan hacia su coche, que está aparcado en el aparcamiento del final de la manzana. Grace le da indicaciones para llegar al piso de English Bay. En el ascensor, mientras suben, le abre la chaqueta y se abraza a él. Brazuca le ve las tetas por el escote del vestido, lo que probablemente sea su intención.

Se da cuenta de que podría acostumbrarse a que las mujeres le usaran a cambio de sexo. Y al menos ella es sincera al respecto. Pero, aun así, no acaba de entenderla. Parece una mujer demasiado sensata para permitir que el dolor la embargue de esta manera. Parece que la gente se ha vuelto más complicada o él se ha vuelto más simple. Pero no entiende que haya podido suceder cualquiera de las dos cosas sin una advertencia previa.

12

El reloj de mi móvil me dice que es un nuevo día, pero mi cuerpo se niega a creerlo. Tratar de volver al motel en transporte público anoche me dejó sin energía y ahora vuelvo a estar montada en él. En el pasado he criticado el transporte público de Vancouver, lo cual, ahora me doy cuenta, era algo injusto. Cuando se trata de desastres, moverse por Detroit se lleva la palma. Y la pesadilla burocrática que supone intentar denunciar el robo de un coche de alquiler en Detroit ha derrotado a mi espíritu de lucha. Por el momento, no tengo coche. Después de tres autobuses y una acalorada discusión con alguien que parecía agente de tráfico, vuelvo a la casa.

Menos mal que salí antes de que amaneciera, porque llego justo a tiempo de ver al hombre y a la adorable granujilla de ayer alejarse por la calle en dirección contraria a la mía. Hay un colegio de primaria a unos diez minutos andando, pero el hombre no parece caminar especialmente rápido y la niña me ha hecho una promesa implícita que espero que cumpla. Creo que tengo entre veinte minutos y media hora para encontrar lo que estoy buscando.

Cuando golpeo la ventana del sótano con un martillo envuelto en una toalla que he robado del motel, espero que la gente de la calle se muestre tan distraída como ayer cuando me robaban el coche. Cuando el hombre de la casa me abrió la puerta ayer, no vi ningún panel de alarma junto a la entrada. El hecho de que no lo viera no significa que no esté por alguna parte, pero hay determinados riesgos que estoy dispuesta a correr. Hay una distancia considerable desde la ventana hasta el suelo y sé que mi tobillo malo no puede aguantar la presión, así que me cuelgo todo lo que puedo hasta dejarme caer sobre la pierna buena. En su mayor parte, los guantes de cuero que llevo puestos me han protegido las manos del cristal roto que rodea el marco.

A simple vista, el sótano está lleno de trastos y viejo equipamiento deportivo, así que pruebo suerte escaleras arriba. En la mesa del comedor encuentro una pila de facturas dirigidas a Harvey Watts, pero nada de correspondencia personal. La niña ha invadido todas las habitaciones con sus dibujos y juguetes. No hay ningún lugar seguro en esta planta para las pertenencias de un hombre, así que vuelvo a subir. Hay dos dormitorios en la segunda planta y un tercero que ha sido reconvertido en despacho. Como no tengo mucho tiempo, voy directa al despacho.

Podría ser un golpe de suerte que encuentre lo que estoy buscando justo en el suelo junto al escritorio, o podría ser que, tras marcharme ayer, Harvey Watts se pusiera nostálgico y no se molestara en guardar los archivos al terminar. Quizá quería tener a mano sus recuerdos, como hace la gente a veces cuando el pasado llama a su puerta.

En cualquier caso, allí, en un maletín viejo, están los documentos de la vida de mi padre. Hay varias fotos de dos muchachos jóvenes. Me doy cuenta de que el hombre que me cerró la puerta en las narices debe de ser su hermano adoptivo. Solo me da tiempo a revisar por encima el maletín antes de que la puerta de abajo se abra y se cierre. Por la ventana veo que los canalones están tan oxidados que no creo que aguantaran mi peso. Salgo al pasillo sin hacer ruido y bajo las escaleras con la esperanza de que Harvey se haya saltado el desayuno y yo pueda salir por la puerta principal.

Por desgracia, nunca he tenido tanta suerte.

Cuando pongo el pie en el último escalón, oigo el clic del cierre de seguridad de una pistola. En el estrecho pasillo, a mi espalda.

Levanto las manos sin soltar el maletín.

—¿Sabes? La gente siempre se hace una idea equivocada de este barrio. Aquí tenemos una comunidad, bonita, y la gente sabe usar el teléfono móvil cuando alguien rompe una ventana en el sótano.

Bueno, no era un plan perfecto. Y hacía mucho tiempo que no tenía que colarme así en ninguna parte.

Me doy la vuelta con cuidado de hacer movimientos lentos. Harvey Watts tiene un revólver apuntándome al corazón. No me olvido de que en Míchigan se pueden portar armas sin problema. Me pregunto si ya la tendría consigo al llevar a su nieta al colegio. No lo descarto.

—Me mentiste sobre mi padre. Sí que lo conocías. Era tu hermano.

Watts resopla y agita la pistola. Intento no pensar en el hecho de que tiene el seguro quitado.

—Menudo hermano.

—Solo he venido a por lo que me pertenece, nada más.

—Ese maletín no te pertenece. Es mío desde que se largó, diciéndome que se iba a buscar a su verdadera familia de mierda. Como si yo no fuera nada. Como si no hubiéramos crecido juntos en esta casa de mierda.

—Vaya —le digo con compasión irónica. Si quiere empezar a hablar de infancias difíciles, podríamos tirarnos aquí toda la semana.

Se le sonrojan las mejillas.

—A veces me he preguntado cómo serían las hijas de Sammy. Nunca imaginé a alguien como tú.

Si eso pretende ser un cumplido, no lo ha conseguido. El cumplido debe ir acompañado de un tono. Y su tono de voz es tan cálido como un casquete polar, uno que resista al calentamiento global.

—Mira, solo quiero saber cosas sobre mi padre. Nada más.

—Sí, bueno, después de que se marchara no volví a saber nada más de él. Me dijo que le reenviara su correo a su casa de Winnipeg, pero después de eso no volvió a hablarme. Luego me escribió tu hermana hace años, diciéndome que había muerto y si podía contarle la historia de su vida. Lo único que me quedó de él fue ese maletín y por mí te lo puedes llevar si quieres. No me entristece que haya muerto. Díselo a tu hermana. Lauren, o como se llame. Dejadme en paz de una puta vez.

Apoya la mano que tiene libre en la pared y tose contra la manga.

—Pero, antes de irte, alguien tiene que pagar por la ventana del sótano.

No bromea. Miro la pistola. Entonces dejo sobre la repisa de la entrada los pocos billetes que he sacado de mi cartera. Retrocedo con las manos en alto y me detengo en la puerta.

—¿Alguna vez… dijo algo sobre Líbano? ¿Sobre algún problema que hubiera tenido allí?

—Como si fuera a contármelo —dice Harvey Watts con expresión sombría—. Hacía años que no tenía nada que ver con tu padre y así quiero seguir. Se largó cuando tenía dieciocho años y no regresó hasta después de abandonar el ejército. Luego volvió a marcharse. Así que no te debo nada.

Quizá no tenga sentido, pero he de intentarlo.

—Pero, después del ejército, ¿qué dijo sobre eso?

Watts da un paso hacia mí y yo trato de no hacer movimientos bruscos mientras retrocedo, manteniendo el espacio que nos separa. Un baile delicado, con una pistola como carabina del instituto, entre nosotros.

—Ya hemos terminado —me dice—. Largo. Y no vuelvas. Y tampoco hables con mi nieta. Me dijo que le diste una piruleta. No te acerques a ella.

Pequeña traidora. No te puedes fiar de nadie en este mundo. Debe de haberse callado lo de la cinta de seda.

Me marcho, esta vez por la puerta. Como una persona normal que ha ido a visitar a su tío al que hace años que no ve, con un maletín lleno de recuerdos bajo el brazo.

Una cortina se mueve en la casa de enfrente y veo una sombra junto a una de las ventanas del segundo piso. El ciudadano preocupado, sin duda. Esperando a ver qué pasa.

Supongo que yo también espero.

13

El problema con Líbano es que ha habido muchos problemas en Líbano. Durante la Guerra Fría, fue el lugar donde se libraron las guerras indirectas entre los estadounidenses, los soviéticos y las múltiples facciones de Oriente Medio, además de sus propios conflictos internos y la guerra civil posterior. Fue donde nació Hezbolá y el lugar de origen del actual fenómeno mundial de los suicidas que se inmolan. Donde huían los refugiados de Palestina a cocer su rabia a fuego lento mientras todo explotaba a su alrededor. Donde fueron masacrados en 1982 mientras un grupo de soldados extranjeros observaba junto a sus campamentos. Es difícil saber exactamente en qué anduvo metido mi padre allí, pero, según un montón de papeles incompletos, era, en efecto, un marine.

Quizá eso ya lo sabía.

Quizá debía de haber imaginado que estaba en el ejército cuando se marchó de Detroit siendo un adolescente, y antes de su gran traslado a Canadá. Pero, como tantas otras cosas, había elegido no prestar demasiada atención. El hecho de que fuera marine en Líbano a finales de los setenta o principios de los ochenta significa que probablemente estuviera destinado en la Embajada estadounidense o con una de las misiones de paz. El gran público no suele estar al corriente de aquel intento benévolo de estabilidad en Oriente Medio. Tampoco es que aquellos pacifistas hicieran gran cosa por lograr la estabilidad en la región, pero al principio se respiraba cierto optimismo juvenil al respecto, como las participantes en un concurso de belleza que se plantan en el escenario con las tetas a la vista y desean la paz mundial. Da igual la cantidad de muchachas en bikini, soldados uniformados o burócratas canosos que lo deseen, la paz es algo difícil de encontrar. Pero, si estuvo en Líbano, mi padre debió de formar parte de ese intento de paz. A su manera.

Añado el contenido del maletín al contenido de la caja y lo extiendo todo en el suelo de mi habitación del motel formando un círculo. En mitad del círculo me siento en una silla de escritorio con ruedas y muevo los pies para mover la silla. Lo vi una vez en un programa de televisión británico y el investigador acababa teniendo una revelación. Pero a mí no me funciona. Me libro de la silla y me siento en mitad del círculo. Me centro en una fotografía de mi padre de uniforme con otros tres hombres que se pasan los brazos por los hombros. La foto está sin fechar y no posee ninguna otra información relevante. Al fin y al cabo, mi padre no iba a dar la vuelta a la fotografía para escribir los nombres de los hombres que le acompañaban. Me quedo mirando sus caras e, incluso con el margen de las décadas que han pasado desde el día en que se tomó esa foto hasta la actualidad, no veo al veterano que me estaba siguiendo. Se ve que no recibió la circular para salir en la foto.

Pasados unos minutos reflexionando, publico la foto en una sección de comentarios de la página web de los veteranos del Cuerpo de Marines de Beirut, con la esperanza de que alguien pueda reconocer a mi padre o a alguno de los otros. Por lo que he visto en sus discusiones *online*, son un grupo bastante activo.

Ojalá supiera más cosas sobre su época en el ejército, pero su vida ha desafiado a la documentación. Si alguna vez logró acumular documentos, lo poco que tengo ante mí es lo que queda de ello. No es suficiente siquiera para solicitar su historial militar. Ni siquiera un número de servicio. Cierro la página web del formulario de requerimiento *online*. Se necesitan demasiados campos que no puedo rellenar, así que vuelvo al contenido del maletín.

Hay ahí otro trozo de seda azul gastada, cortada como una cinta. Igual que la que encontré en la caja de zapatos amarilla.

En la comisaría de policía, horas más tarde, deslizo la cinta entre los dedos cuando me sitúo frente al agente de servicio en la ventanilla. Me parece imposible que le admitieran en el Departamento de Policía de Detroit basándose en los magníficos resultados de su test de personalidad. Si alguna vez ha tenido un ápice de simpatía, ha debido de gastarla toda con la persona que iba antes de mí.

—¿Y dice que el coche fue robado ayer? —pregunta con el ceño fruncido.

—Entre las seis cuarenta y las seis cuarenta y cinco de la tarde. ¿Quiere que se lo escriba?

—¿Y por qué no llamó ayer?

—Lo hice. Se me acabó la batería del móvil mientras me mantenían en espera. —Una guerra mundial podría haber empezado y terminado durante el tiempo que pasé en espera. Podrían haberse derrumbado montañas. O derretido glaciares. Me planteo mencionarle todo eso al agente, pero ha escogido este momento para perderse en lo que sea que aparece en su pantalla. Lo cual, como parece un tipo sádico, imagino que será un vídeo de un gatito saliendo de una caja de cartón.

—De acuerdo, tome asiento. Vendrá alguien a tomarle declaración.

—Pensé que eso era lo que estaba haciendo usted.

—No. Yo le buscaré a alguien.

—¡He esperado veinte minutos solo para hablar con usted!

—Señora, por favor, cálmese. —La modulación de su voz no cambia. Es evidente que ha lidiado con amenazas mucho peores que yo. Desaparece por el pasillo.

Me suena el teléfono y en la pantalla veo el nombre del paseador de perros, Sunil.

—¿Va todo bien? —pregunto nada más descolgar.

—Sí, sí. Es que… —Le oigo toser nerviosamente.

—¿Qué sucede?

—El señor Crow… tiene un aspecto terrible…

Frunzo el ceño. O la cobertura deja bastante que desear o Sunil no ha aprendido a sujetar un teléfono correctamente.

—Pide una ambulancia y que lo lleven al hospital.

—Se niega. Dice que tiene… cita mañana y va a esperar hasta entonces…, seguro que está bien —dice.

Y yo estoy segura de que está mintiendo. Pero, antes de poder responder, sigue hablando.

—Me costó localizarte antes…

—Estaba sin batería.

—… Vale. Es que… ¿Podrías darme el número del sitio donde te alojas? Por si acaso tengo que dejarte un mensaje.

Le doy el nombre del motel y le digo en qué habitación estoy y lo que tiene que hacer si Seb empeora, y cómo encargarse de Whisper si es así. Podría haberle dado también algún consejo para sobrevivir a un apocalipsis zombi y mantener intacta la seguridad de Seb y de Whisper. Sunil cuelga el teléfono en mitad de mi discurso. El salario mínimo no es suficiente para tener que gestionar esa mierda, ni siquiera para un estudiante universitario.

Tras intentar localizarlo sin éxito varias veces, mi teléfono pierde la voluntad de luchar. La pantalla se apaga. Ni siquiera puedo enviarle un mensaje a Brazuca para que compruebe que están bien. Me dejo caer sobre las sillas duras de la sala de espera y me siento como Hamlet. Patética. En el limbo, con el fantasma de mi padre muerto atormentándome. Me debato entre hacer lo que sé que es correcto, que es marcharme de esta ciudad, y seguir perdiendo el tiempo en mi propio infierno personal. El policía vuelve a entrar en la sala con una taza en la mano y sigue fingiendo que no existo. Contengo mi instinto asesino y sigo esperando. Como una gilipollas aturdida que no entiende nada.

14

Es tarde cuando regreso al motel. Cargo el móvil y me doy una ducha de agua tibia porque es lo máximo a lo que llega el calentador. Cuando salgo del baño, tengo media docena de correos nuevos en la bandeja de entrada. Todos ellos son en respuesta a la foto que publiqué, especulando sobre las identidades de los hombres que acompañan a mi padre. Ningún comentario es de los marines en cuestión.

Me enfrento a un problema al que se enfrentan multitud de mujeres todos los días: cómo encontrar a un hombre en Estados Unidos. Siendo canadiense, me hallo fuera de lugar. No creo que los anuncios fetichistas me ayuden en esto. La búsqueda *online* es limitada y encima estoy buscando a muchos hombres. Además de muy específicos. Marines que supuestamente sirvieron con mi padre. Solo uno de los nombres sugeridos por los serviciales ciudadanos de Internet parece estar en la zona de Detroit. He encontrado necrológicas de dos de los hombres de la fotografía. No sé lo útil que resultará localizar a los marines de la foto, pero le envío los nombres a Simone de todas formas. Tal vez ella pueda ayudarme a averiguar cómo ponerme en contacto con sus familias.

Entonces hago lo que haría cualquier mujer normal cuando los hombres escasean. Voy a un lugar donde la gente ahoga sus penas.

El bar se está preparando para la noche, así que la multitud todavía no está muy alborotada. Hay algunas mesas con gente, pero los taburetes se están llenando. Es un antro de gente obrera, aunque no necesariamente escandaloso. Los clientes parecen meterse en sus propios asuntos. Me fijo en un hombre mayor situado a un extremo de la barra, en el rincón. Está sentado cómodamente, viendo las noticias e ignorando a todos los que le rodean. Hay un taburete vacío junto al hombre que hay sentado a su lado, que debe de rondar mi edad, así que me siento ahí y pido una piña colada virgen con una sombrillita. El camarero se queda mirándome hasta que cambio mi pedido por un zumo de arándanos.

—¿Lo quieres con un poco de vodka? —me pregunta.

—¿Te parezco una nenaza? El zumo lo tomo solo. Me lo inyectaría en vena si las agujas no fueran tan caras —respondo golpeándome las venas con los dedos. Lo interpreta como una señal para servirme mi bebida y trasladarse al otro extremo de la barra antes de que pueda intentar comunicarme con él otra vez.

Miro al hombre que tengo al lado, que tiene la misma idea de la moda que un camionero de tráiler.

—¿Qué sentido tiene todo esto? —pregunto haciendo un gesto con la mano como diciendo «la vida», aunque lo único que consigo es descolocar el soporte para la carta que tengo al lado.

Me mira con desdén y me da la espalda. Pero está en un taburete y tampoco puede ir muy lejos.

—Me refiero a mi ex, el muy capullo. Sale de la cárcel y se presenta en mi caravana a las seis de la puta mañana y creo que busca sexo, pero no es eso lo que quiere. Ha venido a por el perro. ¿Te lo puedes creer?

El hombre suspira.

—No se encuentra paz en ninguna parte —murmura, se termina lo que le queda del *whisky* barato de un solo trago, deja dinero en la barra y se marcha.

Aprovecho la oportunidad para ocupar el asiento que ha dejado vacío. El hombre mayor me mira.

—Sí que se te da bien la gente.

—Es por mi atractivo y mi personalidad deslumbrante. ¿Sueles venir por aquí?

—Podría decirse que sí —responde riéndose.

—He oído que el bar pertenece a Mark Kovaks —le digo sin sonreír—. Era marine, ¿verdad? —Kovaks era el apellido que quedaba en la fotografía. El único al que he logrado localizar, que casualmente tiene un bar en el centro de Detroit, lo que me ahorra algunos problemas.

La sonrisa desaparece y el hombre se queda mirándome.

—Sí. Lleva fuera como una semana. Se fue a Jersey a ver a sus nietos. Supongo que volverá pronto.

—Creo que el señor Kovaks sirvió con mi padre en los marines. Pensé que igual se acordaba de él. Murió cuando yo era pequeña —añado amablemente.

—Lo siento. ¿Fue estando de servicio?

—No. Después. —En el espejo alargado que hay sobre la barra, vemos que están colocando un micrófono y un amplificador en un pequeño escenario situado en un rincón—. Estoy buscando información de cualquiera que pudiera haber servido con él. Quizá ocurrió algo que no figura en Internet. Era de aquí, de Detroit. Esperaba que el señor Kovaks pudiera ayudarme. —No le cuento lo de la lista de nombres.

—Me parece que estás dando palos de ciego —comenta. Vemos a través del espejo cómo el maestro de ceremonias hace pruebas de sonido. Parece que esta noche nos van a deleitar con una velada de micrófono abierto.

—Eso parece.

—¿Cómo se llamaba?

—Samuel Watts.

—No he oído hablar de él por aquí. ¿Qué rango tenía?

El maestro de ceremonias anuncia un premio en metálico para el ganador de la noche, lo que me distrae por un momento.

—No lo sé.

—¿Batallón? ¿Unidad? ¿Código postal?

—Tampoco sé nada de eso.

—En fin, pues buena suerte —me dice con cierto escepticismo—. No tienes mucho por donde empezar.

—A mí me lo vas a decir.

—Te ayudaría si pudiera, pero yo ni siquiera estaba en el cuerpo. Problemas de corazón. —Se apura la cerveza y le pide otra al camarero con un gesto. Puede que tenga el corazón delicado, pero parece que el hígado no le da guerra—. Mi hermano sí. Venía aquí con él hasta que la palmó. Sirvió en Vietnam, sobrevivió al infierno y va y le atropella un conductor borracho. La vida.

—¿Qué sentido tiene?

Con esa nota positiva, evitamos el contacto visual y, a través del espejo, vemos las actuaciones, si es que pueden denominarse así. Tras media docena de horribles interpretaciones de canciones pop, un quejido colectivo recorre la sala. Y yo que pensaba que no podía empeorar. Un joven músico negro que tendrá veintimuchos años se sienta en un taburete. Sonríe, aunque a nadie en particular.

—Calma —grita el maestro de ceremonias a la multitud—. No lo habéis pedido, así que vamos a repetir lo de la semana pasada y la anterior, y la anterior a esa. Esto es por vuestra culpa. —Aunque, curiosamente, no parece cabreado.

Durante unos segundos, después de que el maestro de ceremonias abandone el escenario, el hombre del taburete empieza a pasar los dedos por las cuerdas de su guitarra acústica. Toquetea aquí y allá sin prestar mucha atención. Preparándose. No soy una gran guitarrista, pero tengo la experiencia suficiente para apreciar lo que está haciendo. Está comenzando con el cuento, desde un lugar de aparente indiferencia. Si se le observa con atención, uno se da cuenta de que no tiene nada de indiferente. Todo lo que hace lo hace para nosotros, para que veamos lo mucho que se implica. Para que lo apreciemos incluso antes de que suene la primera nota. Y no rasguea. Puntea, que es una habilidad en sí misma. Los acordes van formando algo impredecible y magnético. Entonces abre la boca y canta una canción sobre estar enamorado de una mujer que le trae problemas. No la había oído antes, pero su voz suave hace que cada nota resuene dentro de mí. Quizá sea una composición original y, de ser así, me pregunto por qué no será una gran estrella. Porque eso es lo que hay en el escenario en este momento. Talento en bruto y carne de estrella. Hace un increíble ostinato de guitarra en mitad de la canción y tengo que hacer un esfuerzo para no levantarme del asiento. Así de bueno es.

Me levanto cuando termina la canción. El maestro de ceremonias lo interpreta como una señal, aunque yo solo pretendía marcharme en el punto álgido de la velada.

—¡Y tenemos otra participante! —anuncia.

La multitud se sacude el hechizo residual, sin saber si está de humor para escuchar algo más. Me miran con cierta curiosidad hostil.

—Vamos, cielo —dice mi amigo desde el taburete.

Doy unos pasos vacilantes hacia el escenario. Me detengo. Creo que lo que termina de decidirme es la mirada del cantante de *blues*. Tan seguro de sí mismo. Tan convencido de que tiene algo que yo no tengo. No me importa jugar sucio. Apenas se ha bajado del taburete cuando agarro la Martin que hay apoyada en el amplificador y bajo el micrófono.

—¿Qué vas a cantarnos? —grita el maestro de ceremonias.

No respondo. Igual que el cantante de *blues*, no le presto atención. Subirse a un escenario es cuestión de presencia. Puedes regalarla o quedártela para ti.

Yo no soy muy generosa.

El joven cantante de *blues* me mira con una ceja levantada. También lo ignoro. Centro mi atención en la guitarra.

Cuando descubrió que sabía tocar, Seb desempolvó una vieja guitarra acústica que se había dejado una amiga de Leo cuando se mudó a París. No se me da mal. Como estoy en un bar, y como me noto perversa, empiezo con los acordes de *Rehab*. Las pintas de cerveza se detienen antes de llegar a las bocas sedientas. En parte por la advertencia de la canción sobre los peligros del consumo de alcohol, pero también porque es una verdad universal que nadie en su sano juicio debería hacer una versión de Amy Winehouse. Porque no puedes escuchar a Amy Winehouse sin que las letras te inquieten. No puedes evitar preguntarte lo que se perdió el mundo porque ella dijo que no a la rehabilitación, tres veces. Además, cuando el hombre de la canción le pregunta por qué cree que está allí y ella le dice que no tiene ni idea, eso nos representa a todos en algún momento dado del día. Cualquier día de nuestras vidas.

La voz, grave y rasgada de por sí, se me atasca en la palabra *daddy*, «papi», solo una fracción de segundo, pero me resulta demasiado real. Se produce un cambio en mí mientras canto, y no tiene nada que ver con querer dejar en evidencia a un joven cantante engreído. No estoy bien, y mi padre nunca lo sabrá. Así que canto sobre eso y esa es mi manera de revivir lo que esa niña pequeña vio el día que volvió a casa del colegio, el día que cambió su vida para siempre.

El montón de dinero en efectivo es inevitable.

Cuando el maestro de ceremonias me lo entrega, le guiño un ojo al cantante de *blues*. Se ríe cuando me alcanza en la puerta.

—Te he dejado la victoria en bandeja. Al menos podrías invitarme a una copa —me dice antes de que me dé tiempo a salir.

—Págatela tú.

—Lo haría, pero alguien me ha robado el bote, que creí que tenía asegurado. Un par de días a la semana vengo aquí a cantar. Contaba con el dinero del premio.

Yo también he sido música en bancarrota, así que sé lo que se siente. Le hago un gesto al camarero, que finge estar tan absorto apilando vasos que no se molesta en acercarse.

—Soy Nate —me dice el cantante tendiéndome la mano. Nos

la estrechamos. Su voz cuando habla es un poco más áspera que cuando canta.

Le hace un gesto con la cabeza al camarero, que le sirve una cerveza. Y, con reticencia, me pone a mí un zumo de arándanos.

—¿Vodka? —me pregunta esperanzado. Chasqueo la lengua y niego con la cabeza.

—No te había visto antes por aquí —me dice Nate mirando a la multitud. Son todo obreros que probablemente hayan venido tras terminar su jornada en la fábrica, si es que sigue habiendo fábricas en Detroit.

—No había estado nunca. He venido buscando a un militar.

—Pues no busques más —me dice sonriente—. Pasé algo de tiempo en el ejército.

—Perdona, debería haber dicho marine.

Suspira.

—Todo el mundo critica. ¿Por qué un marine?

Me estoy convirtiendo en una cotorra a mi edad, así que le hablo de mi padre. Da un largo trago a su cerveza cuando termino de hablar.

—Mucho tiempo para seguir aferrándote a ese dolor.

Cuando trabajaba para Leo, de vez en cuando una señora mayor entraba con fotografías de su prima desaparecida Mathilda, que huyó en los años setenta. Leo se sentaba con ella todo el tiempo que fuera necesario para que le contara su historia, después la conducía educadamente hacia la puerta. No tiene sentido aceptar casos que tienen más de unos pocos años de antigüedad, solía decirme. Y tiene razón. El rastro está tan frío para cuando nos llega que nos resulta muy difícil encontrar nuevas pistas. El cliente nunca queda satisfecho. Ahora que la clienta soy yo, le doy la razón.

—Soy como un elefante —digo—. Nunca perdono.

—Querrás decir que nunca olvidas.

—Eso también. —Hay personas que pueden recordar y perdonar. Pero no soy una de ellas.

Nos terminamos la bebida y me lleva de vuelta al motel. Cosa que le permito solo porque no soporto la idea de otra deliciosa experiencia en el transporte público de Detroit. Apaga el motor cuando llegamos. No hay abrazos, ni apretones de mano, ni besos educados en la mejilla.

—¿Quieres ver mi estudio? —me pregunta cuando agarro el tirador de la puerta.

—No —respondo. Y salgo del coche antes de que se haga una idea acertada de mí.

15

Hay algunas cosas que hacen ruido por la noche que pueden achacarse a la imaginación. O que simplemente son el resultado del asentamiento de una casa antigua, o alguien en el piso de arriba que va a la cocina a picar algo en mitad de la noche. Quizá la pareja de al lado que lleva tantos años casada haya decidido dar uso a los muelles del colchón.

Pero luego hay otras cosas que hacen ruido porque están rebuscando entre tus cosas cuando entras por la puerta. Como he entrado desde la calle y no desde el aparcamiento de atrás, y como voy vestida para que me atropellen en la oscuridad, el hombre de mi habitación no me ve al entrar. Es justo. Yo tampoco le había visto a él. Nos chocamos el uno contra el otro como adolescentes la noche del baile en el asiento trasero de un coche que el padre del chico le ha prestado con un guiño y una sonrisa cómplice.

Y al final hay algo de sangre, pero es de la cavidad nasal del tipo cuando le estampo la base de la mano instintivamente en la nariz.

Bueno, hay mucha sangre.

—Oh, Dios. Oh, joder —se queja, desorientado, mientras intenta agarrarme con una mano y se protege la nariz con la otra. Ambos estamos resbaladizos con su sangre, pero él es más grande que yo y consigue tirarme al suelo.

Ruedo para zafarme, pero el hombre está entre la puerta y yo, así que arranco la lamparita de noche del enchufe. Era la única luz que había dejado encendida en la habitación y ahora estamos a oscuras. La sostengo frente a mí mientras golpeo la pared que conecta con la habitación de al lado con el puño que tengo libre y grito «¡Fuego!» con todas mis fuerzas a quien sea que está durmiendo ahí.

Mi voz, que está caliente tras la velada de micrófono abierto, resulta particularmente sonora esta noche.

El ladrón al parecer también lo cree. Sale por la puerta antes de que pueda volver a tomar aliento y veo su espalda iluminada un segundo por la luz de seguridad que hay frente a mi habitación cuando se pone la capucha de su sudadera oscura. Momentos más tarde, oigo otros pasos detrás de él.

Se abren las puertas de las otras habitaciones y entonces entra Nate.

—He visto a un par de tíos salir corriendo. ¿Estás bien?

Enciendo el interruptor principal y miro en el cuarto de baño, después me siento en la cama.

—Sí, estoy bien.

—Tienes... tienes sangre en las manos.

Me levanto sin decir nada y me las lavo en el lavabo.

Nate se queda en la puerta, sin saber qué hacer. Otros huéspedes pasan por ahí con el pijama puesto e intentan mirar por encima de su hombro.

—Que alguien avise al gerente —le dice a una mujer que lleva un chándal rojo imitación de terciopelo.

—¿Dónde está el fuego? —pregunta sin moverse.

—No hay fuego. Tranquila.

—¿Y qué pasa con esos tipos que han salido corriendo de aquí?

—Usted dígale al gerente que tenemos que hablar con él. —Entonces le cierra la puerta con firmeza en las narices.

De pronto me doy cuenta. Los intrusos, fueran quienes fueran, han sido vistos y yo he gritado «¡Fuego!» con todas mis fuerzas.

—Habrá una denuncia policial, ¿verdad?

—Supongo.

—Maldita sea. —Hoy estoy teniendo muy mala suerte.

—No te preocupes —me dice Nate—. Puedes quedarte conmigo hasta que se aclare todo esto.

Hago un gurruño con las horribles sábanas y me quedo mirándolo. ¿Se va Nora a casa con Nate cuando se le pasa el subidón de adrenalina, después de que el gerente del motel le ofrezca otra habitación, esta con una pequeña caja fuerte, al treinta por ciento de descuento? ¿Después de que el detective, que apareció inexplicablemente justo después de que llegaran los policías de uniforme en su coche patrulla, le tome declaración casi una hora más tarde y lance calumnias sobre sus escasas pertenencias?

—¿Y no se han llevado nada? —pregunta el detective, cuyo apellido es algo parecido a Sánchez. Tiene cincuenta y tantos años y parece exhausto. Sentiría pena por él, salvo que no me imagino a nadie en el mundo que pueda estar más cansado que yo ahora mismo. Lo que me mantiene despierta en estos momentos es imaginarme metiéndole los pulgares en los hoyuelos de las mejillas. Sería adorable salvo por su ceño fruncido.

—No.

Se fija en mi mochila, que está sobre la cama.

—¿Eso es todo lo que traía? ¿Lo ha comprobado todo dos veces?

—Lo he comprobado tres veces. —Y le cuento que me robaron el coche de alquiler y que, de verdad, tendrían que tomarse más en serio lo de proteger a los turistas.

—No es una buena zona para el turismo —responde mientras anota los detalles—. ¿Ha probado en Ann Arbor?

Atravesaría el puente, cruzaría la frontera y me iría a Windsor para alejarme de esta conversación si pudiera. Pero simplemente asiento y digo:

—Es una gran idea.

—Seré sincero con usted. No nos ha dado mucha información. Ha habido una serie de allanamientos por la zona que estoy investigando, pero esto no encaja en el patrón.

—Había un tatuaje —digo de pronto al recordar al ladrón detenido en la puerta de la habitación, a punto de ponerse la capucha. Me levanto el pelo de la nuca y me señalo con el dedo—. Justo aquí.

Sánchez vacila un instante. En el espejo, sobre la cómoda, veo que su mirada se detiene en mi cuello.

—¿De qué era el tatuaje?

—Estaba demasiado lejos para estar segura. Pero sin duda estaba en la nuca, como un código de barras.

—¿Era un código de barras?

—No. Eso lo habría reconocido.

Veo algo en su mirada. Está a punto de decir algo, pero decide guardárselo para sí.

—De acuerdo entonces —dice asintiendo con la cabeza—. No se meta en problemas mientras investigamos esto. Parece que los líos la siguen, señora. ¿Le roban el coche y ahora esto? Debe tener mucho cuidado en Detroit —me dice, como si no tuvieras que tener mucho cuidado en cualquier parte. Me entrega una tarjeta. Mientras sale, le lanza una mirada de desconfianza a Nate, mi ángel de la guarda, que no ha abandonado la habitación.

—¿Te han robado el coche? —me pregunta cuando el poli ya se ha ido—. Chica, igual Detroit no es lugar para ti.

—¿Sí? ¿No me digas? ¿Tienes sofá en tu casa?

—Uno pequeño. De dos plazas. ¿Servirá?

Me quedo mirando la cama y sopeso mis opciones.

—¿Se hunde por el centro y tiene un estampado floral?

—El estampado floral más feo que jamás hayas visto.

—Entonces me sentiré como en casa.

Así que sí me voy con Nate a casa después de todo, pienso cuando volvemos a montarnos en su coche.

—Esta es la zona este —comenta cuando llevamos un rato conduciendo en silencio—. No es tan mala como la gente dice —añade al ver mi expresión incrédula.

—No tengo miedo —digo cuando aparca en una entrada oscura en una calle llena de casas oscuras intercaladas con parcelas que parecen ser principalmente montones de escombros. La fachada de la casa está a oscuras —sorpresa, sorpresa—, pero veo una luz hacia la parte de atrás.

—Pero en realidad sí que es tan mala. Deberías estar temblando. Toma. —Me entrega un destornillador que ha sacado de la guantera—. Llévalo contigo.

—Espera... —Pero ya ha salido del coche.

No sé si está bromeando o no. Me meto el destornillador en el bolsillo de todos modos porque no soy de las que se toman a la ligera una advertencia directa. Lo sigo hacia la parte trasera de la casa. Oigo voces bajas en el interior, pero Nate no parece preocuparse.

—Mi hermano Kev y su chica, Ash, a veces celebran reuniones aquí. —Antes de que pueda preguntarle de qué clase de reuniones estamos hablando, entra por la puerta de atrás con una llave y aparecemos en la cocina. Se produce un coro de «Hola, Nate», pero en general nos ignoran mientras nos quitamos los zapatos, porque la discusión que están manteniendo se está acalorando.

Hay un joven muy parecido a Nate sentado en la encimera de la cocina con las piernas abiertas. Una mujer con un *piercing* en el septo está entre sus piernas, con la espalda apoyada en su pecho. Deben de ser Kev y Ash. Agrupados en torno a la mesa de la cocina hay un puñado de estudiantes maduros de una clase de Ciencias Sociales. Estudiantes de toda la vida, parece, porque todos rondarán los treinta y hablan de las consecuencias políticas de vivir en el panorama poscolonial de la opresión. Entiendo quizá tres palabras de cada diez. A juzgar por su expresión de desconcierto, Nate está tan perdido como yo.

—Pero ¿cómo distinguimos a los aliados de los apropiadores? —pregunta un hombre con una camiseta de Prince que no es blanco ni negro, pero tampoco algo que se pueda identificar de inmediato. Todos asienten sabiamente ante esa pregunta y se pasan un porro para ayudar con el proceso intelectual.

—Al sótano —me susurra Nate señalando con la cabeza una puerta que sale de la cocina.

Nos escabullimos escaleras abajo antes de que sus opiniones políticas cobren fuerza y nos obliguen a saber más, pero a entender menos sobre el panorama poscolonial de la opresión.

—Intento no verlos demasiado fuera de los bolos —me explica Nate—. Me piden que toque en algunos de sus eventos.

—Por favor, dime que no cantas *Redemption Song*.

Se ríe.

—Justo después de *Imagine* —responde mientras cierra con el pestillo la puerta que hay en lo alto de las escaleras y pasa junto a mí—. Tengo una actuación con ellos en un mitin de la Noche del Ángel la semana que viene. Habrá más gente de la que estoy acostumbrado.

—¿La Noche del Ángel?

—Sí. Es una tradición muy antigua en Detroit. La noche antes de Halloween, cuando los gilipollas se volvían locos y provocaban incendios. Antes se llamaba la Noche del Diablo, pero la comunidad lo cambió en los años noventa y le dio otro giro. Ahora tenemos patrullas comunitarias y eventos para mantener las calles seguras.

Esa clase de patrullas existen en rincones de Canadá donde la violencia o la adicción han invadido barrios enteros. Pero siempre me he preguntado si recorrer las calles armado con poco más que buenas intenciones es beneficioso para la salud mental.

—¿Y funciona?

Lo piensa durante unos segundos.

—Eh, un poco… Tenemos menos incendios… —Entonces se rinde—. Lo intentamos. —Abre el candado que hay al pie de las escaleras. El hueco de la escalera y el pasillo están poco iluminados y parecen mugrientos, pero huele mucho a desinfectante. Enciende la luz de la habitación y me conduce a su santuario interior. Entro y me fijo en el ordenado estudio con cuarto de baño a un lado. Hay un escritorio con un MacBook Pro totalmente nuevo que reluce como el Santo Grial. Hay una Fender Strat bastante ajada apoyada en una pared cubierta con papel de periódico y hueveras. Curiosamente no siento miedo cuando Nate cierra la puerta a nuestras espaldas, y es entonces cuando me doy cuenta de que la insonorización improvisada de las paredes es el motivo de este silencio bendito en el que nos encontramos.

—Vaya riesgo de incendio que tienes aquí —comento señalando las hueveras con la cabeza; trato, sin conseguirlo, de disimular la emoción de mi voz. Hay un teclado midi y un micrófono en un rincón de la habitación.

Nate deja la funda de su guitarra con cuidado y agarra la Strat.

—Lo sé. Es una maravilla, ¿verdad?

No sé si se refiere a la guitarra o a la habitación, pero sí que es una maravilla. Incluso la Martin, que debe de haber conocido épocas mejores, es algo que me encantaría encontrarme al llegar a casa. El horrible sofá biplaza con estampado de flores está en un rincón, pero, en vez de desentonar con el conjunto, añade cierta atmósfera habitada a la estancia. No hay nada estéril o aleatorio en esta habitación. Es un pedazo de su corazón.

—Eres la primera persona a la que permito bajar aquí —me dice mientras me lanza una botella de agua. La agarro instintivamente con una mano—. Hay otro cuarto de baño en el pasillo de fuera, si lo necesitas. En este grabo.

Teclea su contraseña en el Mac y abre Pro Tools. Observo en silencio mientras conecta la guitarra al ordenador, lleva el cable hasta el cuarto de baño y después cierra la puerta tras él. Cuando empieza a tocar con ese estilo de punteo tan característico, sé que está sentado en la bañera con la Strat en el regazo. La acústica de un cuarto de baño puede ser asombrosa, porque el sonido reverbera en la porcelana y los azulejos. Los primeros acordes de la melodía original que tocó en el bar se cuelan por el hueco de debajo de la puerta.

Cierro los ojos para disfrutar de esa melodía desgarrada que suena desde el cuarto de baño y se graba en su ordenador portátil. Es la primera vez en la vida que me quedo dormida con el sonido de la música en directo. Justo antes de caer en el sueño, me pregunto qué estoy haciendo en Detroit. Cómo me he convencido a mí misma de que necesitaba respuestas a preguntas en torno a la muerte de mi padre. Cómo me he convencido de que podían responderse. Debería estar asustada porque me hayan robado el coche y hayan estado a punto de atracarme en mi propia habitación. Debería estar en casa con Whisper a mi lado, viendo morir a Seb. En su lugar, estoy en el sofá más feo que jamás he visto, pensando en hombres, en muerte y en *blues*.

16

A la mañana siguiente, Bernard Lam se fija en el pelo revuelto de Brazuca, en su ropa arrugada de la noche anterior, en la mancha de pintalabios del cuello de la camisa, y le deja pasar a la mansión de Point Grey sin decir palabra. Un ama de llaves no deja de abrillantar la mesa de la entrada cuando Brazuca y él pasan por delante. Se mezcla con el fondo con la misma facilidad que la maceta con plantas del rincón, lo que sin duda es su objetivo. Lam le dedica una sonrisa amable antes de hacer pasar a Brazuca a su estudio.

—Estoy a punto de volar a Londres —dice Lam mientras cierra la puerta.

—¿Por negocios?

—Cuando no es un evento es otro. Tengo que representar a la empresa por la parte de mi padre. Que todos sepan que ha tenido relaciones sexuales al menos una vez, supongo. ¿Qué tienes para mí?

Esta vez es Brazuca quien se acerca a la ventana y contempla los imponentes jardines que se extienden hacia la cancha de baloncesto. Podría haber esperado a ducharse y vestirse, pero tiene cierta inquietud que no logra quitarse de encima.

—El camello de Clementine obtiene su suministro a través de un bar en Gastown. Un antro elegante. Le he pedido a un amigo que lo investigara y me ha dicho que nos enfrentamos a la familia criminal Khan. Se hacen llamar los Triple 9 porque tienen contactos con Reino Unido; además es un término utilizado para cooperar con la poli, lo cual es una especie de broma privada. Pero he aquí el asunto. Los Triple 9 dejaron de hacer ruido. Hace como diez años hubo una guerra territorial, pero las cosas han cambiado. Ahora el bar parece ir bien y los Triple 9 se están diversificando. Según tengo entendido, últimamente se dedican al negocio inmobiliario. La banda hace lo mismo de siempre, pero pasan desapercibidos.

—Lo mismo de siempre —repite Lam.

Brazuca se maldice en silencio.

—No pretendía insinuar que la muerte de Cecily fue...

Lam levanta una mano.

—No soportaba que la llamaran así. Era el nombre de su abuela y no la podía ni ver.

—Perdón.

—¿Cómo ibas a saberlo? Dime, ¿quién es el camello?

Brazuca se encoge de hombros.

—No lo sé con seguridad. Vi a alguien salir del apartamento de Clementine, pero no logré identificar a la persona. Seguí el rastro y me condujo hasta ese bar. Até cabos. —No sabe bien por qué protege a Priya, pero sospecha que tiene que ver más con Lam que con otra cosa. Lam no parece de los que le pondrían la mano encima a una mujer, pero Brazuca ha pasado demasiados años en el cuerpo policial como para saber que nunca se puede decir con seguridad. Además, Priya no tenía que renunciar al bar y, al mantener su nombre en secreto, podría utilizarlo como ventaja si necesita que le dé más información en un futuro.

—¿No volviste a ver a esa persona?

—No.

—De acuerdo —dice Lam con el ceño fruncido—. ¿Puedes descubrir algo más?

¿Más? Brazuca lo cree improbable.

—Creo que es hora de dejarlo correr, tío. Antes de que fueran los Triple 9, esa banda la dirigía otra persona. Ahora se han diversificado y esta vez son lo suficientemente listos como para pasar desapercibidos. Podrías estarte años intentando encontrar a un responsable. Me he topado con su camello y lo he relacionado con los Triple 9. Ahora ya lo sabes. —Baja la voz—. Creo que es hora de seguir adelante.

—No me digas lo que tengo que hacer —responde Lam, y le recuerda a Grace. Se lleva las manos a la cara—. ¿Sabes lo que nunca entendí? —pregunta pasado un minuto de silencio—. Por qué recurrió a las drogas.

—Eh...

—Se lo di todo. Tenía de todo, Jon. Alguien se aprovechó de ella y quiero nombres. Quiero saber qué personas estaban implicadas. Los Triple 9 o como se llamen tienen que conseguir su suministro en alguna parte. —El amante desolado se ha esfumado. Lam no alza la voz, pero casi tiembla de rabia.

—Entonces tendrás que buscarte a otro porque a mí no me pagan para esto. —A Brazuca ya le dispararon una vez por culpa de Lam. La amistad tiene sus límites.

—Te pagaré más —dice Lam. Entonces dice una cifra tan absurda que Brazuca tiene que sentarse para asimilarla.

—Eso es ridículo.

—Más gastos —continúa Lam como si él no hubiese hablado—. Tú saca a la luz la cadena de suministro, después te llevas tu dinero y vives tu vida como te dé la gana. Te compras una cabaña en el bosque o un apartamento en Seattle. Miras al cielo con un telescopio gigante. Lo que te salga de las narices. Y no tendrás que volver a hacer esto.

Lam percibe sus dudas, su interés creciente por la cifra planteada, y su voz se vuelve urgente.

—Eres la única persona en quien puedo confiar, ¿lo sabías? Todos los demás están relacionados con mi padre o con su negocio de un modo u otro. Esto..., esto es para mí. Quiero saber quiénes son todos los putos responsables, Jon. Porque juro por Dios que

Clem no era una adicta. Alguien le hizo esto. Se aprovechó de ella y le comió la cabeza. Era feliz.

Si eso fuera así, ninguno de los dos estaría ahí. El amor de su vida no habría necesitado relajarse con un poco de mierda sintética. No habría tenido que recurrir a una combinación mortal de químicos para activar los receptores opioides de su cerebro. Para disparar de manera artificial sus niveles de dopamina. Pero Lam aún no está preparado para aceptar eso. Y probablemente esa sea la razón de su inesperada generosidad.

Brazuca se pone en pie y trata de ocultar la lástima en su mirada. Las mujeres se han divorciado de él, le han drogado, le han atado a una cama, le han roto el corazón, le han abandonado. Pero ninguna de ellas se ha suicidado para librarse de él. Piensa en su pierna mala. En el nuevo capítulo de su vida, que como una hoja se marchita ante sus ojos. Piensa en venderse y en cobrar, porque las oportunidades de asentarse en la vida son pocas.

¿Quién es él para mirar a un multimillonario a los ojos y negarse?

17

Me despierto con Gary Clark Jr. sonando de fondo y mi teléfono vibrando, casi al volumen del bajo. «Un segundo», le digo a Simone al compás de *If Trouble Was Money*. A través de la puerta abierta del cuarto de baño veo a Nate dormido en la bañera con el abrigo enrollado debajo de la cabeza. Su ronquido irregular demuestra que a veces incluso los mejores vocalistas pueden desafinar.

Recojo mis cosas y salgo sin hacer ruido.

—¿Sí? —digo al salir de la habitación.

—Bueno, hola a ti también, cielo.

Así que sigue un poco cabreada conmigo. Me froto los ojos para despejarme y me siento en el primer escalón. La escalera no está iluminada. Dado el dolor de cabeza que noto en las sienes, agradezco ese pequeño detalle.

—¿Cómo está Terry? —pregunto.

Se ríe. Aunque con la diferencia horaria ella va tres horas por detrás, parece mucho más despierta que yo. Es probable que ni siquiera se haya acostado aún.

—Nora, eres de lo que no hay. Ya hablaremos de Terry cuando vuelvas. He logrado localizar a un par de familiares de dos de los nombres que me diste. Si quieres ir por ese camino. Ahora te los envío, pero no sé si podrán servirte de mucho. Son números fijos. ¿Quién tiene fijo hoy en día? —Es incapaz de disimular el desdén.

—Lo intentaré de todos modos. Gracias.

—¿Cómo lo llevas hasta ahora? ¿Has hecho algún progreso?

Podría contarle lo del coche robado y el intento de robo de anoche, pero no lo hago. Solo la preocuparía —o peor, la molestaría— y necesito tenerla de mi lado ahora mismo. Así que, en su lugar, le hablo de Kovaks.

—¿Qué vas a hacer hasta que regrese?

—He estado pensando mucho en tatuajes. Quizá me haga uno.

—Sí, claro —responde con escepticismo—. Hazte también un par de *piercings*. He oído que los aros en los pezones están de moda otra vez. —Entonces me cuelga. A los pocos segundos me llegan sus mensajes.

Abandono la casa con el mismo sigilo con el que entré, pasando por encima de los desechos de la cocina, restos de la fiesta de la noche anterior. Pese al dolor de cabeza, me noto descansada. Para ser sincera, sí que he estado pensando mucho en tatuajes. En lo peculiar que es tener uno en la nuca, como el código de barras de una película de ciencia ficción. Y en que, cuando se lo describes a un policía y se detiene un instante, como si le sonara de algo, tal vez signifique algo. Que tal vez sepa algo sobre el hombre que estaba rebuscando entre mis cosas.

Y, como el policía cabrón que es, me deja a mí la responsabilidad de averiguar qué es ese algo. Desde luego, si los problemas fueran dinero, sería millonaria.

18

No tengo suerte con el primer número que me envió Simone. El número, que tiene prefjio de Atlanta, ha sido dado de baja. El teléfono suena cuando marco el segundo, pero no hay contestador para dejar un mensaje. La familia de Cory Seaper sigue viviendo en la era del teléfono fijo, en algún lugar de Florida. Al menos su teléfono sigue conectado y, mientras espero en el bar de Mark Kovaks a que regrese, llamar a ese número es una manera tan buena como cualquier otra de hacer tiempo. Es difícil mantenerme sobria, alcohólica rehabilitada como soy, pero la actitud del camarero me mantiene a raya. Cada vez que pienso en añadir un chorro de vodka a mi cóctel de frutas, su evidente empeño por cobrarme más me mantiene en el camino de la sobriedad.

Tras el aluvión inicial de respuestas en la página web de veteranos, el interés por la foto ha decaído y no hay nuevas sugerencias en mi bandeja de entrada. Seb ha estado sospechosamente callado también y ha ignorado todas mis llamadas desde que llegué aquí. Anoche me escribió *Todo va bien*, lo que significa que no va bien. Sabe de sobra que, si renunciara a buscar información sobre la muerte de mi padre, sería por él.

El hombre que está a mi lado en la barra ha estado mirándome con desconfianza, viéndome hacer una llamada tras otra sin dejar ningún mensaje. «¿Te ha dejado plantada, muñeca? Ese tío no te merece».

Me quedo mirándolo, después miro mi teléfono y me doy cuenta de lo que ha pensado.

—Sí —continúa—. Puedes encontrar algo mejor, cielo. Si te sientes sola, yo podría ser tu amigo. ¿Cuándo fue la última vez que un amigo cuidó de ti?

Tengo la sensación de que no está hablando solo de un amigo y de que su interpretación de «cuidar de alguien» probablemente no sea parecida a la mía. Pero decido seguirle el juego de todos modos. «El mes pasado», respondo con un taciturno movimiento de cabeza. Le hablo del ex recién salido de la cárcel y el perro. «Pero al final solo quería al viejo Brutus. Solo intentaba hacerme la pelota utilizando su cuerpo».

El hombre se pone serio.

—Mi Opal murió el año pasado. De cáncer. Todavía no lo he superado. Yo ni siquiera sabía que estaba enferma. —Se detiene para secarse una lágrima—. ¿Cómo puede un hombre vivir sin su perro, me lo explicas? —Se termina el *whisky* y sale del bar dando tumbos. Cualquier posibilidad de amistades improbables queda descartada.

Cuando se marcha, pruebo a llamar otra vez al número de Seaper y estoy a punto de colgar tras el séptimo tono cuando alguien responde al otro lado de la línea y murmura un «¿Diga?» sin aliento.

Me desconcierta tanto oír otra voz tras tantas llamadas que no respondo de inmediato. La mujer lo repite y está a punto de colgarme cuando al fin le digo: «Sí, hola. Llamo por Cory Seaper». Dejo algo de dinero sobre la barra para pagar mi bebida y salgo a la calle.

—Murió —responde la mujer con sequedad.

El sol de última hora de la mañana brilla sobre la parcela abandonada que hay al lado del bar. Un grupo de adolescentes monta en bici, sin duda de camino a clase. Más vale tarde que nunca.

—Lo sé. Creo que tal vez sirvió con mi padre en el ejército. Hay una foto suya con otros tres hombres. Estoy tratando de identificarlos para ver si alguno se acuerda de mi padre. Si quizá alguna de las familias recuerda que se mencionara su nombre en una conversación.

La mujer guarda silencio durante varios segundos.

—¿Puedo ver la foto?

Tengo una foto de la foto guardada en el teléfono, así que cuelgo y la envío al número de móvil que la mujer me da. Vuelve a llamarme desde el nuevo número a los pocos minutos. Su voz, cuando habla, ha perdido su tono impaciente. Ahora parece emocionada.

—Sí —me dice—. Es mi padre. El tercero por la izquierda. Dios, parecía tan feliz. Y tan joven.

Todos lo parecían en esa foto. Cory Seaper era más bajito que el resto, pero muy musculado, con el pelo rubio muy corto y una amplia sonrisa.

—El mío está a la derecha del todo.

—Era guapo.

Es lo primero que destaca en la imagen, lo atractivo que era mi padre, con el pelo y los ojos oscuros. Igual que los míos. Su sonrisa era tímida y dulce, nada parecida a la mía. En la foto aún parecía un adolescente. Joven y esperanzado.

—Sí, así es. Se llamaba Samuel Watts. ¿Le suena de algo? ¿Su padre habló alguna vez de él?

—No. Mi padre era muy reservado sobre la época que pasó de servicio. Estaba en las explosiones de los barracones en Beirut. —Según Seb, Beirut destacó durante los tumultuosos años ochenta. No de cara a la opinión pública, porque la memoria de la gente es una mierda, pero sí en la historia. Un terrorista suicida pasó una furgoneta llena de explosivos por un control de seguridad en los barracones de los marines situados en el aeropuerto de la ciudad. Mató a cerca de doscientos cincuenta soldados estadounidenses y a personal de servicio. Otra furgoneta atentó contra los soldados franceses y mató a cincuenta mediadores franceses.

—¿Resultó herido?

—No. No resultó herido, pero mi madre siempre decía que aquel día perdió algo. Antes de eso era un tipo bastante feliz. Abandonó el ejército poco después y se dedicó a las ventas el resto de su vida. Después de aquello solo quería un trabajo de oficina cómodo.

—¿Hubo alguna clase de problema del que formara parte antes de aquello? ¿Algo que comentara?

—¡Estaba allí cuando explotó un jodido barracón! ¿Qué más problemas quiere?

Ambas nos quedamos calladas unos segundos.

—Lo siento —me dice al fin—. Supongo que es demasiado para procesarlo ahora mismo.

Después de eso habla un poco más y me cuenta que está segura de que su madre le tenía un poco de miedo a su padre y además tenía miedo por él. Que se estremecía al oír ruidos fuertes, pero que pese a todo tenía una nutrida colección de pistolas. De niña le dio una bofetada, muy fuerte, y después nunca más volvió a permitirse a sí mismo acercarse demasiado a ella. Me cuenta que se mostraba frío y distante con ella, salvo en su boda, cuando la llevó al altar. No hizo ruido ni durante su ataque al corazón, que tuvo lugar una noche cuando se levantó a por un vaso de agua, y su madre encontró el cuerpo a la mañana siguiente, sin saber que se había caído durante la noche.

Me pregunto si debería contarle cómo encontré yo a mi padre, pero no puedo ni meter baza. Entonces me dice:

—Tengo que colgar. Siento no haber sido de gran ayuda. Gracias por la foto. —Cuelga antes de que me dé tiempo a responder.

De vuelta en el bar, el camarero sigue ignorándome. Agito un billete de veinte. Intercambia una mirada con un hombre que hay al otro extremo de la barra, se encoge de hombros y se toma su tiempo para venir hasta mí. La actitud altiva se transforma rápidamente en sorpresa cuando escribo mi número en una servilleta de cóctel y se la entrego junto con el billete.

—¿Podrías llamarme cuando tu jefe regrese de Jersey?

Parece aliviado al darse cuenta de que no estoy ligando con él. No sería imposible que nuestro intenso desdén mutuo tuviera como resultado una explosiva química sexual. Pero aun así agradece no tener que descubrirlo y asiente ligeramente con la cabeza antes de alejarse. Los bebedores de día que hay en el local me lanzan miradas curiosas y algo asombradas antes de seguir con sus asuntos. No hay nada siniestro en su modo de mirarme, nada parecido a la sensación que tuve antes de encararme con el veterano, pero aun así siento el peso de sus miradas. Me he reconciliado con el hecho de que esta sensación de que alguien me observa ha venido para quedarse. Como una manía persecutoria, pero las miradas me resultan más críticas. Una mujer no puede vivir así. Con los sentidos alerta a todas horas. Siempre a la defensiva.

19

—No estarás intentando llevarme al huerto, ¿verdad? —dice el detective Christopher Lee desde la terraza de su casa al norte de Vancouver. A lo lejos se ven las luces de la ciudad, rodeada por el océano oscuro y tranquilo. La vista es espectacular y casi compensa el hecho de que la casa en sí sea estructuralmente insegura y una tormenta invernal pueda hacer que se derrumbe sobre el detective de homicidios gruñón que vive en ella—. Porque hacen falta más de un par de cervezas para pasar a mayores conmigo, tío. —Lee eructa discretamente y abre una segunda lata de cerveza.

—No es eso lo que he oído. —Brazuca da un trago a su lata y sonríe a Lee, quien, con su ropa de diseño y su cuota del gimnasio bien amortizada, es conocido por ser un triunfador con las mujeres.

—¿Has estado otra vez hablando con mi exmujer?

—No, con tu sacerdote.

—No le metas a él en tu mundo enfermizo, maldito pagano. ¿Para qué has venido?

—Hablamos de bandas. En Vancouver. El Lala Lair, ¿recuerdas? Estoy trabajando en una sobredosis relacionada con los Triple 9.

—Jesús. Cualquier cosa menos esa mierda. Te das cuenta de que este es mi día libre, ¿verdad?

—Mírate, usando el nombre de Dios en vano. ¿Quién es el pagano ahora?

Lee agita la mano como si por arte de magia desechara la idea de que, con su alcoholismo, su promiscuidad y sus blasfemias, pudiera ser considerado algo menos que el sirviente perfecto de Dios. «¿Qué diablos sabes tú de eso? La semana que viene iré a confesarme. ¿Le has dicho a tu cliente que una sobredosis es una bendición, que su yonqui puede salir sin arrastrarlo a él de por vida?».

Brazuca se cuida de mantener una expresión neutral.

—He intentado decirle que no tiene sentido transitar esa oscura senda, pero se trataba del amor de su vida. Estaba embarazada.

—Ah, joder. ¿Fentanilo?

—Cocaína mezclada con Wild Ten.

—¿Y pensabas que mi experiencia en Homicidios podría ser útil? —Lee lo mira durante largo rato—. Para ser detective privado, tienes unos contactos de mierda en el cuerpo si yo soy la suma total.

—Pasaste un tiempo en Bandas —dice Brazuca tratando de disimular su rabia. Antes tenía grandes contactos en el departamento de policía, cuando él mismo formaba parte del cuerpo. Pero, tras recibir el disparo, fracasó estrepitosamente y nadie salvo Lee quiso saber nada de él. Ni siquiera su esposa. Y eso era algo que no se quitaba de encima, por muchas estrellas que contemplara en el cielo.

Lee decide apiadarse de él.

—Bueno, no ha cambiado gran cosa. Tenemos a los moteros, las bandas mixtas, los cárteles latinos, los europeos del este, los asiáticos, los surasiáticos... Están todos aquí, tío, y se dedican todos a la droga y al negocio inmobiliario. Salvo por algunas peleas callejeras de poca importancia, últimamente ha estado todo bastante tranquilo. Tienen dominado su sistema. La violencia es mala para el negocio.

Brazuca asiente. Los archivos, sorprendentemente exhaustivos, de la memoria USB de Grace sugerían eso mismo. Las calles parecen más tranquilas, pero eso no significa que no suceda nada.

—¿Puedes averiguar algo sobre los Triple 9?

—¿Qué estás buscando?

—La droga vino a través de ellos, así que ¿quién es su contacto?

—He oído que... —Lee aparta la mirada y frunce el ceño. Se termina su segunda cerveza y abre una tercera.

Brazuca lo observa durante unos segundos. Se impacienta al ver que no tiene intención de continuar.

—¿Qué?

—Dios. Que quede entre nosotros.

—Estás de coña, ¿verdad? —dice Brazuca, ofendido de pronto. Lee nunca antes se había mostrado reticente a compartir información con él.

—Lo digo en serio.

—No seas imbécil.

—Oye, esto es serio. Quiero oírtelo decir, tío.

—Está bien. Lo que me digas quedará entre nosotros.

Lee arquea una ceja.

—Y no meterás mi nombre en esto.

—Y tu nombre no aparecerá en mi informe, como siempre, y ni siquiera escribiré esto en mis notas. Además, me lo llevaré a la tumba y en mi epitafio pondré que tú y yo nunca tuvimos oficialmente esta conversación este bonito día de octubre, en este año de nuestro Señor, etcétera.

—No ha sido tan difícil, ¿verdad? Cuando estaba en la Unidad de Bandas, tenía una fuente que jura que alguien de los Triple 9 se reunió con la mano derecha de Jimmy Fang. Los Triple 9 tenían contactos, pero no sabíamos que tenían esa clase de contactos.

—Jimmy Fang... ¿te refieres al Jimmy Fang de la tríada de Three Phoenix? ¿El Jimmy Fang que desapareció hace diez años?

—Ese mismo, cielo. Así que, si me preguntas por los contactos de los Triple 9, eso es lo que pienso. Pienso en Three Phoenix y en el jodido heroinómano que me susurró algo al oído una vez. El yonqui que no se presentó en el juzgado y no pudimos demostrar una mierda. El muchacho desapareció justo antes de que yo abandonara Bandas y nunca supe si descubrieron que estaba colaborando con nosotros y se encargaron de él.

—Mierda. Three Phoenix... —Se hicieron famosos por algunos crímenes brutales en las calles de Vancouver veinte años atrás, pero desde entonces no habían aparecido mucho en los periódicos. Incluso los archivos de Grace contenían algunas referencias a ellos, pero eran antiguas—. Lo de Jimmy Fang fue hace años. ¿Ha habido nuevas actividades de las tríadas últimamente?

—Vamos, tío. ¿Nuevas actividades de las tríadas? Las tríadas surgieron de las *tongs*, que llevan en la costa oeste casi un siglo, inicialmente para proteger a una población discriminada desde el principio, por cierto. ¿Alguna vez has oído hablar del impuesto per cápita chino? ¿Las políticas de alojamiento discriminatorias? Las organizaciones clandestinas llevan operando aquí muchísimo tiempo. Para cuando los cuerpos de seguridad se hacen una idea de lo que está pasando, ellos ya van dos pasos por delante. Ahora, como la tecnología está tan globalizada, no tenemos ninguna probabilidad. Si algo se les da bien a los asiáticos es la tecnología.

—Ajá —dice Brazuca, que está muy familiarizado con el sentido del humor perverso de Lee—. Tú eres coreano y, que yo sepa, apenas sabes usar un ordenador. Solías llamar a los informáticos todas las semanas porque se te olvidaba tu propia contraseña.

—Paso gran parte de mi tiempo libre dedicado a las matemáticas y recordar combinaciones específicas de números me resulta difícil. Además, me han dado muchos golpes en la cabeza por todo el taekwondo que practico —responde Lee, aunque Brazuca nunca le ha visto hacer taekwondo y sabe que le cuesta calcular cuánta propina dejar en un restaurante—. El caso es que no podría decirte qué novedades hay y apuesto a que ningún cuerpo de seguridad de este país podría. Pero, si quieres información sobre el crimen organizado en Vancouver, cualquier crimen organizado, por cierto, solo tienes que mirar hacia delante. —Hace un gesto con el brazo que abarca el oscuro océano en la distancia—. Tienes que averiguar quién tiene acceso al puerto. Deja que te dé una pista. Hay infiltrados en los sindicatos portuarios desde hace mucho tiempo y a nadie parece importarle. Así que, ya sabes, todo el mundo está implicado.

Brazuca se pone en pie. «Gracias». Los muelles de Vancouver eran famosos por sus irregularidades, pero el hecho de que Lee se lo confirmara no le tranquilizaba en absoluto. «Has sido un encanto, como siempre». Lanza su lata al cubo del reciclaje y no acierta.

—No sabía que estábamos saliendo —le responde Lee entre risas—. La próxima vez me portaré mejor. —Alcanza la lata de Brazuca y está a punto de tirarla al cubo cuando se fija en el nombre—. ¿Qué narices es *kombucha* helada?

—Quién sabe —dice Brazuca encogiéndose de hombros.

Lee se queda mirándolo. Tiene la mirada tan despejada como antes de empezar a beber la cerveza que le había llevado. Puede que sea un alcohólico extremo, pero está muy lúcido.

—Tú lo sabes, ¿verdad?

—Cállate —dice Brazuca, incapaz de explicarse incluso a sí mismo lo que es el té fermentado.

—No te preocupes. Los coreanos somos expertos en fermentación, tío. ¿Has oído hablar del *kimchi*? El malo de Bazooka bebiendo *kombucha* —dice riéndose de nuevo.

—Eres gilipollas. No dejes tu trabajo. —Brazuca sale por la puerta de atrás.

—¡Mi madre cree que soy un partidazo! ¿Eres católico? —grita Lee, sin dejar de sonreír como un idiota—. ¡Llámame!

20

Necesito quejarme a alguien, así que intento ponerme en contacto con el Departamento de Asuntos de Veteranos. Nadie me devuelve las llamadas. Si alguien ha tenido algún encuentro con el Departamento, no se sorprenderá. Un centro de crisis de veteranos que hay a una manzana de distancia de mi antiguo motel está vacío. La acera de delante está llena de escombros, derribados por alguna razón ya olvidada, quizá para que los veteranos que se plantan frente a las oficinas vacías sepan que allí no encontrarán ayuda de ninguna clase. He enviado un *email* sobre mi padre al Centro de Investigación del Cuerpo de Marines de Virginia, pero el mensaje se ha esfumado en el éter junto con mis mensajes telefónicos.

Sin embargo, todavía me queda algo de energía reprimida. Vuelvo a llamar a Seb, pero no me contesta. Me quejaría a Simone, pero ya me advirtió que no tuviese muchas expectativas, así que dudo que se muestre comprensiva. Lo de Cory Seaper ha sido otro callejón sin salida, lo cual era de esperar en esta misión aparentemente infructuosa para descubrir la verdad sobre la muerte de mi padre. Me siento como el personaje macabro de un libro infantil. ¿Conocías a mi padre? ¿Y tú? ¿Recuerdas haber visto a un hombre que se parecía a mí, pero más guapo?

Si le hubiera tomado cariño al sistema de acogida, o si él me hubiera tomado cariño a mí, tal vez esto no hubiera sido un problema.

En lo relativo a mi padre, tal vez, igual que Lorelei, habría investigado un poco cuando era joven y me habría cansado al hacerme mayor porque, al final, hay mejores cosas que hacer en la vida que tener la vista siempre puesta en el espejo retrovisor.

Pero el sistema de acogida y yo nunca nos llevamos bien.

Otro fracaso más del sistema de protección de menores de Canadá: las familias que me acogieron —cuatro en total— no me enseñaron a mirar hacia delante. Cobraban sus cheques mientras me enseñaban que la sensación de pertenencia era cosa de otra gente. Parte de eso es lo que se comparte. El hogar. El idioma. Las tradiciones. Ciertas creencias espirituales. Las grandes mitologías y las pequeñas historias sobre los orígenes que tienen lugar dentro de cada grupo de personas que comparten un árbol genealógico. No es algo que se aplique a una sola persona. No es algo que se me aplique a mí. Se necesitan al menos dos personas, tres es aún mejor. Acepté esa falta de sentimiento de pertenencia siendo muy pequeña, porque cuadra con mi personalidad. Nunca he esperado que nadie me dé la clave para entender lo que se supone que debo ser porque siempre he dado por hecho que el resto de la gente sabe tan poco sobre el tema como yo.

Pero mi padre debía de ser un hombre esperanzado. Abandonó todo lo que tenía aquí en Detroit para volver atrás, para averiguar si tenía un hogar que milagrosamente le hubiera esperado durante décadas.

O quizá algo le ahuyentó, dice una voz en mi cabeza. Una voz que se parece a la de Seb, que no responde a mis llamadas pero me ofrece opiniones imaginarias de igual modo.

Estoy tentada de quedarme aquí y ver cómo la gente bebe para olvidar sus problemas, pero no lo soporto más. Tengo que saber qué ocurrió en la casa de mierda en la que se crio mi padre. He tardado un poco en asimilar esa frase de Harvey, pero ahora, sin más pistas y sin nada que hacer salvo esperar a que aparezca Kovaks, no puedo pensar en otra cosa. No voy a mentir. Los abusos físicos, sexuales y emocionales que han revelado en los últimos años algunos supervivientes de las reubicaciones de los años sesenta sobre sus hogares adoptivos han contribuido a mi ignorancia voluntaria. Obligaron a algunos niños a recordar, de las formas más grotescas posibles, que habían sido comprados con dinero pagado a las agencias de adopción y con sobornos a los agentes gubernamentales corruptos.

Dinero ahorrado también debido a las pocas personas que podían, o querían, afirmar que tenían raíces indias.

Fue un asunto turbio que la mayoría de las personas, incluida yo, no quiere examinar con demasiado detenimiento. No quiero saber que a mi padre le sucedieron cosas malas, pero no tengo mucho más donde investigar. Así que de nuevo regreso a su hogar de la infancia.

Con un poco de suerte, esta vez lograré cruzar el umbral sin tener que recurrir al allanamiento.

21

Cada noche, el supuesto líder de los Triple 9 es trasladado desde el Lala Lair de Gastown hasta una tranquila calle residencial del norte de Vancouver. Brazuca ha descubierto varias cosas observando a ese hombre y a su chófer. Una, las operaciones en el bar están tan protegidas que sería casi imposible acceder a él allí. Dos, su casa del norte de Vancouver también está protegida, con cámaras de seguridad instaladas en torno al perímetro. Tres, sería un golpe de suerte hacer avances en este caso. Un inesperado cambio en la rutina, alguien que meta la pata, algo fuera de lo normal.

Así que vuelve a estar en el callejón junto al Lala Lair, en las sombras, observando al BMW mientras hace tiempo. Lleva allí demasiado tiempo esta noche sin haber logrado nada. El aire es frío y está nublado, así que ni siquiera hay estrellas que mirar mientras espera. Está a punto de largarse cuando el chófer de los Triple 9 sale del BMW para estirar las piernas. En ese momento, alguien de la cocina asoma la cabeza por la puerta de atrás y llama al hombre, que entra con reticencia y se toma su tiempo.

Durante un segundo, Brazuca no puede creérselo.

Sale de entre las sombras. Pasa junto al coche, se agacha para atarse el cordón del zapato y sale del ángulo de visión de la cámara de seguridad instalada sobre la entrada. Apenas tarda un instante en fijar al parachoques trasero, escondida, la pequeña caja negra que llevaba en el bolsillo del abrigo. Es la primera vez desde que lleva observando el coche que el joven conductor lo deja sin supervisión.

Tras hacer una prueba para asegurarse de que el dispositivo está bien fijado, se aleja como un hombre tranquilo, o como un hombre que está a punto de cobrar mucho dinero. Sin darse cuenta de que está imitando el paso lento del conductor del BMW, se toma su tiempo para volver a montarse en su MINI. Si descubren el dispositivo de seguimiento, los Triple 9 sin duda aumentarán sus medidas de seguridad y probablemente no vuelva a tener otra oportunidad como esta de encontrar una pista sobre su cadena de suministro. Pero Stevie Warsame, el socio de Leo en su actual agencia de detectives, además de un experto en tecnología, le ha asegurado que ese modelo es el más seguro y discreto con el que ha trabajado. Así que Brazuca se siente más cómodo al correr ese riesgo. Tiene que hacer algo para acelerar el proceso y poder proporcionarle a Bernard Lam las respuestas que tanto desea y obtener la libertad económica que solo ha visto en la cara de los jubilados felices que aparecen en los anuncios de bancos. Podría ser un jubilado feliz de la costa oeste, ¿por qué no?

Sin embargo, lo curioso del asunto es que no se imagina en una cabaña junto al agua, con un kayak amarrado en el muelle y una mujer que come muesli junto a él. Piensa en Lam, con su dolor. En Grace, con su obsesión insana por la muerte de su hermana. En Leo, que no sabe nada sobre la enfermedad de su examante. Y, pasados unos segundos, piensa en Nora, a quien no se imagina de anciana por mucho que lo intente. No se los imagina ni a ella ni a sí mismo, eso fue lo que los unió. Puede que haya finales felices a manos de masajistas en sórdidos salones de masaje de todo el mundo, pero los finales felices de verdad, aquellos en los que logras mantener la dignidad y el respeto hacia ti mismo, no están hechos para personas como ellos dos.

Ahora que lo piensa.

Deja de pensar en Nora y se pasa el día siguiente rastreando los movimientos del coche. Está esperando otro golpe de suerte. Otra señal de que su vida está dando un giro. Algún cambio de planes que le proporcione una pista. En vez de mirar las estrellas, mira su teléfono móvil, en el que ha programado alertas para el localizador. Tiene esperanza, pero no es estúpido. Al final terminarán por descubrir el dispositivo y se quedará sin pistas, pero por el momento no tiene nada más de donde tirar.

En un momento de aburrimiento, vuelve al apartamento de Clementine y descubre a Grace durmiendo en la cama. Murmura algo en sueños y se vuelve hacia él, pero no se despierta. Allí parado, mientras decide si meterse en la cama junto a ella, le vibra el teléfono en el bolsillo. Una nueva alerta del localizador. Le indica que la localización actual del BMW es distinta de las anteriores. Tiene una premonición, un escalofrío que le sube por la espalda.

Siente que esta es su oportunidad.

Se da la vuelta, sale sin hacer ruido, cierra la puerta tras él y deja a Grace durmiendo intranquila.

TRES

22

Las cortinas de la casa del otro lado de la carretera llevan moviéndose casi una hora. Estoy en el porche de Harvey, esperando a que aparezca. Sé que me han visto y quizá le hayan llamado. Si hay algo que odio más que hablar con la policía es hablar con chivatos que lo hacen por algo que no sea dinero. Pero intento callarme eso cuando cruzo la carretera y llamo a la puerta.

El movimiento de las cortinas se convierte en un aleteo nervioso.

—Sé que está ahí —digo en voz alta contra la rendija del correo de la puerta—. Solo quiero preguntar por mi padre, Samuel. Antes vivía en esa casa del otro lado de la carretera. Me pregunto si usted lo conocía.

Tras unos segundos de silencio, me siento en este porche durante cinco minutos enteros, con la esperanza de que este cambio de casa me proporcione alguna respuesta. Al menos me permite contemplar bien la casa en la que creció mi padre. Es probable que en otra época fuese bonita. Hay un pequeño jardín, ahora descuidado, y la pintura amarilla descascarillada debió de ser bonita hace algunas décadas.

Las cortinas están quietas. Estoy tentada de rendirme en esta fútil cruzada mía y hacer algo de turismo. A lo mejor puedo ir a ver los murales de Diego Rivera en el Instituto de Arte de Detroit. Y tal vez lo haría si no hubiese visto ya esas imágenes muchas veces en las postales de las tiendas. En los murales muestra las maravillas y los horrores de una revolución de las máquinas. Pero no ha tenido en consideración la epidemia de la droga, no ha visto como yo a una mujer tan colocada que se plantó en mitad de la calle en ropa interior solo para explicarles algo indescifrable a los coches que pasaban. Las webs turísticas me han dicho que debería visitar la casa de la Motown y los salones de música. Debería hablar con los conductores de vehículos compartidos sobre el declive de la ciudad en la que todavía viven. Probar una comida sostenible y orgánica con ingredientes de proximidad que me cueste más de lo que el residente medio dedica semanalmente a comprar comida. Debería intentar olvidar la gloria pasada de la ciudad porque ya se esfumó, fue vendida hace años por los titanes de la industria. En un mundo donde se es alguien o no se es nadie, Detroit es un don nadie que antes era alguien y siente rencor al respecto. Como me sucede hoy. No hay muchas personas en esta calle, pero las que pasan por delante solo me miran con desconfianza. Intento no ofenderme. Yo me siento igual.

Pasan cinco minutos. Pronto se convierten en diez. Cuando estoy a punto de marcharme, un Buick de color marrón se detiene junto al bordillo y una mujer que ronda mi edad sale con una bolsa de papel en la mano. Está a punto de chocar conmigo en el porche antes de detenerse en seco y mirarme extrañada.

—Hola —le digo.

—Hola. —Mira la puerta de entrada y después vuelve a fijarse en mí. Se lleva una mano al pelo para volver a colocarse las largas trenzas sobre los hombros—. ¿Estás esperando a Retta? Porque puedo asegurarte que la vieja está ahí dentro. No la han visto salir de esta casa desde los noventa. —La mujer parece casi sorprendida de que alguien pueda querer hablar con Retta la de las cortinas, pero su voz suena amable, así que me arriesgo.

Señalo con la mano el jardín de Harvey.

—Mi padre se crio en esa casa. Murió cuando yo era pequeña y quería aclarar un par de cosas sobre su vida aquí. Tenía la esperanza de que Retta supiera algo de él.

La mujer frunce el ceño.

—Oh, sí que sabe. Lo sabe todo sobre este maldito barrio. ¿Verdad, vieja bruja? —dice gritando la última parte hacia las ventanas delanteras, una de las cuales se ha abierto misteriosamente solo una rendija en el tiempo que he estado hablando con la mujer del Buick.

—¡Fuera de mi porche, zorra! —responde una voz, alto y claro. Una cara pálida y arrugada aparece en una esquina de la ventana abierta—. ¡Y dile a esa maldita delincuente que no tengo nada que decirle!

Ahora ya sé quién llamó a Harvey cuando me colé en su casa.

—¿Ah, sí? Si quieres tu comida, será mejor que le hables a esta amable mujer sobre su padre. O te juro por Dios que me la comeré aquí mismo, me iré y no volveré nunca. ¡Le diré al pastor que has muerto y no me pedirá que vuelva a tu asqueroso porche nunca más!

Se oye un grito ahogado muy exagerado, casi teatral.

—¡Mi porche está limpio como una patena, zorra impía! —responde furiosa la anciana. Después se hace el silencio.

La mujer se sienta a mi lado.

—Soy Melissa —me dice.

—Nora. —Nos estrechamos la mano—. ¿Por qué salió de casa? En los noventa.

—Ah, eso. Se enteró de que había una nueva iglesia aquí cerca y vino a la misa. Deberías haber visto qué cara se le quedó al darse cuenta de que era una iglesia negra. ¡Ja! Pero el pastor nos pide que vengamos a visitar a los viejos del barrio. Dice que esta es mi cruz. ¿Quieres pan de maíz?

Abre la bolsa de papel y saca un cuadrado grande envuelto en papel vegetal. Nos quedamos allí sentadas, compartiendo un pedazo de cielo en la tierra.

—Mmmm —dice Melissa como si estuviera teniendo un orgasmo—. Qué bueno.

Se abre entonces la puerta de la casa.

—Apártate de mi comida —dice la anciana plantada en el umbral. Lleva un vestido planchado y sombrero a juego. Debe de haberse puesto en la cara todo el maquillaje que tiene. Retta la vecina de enfrente se toquetea el collar de perlas que lleva al cuello mientras contempla las migas de pan de maíz que tenemos en el regazo.

—No hasta que no ayudes a esta mujer —responde Melissa.

—Ya no hay respeto por los mayores —dice Retta con el ceño fruncido, después me mira—. No puedes entrar aquí, pero ¿quieres saber algo sobre ese otro muchacho que vivía enfrente? No era malo ese —dice a regañadientes—. Una vez evitó que un par de gamberros se colaran aquí. A todos les caía mucho mejor que el que vive allí ahora. Incluso a los padres. Ya no están. Casi se mueren cuando el que mejor les caía se marchó al ejército.

—A los marines —le digo poniéndome en pie.

La vieja resopla.

—¿Y qué diferencia hay? Agarró y se marchó cuando tenía dieciocho años; no le dijo a nadie dónde encontrarlo. Volvió años más tarde y los padres ya habían muerto. Accidente de tráfico. El otro tuvo que encargarse de todo, aunque no le dejaron la casa a él. Se la dejaron a su favorito, claro. No me gusta el otro, pero no es tan malo. Que le trataran así… me parece muy desagradecido, si quieres mi opinión.

Nadie se la ha pedido, pero agradezco cualquier información. Tardo unos instantes en descifrar quiénes son los unos y los otros en su explicación.

—¿Mi padre era el dueño de esa casa?

La mujer asiente y hace que las bolitas de sus pendientes choquen entre sí.

—Oí que ese se la dejó al otro y después desapareció. Él lo sabía. Sabía lo que iba a ocurrirle a esta ciudad. Se marchó a tiempo. Chico listo.

Melissa se aclara la garganta. Mirándonos desde la acera hay un hombre corpulento que agarra la mano de una niña pequeña con uniforme de fútbol.

—¿Qué diablos crees que estás haciendo? —pregunta Harvey Watts con voz grave y furiosa.

23

Estoy sentada a la mesa de su cocina mientras Harvey prepara pasta para la niña pequeña que tengo delante. La niña, cuyo nombre es Darla, se queda mirándome con gran interés mientras él estrella cosas contra la encimera, cierra armarios de golpe y hace todo el ruido posible para hervir agua. Me acuerdo del año pasado, cuando me senté a la mesa de la cocina de mi hermana para tratar de conectar con ella tras haberle robado el coche y haberlo estrellado. Tras la desaparición de Bonnie, estaba desesperada por encontrarla. Me senté a la mesa de Lorelei y traté de explicar mis actos, para variar.

Ese momento está grabado en mi memoria porque también fue la vez que me llamó zorra. Es imposible que Harvey tenga opiniones sobre lo zorra que soy, pero, a juzgar por el ruido que hace al chocar las cacerolas, me da la impresión de que podría tener ciertas sospechas.

Bajo la mesa, Darla me acerca una piruleta para que se la desenvuelva, pero no pienso volver a caer en su truco. La ignoro y sigo observando al hermano adoptivo de mi padre, imaginando cómo debió de afectarle ser el hijo natural de unos padres que preferían al muchacho que no había salido de sus ingles. El que trajeron desde Canadá. A mí me han ignorado las suficientes veces en la vida como para saber que eso te devora por dentro si le das importancia.

Trato de ponerme en su piel, ser ignorado por culpa de un simple canadiense es una situación difícil.

Estoy a punto de sentir compasión por él hasta que empieza a hablar. Pero no a mí, sino al espacio que hay a mi alrededor.

—¿Quieres saber algo sobre tu padre? —Entonces, sin esperar una respuesta, continúa—. Lo trajeron de Canadá cuando tenía dos años. Pagaron a la agencia diez mil dólares por él. Mi madre no podía tener más hijos después de mí, pero querían darme un hermano que tuviera más o menos la misma edad. Crecimos juntos, pero se marchó con los marines en cuanto cumplió los dieciocho y solo regresó cuando le licenciaron. Sin dinero, sin nada. Ni siquiera sabía que mamá y papá habían muerto. Aquí solo estaba yo, haciéndolo todo en una casa en la que me había criado pero que ahora le pertenecía a él.

—¿Por qué se la legaron a él y no a ti?

Mira por la ventana.

—Yo era... tenía una adicción —dice mientras se rasca el interior del codo con la mirada ausente—. Me costó quitármela, pero al final lo hice. Además me quedé aquí mientras me recuperaba. Podría haberme marchado como todos los demás. Podría haberme largado, pero no lo hice.

—¿Dónde ibas a ir?

—¡Esa es la maldita verdad! He vivido toda la vida en esta ciudad, nunca quise estar en otra parte. Pero él sí. Él ya no quería vivir aquí. Me dejó la casa a cambio de nada. Me ofrecí a comprársela. Por entonces estaba trabajando, podría haberlo hecho, pero no. Conoció a esa mujer árabe que vivía en Montreal y se largó a Canadá a buscar a su familia biológica. Había encontrado trabajo en Winnipeg y se mudaron allí porque ahí era donde había nacido.

—¿Los encontró? —pregunto—. A su familia biológica.

—No. Solo descubrió que su madre había sido una mujer soltera de Winnipeg, pero nunca consiguió encontrarla. Sin embargo, eso no le impidió marcharse. Lo último que supe es que seguía en

Winnipeg, pero nunca me devolvió las llamadas ni respondió a mis cartas. Mi propio hermano. En realidad no teníamos a nadie salvo a nosotros mismos. Pero nunca fui lo suficientemente bueno para él. —Ya no logra contener la rabia. Aprieta los puños y Darla se pone a llorar.

—¿Qué mujer árabe? —Mi voz suena un poco más alta de lo que había anticipado y la pregunta cae como un martillo sobre la mesa.

—¿Qué?

—Has dicho una mujer árabe. ¿Qué mujer árabe?

Se queda mirándome durante varios segundos, como si no me hubiera visto de verdad hasta este momento.

—Tu madre. ¿De quién creías que estaba hablando?

Darla, con la cara mojada por las lágrimas, vuelve a levantar la piruleta y, distraída, se la desenvuelvo y se la entrego. Lo que está creciendo en mí no es emoción *per se*. Vuelvo a estar bajo el agua y siento esa ligereza que no es en absoluto desagradable. Cuando construí el búnker para mi padre, no se me ocurrió incluir en él a mi madre. No tengo recuerdos de ella para poder meter ahí. Trato de recuperar el control antes de volver a hablar.

—¿Conoció a mi madre aquí?

—Ella estaba en Dearborn para asistir a una boda, pero se conocieron aquí, en la ciudad, cuando ella estaba de visita. ¿No sabes nada de esto?

—No. Se marchó después de que naciera mi hermana. Mi padre murió y entonces su hermana...

—¡Esa mujer no era su hermana! —exclama señalándome con un dedo. Es evidente que no se siente muy cómodo alzando la voz—. La conoció en un centro de amigos y allí conectaron. Ambos eran adoptados, pero querían encontrar a sus familias. Ella estaba buscando a su hermano pequeño y él estaba buscando a quien fuera. Pero no era su hermana. Era... A Sam se le daba bien la gente, él era así. La gente quería estar cerca de él. Ni siquiera le hacía falta intentarlo.

Se agarra al borde de la mesa con ambas manos. Aunque mira a través de mí, buscando algo en su memoria, en su propio pasado, ahora lo veo. Veo lo que ha estado escondiendo. No es rencor porque sus padres quisieran a mi padre más de lo que querían a su hijo biológico, sangre de su sangre. No porque le dejaran la casa a su hijo adoptivo, ni porque anhelaran que regresara a casa del servicio militar. Porque hicieran cualquier cosa para que regresara junto a ellos. La verdad es que Harvey debía de querer a mi padre de ese mismo modo.

—Por eso enviaste las postales. Querías que supiera que seguías estando a su lado.

—Me llamó cuando tu madre le abandonó. Le habían despedido de la fábrica donde trabajaba. Quería que le prestara dinero.

—¿Y se lo prestaste?

—No. Por entonces estaba sin trabajo. Además, seguía intentando superar mi adicción. Le dije que podía volver y vivir gratis conmigo si quería. Por entonces aquí todavía había trabajo, y él lo necesitaba. En aquella época mi hija vivía conmigo, le habría venido bien tener primos con los que crecer. Pero me dijo que no. Dijo que... que su familia estaba allí. Cuando estaba con tu madre, podría entenderlo. Esa mujer... —Niega con la cabeza—. Nunca había visto a una mujer tan guapa. Pero nunca entendí que no quisiera volver después.

Toda su bravuconería anterior parece haberle abandonado. Ahora me doy cuenta de lo cansado que está cuando le pone el plato delante a Darla. Qué viejo y qué solo está. Me pregunto qué fue de su hija y por qué está criando solo a su nieta. Me pregunto si siempre quiso a mi padre, incluso desde el principio, o si tardó un tiempo en formarse ese vínculo. Un vínculo que para Harvey era inquebrantable y, sin embargo, muy fácil de romper para el niño que sus padres trajeron a casa un día. Esos pensamientos confluyen en mi cabeza en un instante, pero aquello a lo que me aferro no tiene que ver con él.

—¿Tienes una foto de ella?

Deja de contemplar a su nieta mientras cena y levanta la mirada.

—¿Qué?

—De mi madre. Dices que se conocieron aquí. ¿Dejaron atrás alguna foto que no estuviera en ese maletín?

—Espera un momento. —Sale de la cocina y, segundos más tarde, le oigo en el piso de arriba.

—Hola —dice Darla saludándome con el tenedor. Un poco de salsa de la pasta salpica por la mesa. Ninguna de las dos se molesta en limpiarla. Nos quedamos mirando las manchas unos segundos, después me sonríe y el hueco entre sus dientes es como una kryptonita para mí, capaz de derretir el hielo.

—Hola —le digo de mala gana.

Se mete la mano en el bolsillo y me muestra la cinta azul.

—Shh —me dice con los ojos muy abiertos y un dedo en los labios.

—Sí, bueno, no es a mí a quien le cuesta mantener la boca cerrada, ¿verdad?

Me aferro absurdamente a su anterior falta de discreción. Estoy cansada y agradezco que haya tan pocas ventanas aquí dentro que tener vigiladas, porque me consume mucha energía pensar así.

Harvey reaparece con un viejo recorte de periódico guardado en una funda de plástico transparente.

Un político libanés involucrado en la crisis de los rehenes tiene raíces en Dearborn, dice el titular de un periódico nacional. No sé bien qué esperaba. Hay dos fotografías en el artículo, una es una foto de cara de un político alto y afeitado, Ali Nasri. Quien, según el artículo, todavía tenía mano en la escena política de Líbano durante la crisis de los rehenes de los ochenta, pese a que por entonces su familia vivía casi exclusivamente en Míchigan. La otra foto se sacó en una boda en la que aparece Ali junto a su hijo Walid, la novia de Walid, Dania, y media docena de invitados seleccionados.

—Vi esto en el periódico una vez, en los ochenta, y ella está ahí. Es esa —dice Harvey señalando a una mujer que aparece de pie a un lado—. Sabrina Awad.

Tiene el cuerpo ladeado, pero mira a la cámara con una expresión de consternación mezclada con sorpresa. Aunque está en un extremo de la foto, lejos de los recién casados, llama la atención. Su belleza es singular. En una sala llena de mujeres atractivas, maquilladas como si el *glamour* fuese a pasar de moda al día siguiente, destaca su simplicidad. En la fotografía, tiene el pelo largo y oscuro, suelto por encima del hombro, y una especie de simetría en los rasgos que no se puede fingir, ni siquiera con maquillaje. El corte del vestido muestra unos brazos delgados que reconozco de otra foto de mi pasado, una en la que me tiene en brazos. El vestido se sujeta con unos delicados tirantes acentuados con lacitos hechos con cinta.

Tengo la impresión de que, si esta fotografía fuese en color, el vestido haría juego con la cinta azul que Darla ha vuelto a guardarse en el bolsillo.

—¿Puedo quedármela? —le pregunto a Harvey.

—Sí —responde con un gesto de cabeza. No vuelve a hablar hasta que llego a la puerta, casi como si acabara de ocurrírsele—. ¿Sabes? No te pareces en nada a él, pero tú voz tiene algo. Sam... hablaba un poco como tú, supongo.

Quizá haya algo en el anhelo de su voz que me hace preguntarle lo siguiente:

—¿Mi padre... te parecía capaz de quitarse la vida?

—Dios, no. Pero no lo conocía muy bien, hacia el final. Pensaba que estábamos unidos cuando éramos pequeños, pero supongo que eso también era mentira. Se oyen historias de gente que vuelve de la guerra, que eso los cambia. Estar en el ejército también le cambió, supongo, pero el Sam que yo conocía no habría hecho algo así... ¿Qué narices sabré yo? Mi propia hija murió de una sobredosis de oxicodona hace un par de años. También pensaba que la conocía a ella. Empecé a pensar que convertirse en madre le había trastocado la vida. —Mira a Darla cuando esta se levanta de la silla y deja su plato en el fregadero. La rabia de Harvey parece desinflarse—. Puedes... me refiero a que, si estás pensando en... Puedes volver, si quieres.

Mi gruñido podría interpretarse como una confirmación, imagino, pero abandono la cocina sabiendo que probablemente nunca vuelva aquí. Sabiendo que una niña pequeña que no tiene ninguna relación conmigo o con mi madre tiene ese trocito de ella. Y que, por alguna razón, no me importa en absoluto. Una niña pequeña debería tener algo de mi madre. Una que no es ninguna de sus hijas, que la odian por abandonarlas y no volver. Jamás. Ni una vez. Ni siquiera cuando su padre murió.

Cuando me marcho de la casa de la infancia de mi padre, me doy cuenta de que tengo hambre. Lo primero en lo que pienso es *falafel*. Pero eso es inapropiado. Ahogo el deseo de enviarle un mensaje a Bonnie. Aviso: es más complicado de lo que pensabas. ¿Te encanta el *falafel* y te preguntabas por qué?

Miro por encima del hombro mientras me alejo de la casa de la infancia de mi padre, porque algo en mi interior me dice que me observan mientras me marcho. Harvey está en su ventana y su vecina cotilla en la suya. Darla sale al jardín bajo la atenta mirada de ambos. Se despide con la mano cuando la miro por encima del hombro, pero contengo el instinto de devolverle el gesto.

Podríamos haber sido familia alguna vez, quizá, pero ya es demasiado tarde para eso. Harvey Watts acaba de confirmar lo que siempre he creído. Mi padre se fue a Canadá en busca de sus raíces. Nunca las encontró. Estaba tan perdido como yo hasta hace unos minutos, cuando, por primera vez en mi vida, he visto una fotografía con la cara de mi madre.

24

Stevie Warsame introduce su enorme cuerpo en el coche sin hablar. Se sirve café de un termo y pone cara de asco al dar el primer sorbo. «Preparas un café de mierda, Bazooka», le dice a Brazuca, que lo mira desde el asiento del conductor.

—Me rompes el corazón. —Brazuca pone en marcha el motor y se aleja de la hilera de coches aparcados en la carretera. Mira una última vez hacia la discreta casa de dos plantas hasta la que le ha conducido el localizador del BMW. Se halla en una calle tranquila bordeada de árboles, con bastante espacio ajardinado. Lo que significa que, aunque no parezca gran cosa, el barrio de Burnaby que han estado vigilando debe de ser caro. Incluso ha visto una piscina en uno de los jardines. En el jardín trasero. En Vancouver, un lugar donde es un lujo tener algo mejor que una piscina cubierta y con demasiado cloro; como en la que nada él todas las mañanas.

Warsame, que acaba de pasar caminando por delante de la casa para poder verla mejor, se muestra sereno, como siempre.

—¿Quieres oír la buena noticia o no? Parece la típica residencia privada, pero hay una cámara sobre la puerta y en el camino de la entrada. La tele de dentro está encendida, así que hay alguien en casa. ¿De qué trata este caso, por cierto? ¡Cuernos!

—De momento solo estamos vigilando —dice Brazuca, que todavía no quiere entrar en detalle.

—¿Y qué estamos vigilando exactamente? —pregunta Warsame, a quien no le gusta esto—. Tal como yo lo veo, te estoy haciendo un favor.

—¡Te voy a pagar! —Lam es generoso y no le importa contratar ayuda externa, pero Brazuca aún no le ha dicho a Warsame quién es el cliente. Sin embargo, para lograr que el expolicía somalí haga algo, tienes que hacer que le compense.

—Sí, ¿y qué? No tengo por qué estar aquí, hermano.

Warsame posee una franqueza que acompaña con una sonrisa fácil. Ha vivido una guerra en Somalia, su infancia dio un vuelco cuando tuvo que trasladarse de un campamento de refugiados en Kenia a Canadá, aprendió un nuevo idioma para hacer cumplir las leyes de su nuevo país. Ha visto más de lo que cualquier persona debería ver, y todo ello antes de dejar atrás la infancia. No se le puede disuadir cuando desea algo, ni convencer de que tus necesidades son más importantes que las suyas. Su negativa a dejar pasar cualquier mínimo detalle es lo que le conviete en un detective tan bueno.

Brazuca suspira.

—Un amigo me ha pedido que investigue una sobredosis. El camello está relacionado con los Triple 9. Una pista me ha llevado hasta esta casa.

La mirada incrédula de Warsame se parece a la de Lee cuando Brazuca le dijo lo mismo.

—¿Estás intentando destapar la cadena de suministro por una sobredosis? ¿Para qué? —Es un trabajo peligroso, más apto para la policía; Warsame lo sabe bien.

—Un favor, principalmente. Solo quiero ver dónde me lleva. —No engaña a nadie con su falso tono de indiferencia, y menos aún a Stevie Warsame, pero aun así se alegra cuando este decide que ya tiene información suficiente por el momento.

Pero, a juzgar por su mirada, no va a dejarlo pasar durante mucho más tiempo.

—Voy a por algo de comida. ¿Me necesitas luego? —pregunta cuando Brazuca le deja en su coche, aparcado a pocas manzanas de distancia.

—Sí, quédate por aquí si puedes.

Warsame asiente con la cabeza.

—Pagas tú. Dime si quieres que traiga a algunos más para el trabajo.

—Gracias, tío. Primero quiero ver cómo se desarrolla el asunto.

Warsame no sale barato y Brazuca tiene la impresión de que sus tipos tampoco. Todavía no está preparado para contratar a más mano de obra sin hacerse una idea de a lo que se enfrenta. Espera a que Warsame se aleje en su sedán de dos puertas con las lunas tintadas antes de mezclar un batido de proteínas de un recipiente que ahora lleva en la guantera. En este momento, mientras se toma su batido saludable y piensa en su masa muscular, no es consciente de lo mucho que se parece a otro agente de investigación, uno que había vigilado a Bonnie, la hija de Nora, el año pasado. Un asesino a sueldo.

Da una vuelta al vecindario y está a punto de aparcar en un hueco libre con una vista decente de la casa que ha estado vigilando cuando se abre la puerta del garaje.

Una camioneta Toyota nueva da marcha atrás para entrar en la carretera. Al pasar por delante, tocando el claxon para que se aparte, Brazuca ve a un hombre con barba y una gorra de béisbol muy calada. Espera en su MINI Cooper hasta que la camioneta dobla la esquina. Antes de seguirla, le envía un mensaje a Warsame: *En marcha*.

En coches separados, siguen a la camioneta hasta el lugar de trabajo del hombre de barba. Ven que aparca en el aparcamiento para empleados.

—Sorpresa, sorpresa. Parece que ya has encontrado el vínculo entre los Triple 9 y el puerto de Vancouver —le dice Warsame por teléfono.

Brazuca sonríe. Quizá esto sea más fácil de lo que pensaba. Ignora la molesta sospecha de que nunca las cosas son tan fáciles, al menos no para él. Pero tal vez, solo por una vez en su vida, su suerte haya cambiado para bien.

25

Todavía hay luz cuando llego a la cafetería *hipster* ubicada dentro de un supermercado y regentada por un joven que imagino que es *amish*. Eso o está intentando volver a poner de moda las patillas largas y los chalecos, lo cual, dado el vecindario, no es del todo impensable. Abro el MacBook Pro que me regaló Leo antes de que Seb y él se separasen. El exterior está un poco maltrecho, pero funciona bien cuando lo enciendo y continúo con mi búsqueda de los últimos días.

Tengo un nuevo mensaje del grupo de veteranos, pero es de un administrador que me hace un resumen del proceso para solicitar los informes militares de mi padre. Estoy tentada de hacerlo, pero volverme loca con la burocracia no es mi idea de diversión, así que rechazo la sugerencia casi de inmediato. Sigo buscando hasta que doy con una vieja historia archivada en el foro. Alguien bromeaba sobre un aparato de radio que se cayó por la borda cuando estaba destinado en el Mediterráneo en el 77, y decía que al marine responsable le habían echado la bronca. Otro usuario preguntaba si le enviaron al calabozo por perder material criptográfico, pero la respuesta era negativa. No me parece suficiente para que a un hombre le entren ganas de suicidarse, pero aun así lo archivo para más tarde.

En mi búsqueda realizo otro descubrimiento inútil. Los tatuajes horribles en el cuello son muy populares en círculos criminales.

En el motel, no pude ver gran cosa de mi ladrón, pero sí lo suficiente para advertir que su color de piel no era oscuro. Aunque eso no es mucha información, puesto que «no oscuro» es una categoría bastante amplia. Me debato sobre si pedirle a Simone que lo investigue, pensando que tal vez exista una base de datos oculta que analice los tatuajes de las bandas y por qué alguien iba a querer hacerse uno pegado al pelo; pero, si lo hiciera, tendría que contarle lo del intento de robo en el motel. Y, por miedo a enfrentarme a su desaprobación, me detengo antes de enviar el mensaje.

Se está haciendo tarde y la cafetería va a cerrar. Me suena el teléfono y tengo un breve momento de esperanza al pensar que será Seb, que por fin me devuelve las llamadas, pero no es él. El número tiene prefijo de Detroit, y no es Nate.

—¿Diga?

El hombre al otro lado de la línea se aclara la garganta. «Sí, el jefe ha vuelto», dice el camarero con brusquedad y cuelga antes de que pueda darle las gracias por llamar. Tanto mejor. Tengo la boca seca y noto que me empieza un dolor de cabeza en las sienes. He pasado una cantidad excesiva de tiempo en el bar desde que llegué a Detroit, volviéndome loca viendo cómo la gente disfruta con mi pasatiempo prohibido favorito, y es hora de amortizarlo.

Sin embargo, antes de irme utilizo los últimos minutos previos al cierre de la cafetería para hacer una búsqueda rápida sobre la familia que aparecía en el recorte de periódico de Harvey Watts. Los Nasri. No hay más fotografías públicas de esa boda, ni más información sobre los novios o los invitados sin nombre que aparecían en la imagen. Ni rastro de la mujer que me dio a luz.

26

El bar está animado esta noche. Están retransmitiendo algún tipo de evento deportivo por televisión y el orgullo de los hinchas se palpa en el ambiente. La gente lleva camisetas, algunas amarillas, otras rojas. No sé lo que significa y se lo preguntaría al camarero, salvo que ha estado ocupado desde que entré. Consigo captar su atención y señala con la cabeza hacia un pasillo situado en la parte trasera del bar.

En el pequeño despacho del final del pasillo hay un hombre sentado a una mesa revisando una pila de papeles. Tiene sesenta y pico años, pero parece más sano que cualquiera de los que he visto en este bar, incluida yo. «Estamos escasos de *whisky*. El siguiente pedido no llegará hasta mañana, así que prepárate para un motín», dice sin levantar la mirada.

—Sacaré mi espray antiosos —respondo de pie desde el marco de la puerta.

Me mira por encima de la montura de sus gafas.

—Eres la chica de Sam. Alastair me ha dicho que estabas buscándome. —Antes de asimilar la idea de que el camarero cascarrabias lleva por nombre algo tan extravagante como Alastair, el hombre señala la silla que tiene delante—. Siéntate.

Cierro la puerta a mi espalda y tomo asiento. Aquí dentro hay solo un poco más de tranquilidad. El despacho está limpio, pero desordenado, como suelen estarlo los despachos de los tugurios de todo el mundo. Tengo la impresión de que es peor de lo que parece y de que las partes más ofensivas están tapadas por horribles banderas rojas que hacen juego con algunas de las camisetas de fuera. El logo de la camiseta roja me llama la atención. Tardo un minuto en darme cuenta de que son los Red Wings de Detroit y de que el deporte en cuestión es *hockey*. De pronto me siento más cómoda. Si hay algo que saben hacer todos los canadienses razonables es manejar a un entusiasta del *hockey*.

Señalo con la cabeza una foto que hay en la pared que muestra a un Kovaks mucho más joven en un partido.

—¿Qué probabilidades tienen los Red Wings de llegar a las eliminatorias este año?

—No me hagas hablar —dice negando con la cabeza—. Es noche de partido y tenemos que vigilar a los gilipollas. ¿Qué quieres saber de tu padre?

Era demasiado pedir.

—Quiero saber lo que pasó en Líbano.

Deslizo por el escritorio la foto de mi padre con los otros hombres. Se queda mirándola unos instantes.

—Me acuerdo de esto. Fue sacada en Carolina del Norte. Esos somos tu padre, Cory Seaper, Juan Gutiérrez y yo. Cuando empezamos, alquilamos juntos una casa cerca del campamento Lejeune. Esta foto se hizo antes de que nos destinaran en lugares distintos y tuviéramos que dejar la casa. —Suspira y su voz se torna anhelante—. Ya no están. Creo que soy el único que queda vivo.

—¿Sí?

Sigue absorto en la fotografía. Pasados unos segundos, se levanta y retira un banderín que cuelga de unos cuernos de ciervo en la pared. Bajo el banderín hay una foto de mi padre y de Kovaks brindando juntos con vasos de chupito debajo del cartel del bar. Ahí son mayores que en la foto con Seaper y Gutiérrez, pero no mucho.

—Esto fue cuando ambos volvimos a la vida de civiles y yo me hice cargo del bar de mi padre. Dios, éramos tan jóvenes... El mundo era un lugar terrorífico. La Guerra Fría se estaba fraguando y había mucho miedo.

—Me pregunto cómo será eso. —Sigo tratando de asimilar la imagen de mi padre delante del bar. Hace solo unos minutos yo estaba en esa misma entrada, mirando ese mismo cartel.

Kovaks me mira.

—Ja. En eso tienes razón. Parece que no podemos dejar atrás el miedo, ¿verdad? No hay mucha diferencia ahora con lo que era entonces. En una época fueron los nazis, después el Vietcong y los rusos. Ahora nos llega de todas partes. —Aparta la mirada unos segundos—. Tengo una vieja amiga periodista que pasó un tiempo como corresponsal en Líbano. Dice que la información era la moneda de cambio. No parece que haya cambiado gran cosa, a decir verdad, pero Beirut era un lugar donde se difundía la información antes de la guerra civil, y quizá también después. Había agentes por todas partes. Agentes dobles. —Se ríe—. Agentes triples.

—¿Agentes cuádruples? —pregunto, porque, cuando llevas a la gente de vuelta al pasado, a veces es mejor recordarle que sigues en la habitación.

—No digas tonterías —responde con el ceño fruncido. Ahora sé que el límite lo pone en los agentes cuádruples—. Si quieres, podría pedirle que te llamara.

—Claro. —La información nunca ha hecho daño a nadie. Pero, por muy interesante que sea todo esto, sigo sin entender qué tiene que ver con mi padre—. ¿Lo veías mucho cuando volvió a la vida civil?

—Sí, bastante. Dejé el servicio antes que él. No era un trabajo para mí, pero pensé que sería una oportunidad de ver mundo. Intentaba alejarme de este lugar todo lo que me fuera posible, pero mi padre enfermó. Necesitaba ayuda con el bar. Ha pertenecido a mi familia desde mi abuelo, así que no me quedó mucha elección. Cuando dejé la marina, Sammy venía de vez en cuando. Entonces me dijo que iba a mudarse a Canadá con esa tía buena..., perdón —dice—. ¿Era tu madre?

Me encojo de hombros. Desde que me dispararon el año pasado, ese hombro no consigo levantarlo del todo, así que acaba pareciendo un movimiento extraño que solo implica a la mitad de mi cuerpo.

—Supongo.

Me mira de arriba abajo, advierte la tensión en un hombro. Estoy bastante segura de que también se ha fijado en mi leve cojera al entrar en el despacho. Me da la impresión de que pocas cosas se le escapan, y probablemente por eso mi intento de distraerle hablando de *hockey* haya sido un fracaso.

—Se marchó cuando era pequeña —le explico de nuevo a otro desconocido. Uno pensaría que, a estas alturas, ya lo tengo controlado, pero no es así.

—Así que tienes traumas con tu madre además de con tu padre, ¿verdad, cielo?

—Me llamo Nora.

Suaviza la expresión de su rostro. Veo allí tanta comprensión que de nuevo me acuerdo de Seb, aunque últimamente he estado intentando no pensar en él. Me doy cuenta de que no sé qué hacer con los hombres amables. Simone me diría que me los follara, pero eso no va a pasar. Leo me diría que les diese de comer, pero no sabría cómo hacerlo. En su lugar, contemplo toda la parafernalia de *hockey* que hay por la habitación mientras intento no pensar en los traumas con mi madre y con mi padre. Si soy sincera conmigo misma, también tengo algunos traumas con mi hermana, pero desde luego no pienso contárselo a él.

—Bueno, Nora —continúa, esta vez con más tacto—, ¿y qué puedo hacer por ti?

Le cuento lo que me dijo el veterano. Sobre Líbano y mi padre. Cuando termino, golpea el escritorio con la punta del bolígrafo y frunce el ceño.

—Sí que había problemas en Líbano por aquella época, pero

eso no es muy específico. ¿Tu veterano hablaba de la guerra civil? ¿De la invasión siria? ¿De la invasión israelí?

—No sé de qué hablaba. Se marchó antes de darme ninguna respuesta.

Kovaks niega con la cabeza.

—Me temo que no puedo ayudarte mucho. Tu padre nunca puso un pie en ese país, que yo sepa. Además me lo habría contado, porque a veces hablábamos del tema en relación con tu madre. Estaba destinado en un barco en el Mediterráneo. Daba apoyo a las comunicaciones.

Me yergo en mi silla al oír eso.

—¿Estaba en un barco cerca de la costa? ¿No fue al país?

—No cuando yo lo conocí. Una vez su barco rescató a unos refugiados palestinos en Líbano cuando su embarcación se metió en problemas. Los sirios les dispararon a lo bestia al salir del puerto de Sidón y al barco le entró mucha agua durante el trayecto a Chipre. Habrían muerto en el mar si el barco de tu padre no los hubiera encontrado. Se le quedó grabado. Esa pobre gente, muerta de hambre, meándose encima, más apiñados que los hinchas de los Red Wings en el bar durante las eliminatorias. Casi unos encima de otros. Hablaba a veces de eso. Nunca había visto nada parecido. Personas tan desesperadas por huir de su hogar que hacían cualquier cosa con tal de tener una vida mejor.

Advierte mi silencio, mi introspección.

—Mira, yo nací en Detroit. Es un lugar tan asqueroso como cualquier otro y nunca te diría lo contrario. Pero al menos conocía a mi familia. Podría señalar este horrible barrio y decir «ahí se crio mi abuelo». Después señalar esa horrible hilera de edificios y decir «ahí es donde atracaron a mi madre un mes de diciembre y ese año no pudimos permitirnos regalos de Navidad». Pero al menos tengo eso. Tu padre nunca conoció su lugar de nacimiento. Tenía una patria y no sabía nada de ella. Nunca había ido siendo adulto. Y ahí, en un barco en mitad del océano, estaban todas esas personas que nunca podrían volver a su patria. Cambió después de aquello. Seguía siendo un buen tipo, pero menos... despreocupado. No me sorprendió que se decantara por una chica libanesa, para ser sincero. Aquella experiencia en el mar conectó con él.

Dentro de todos nosotros hay un niño pequeño que quiere oír la historia del romance de sus padres, incluso aunque haya preguntas más importantes que hacer. Trato de mantener a raya a esa niña, pero no lo consigo.

—¿Sabes cómo se conocieron?

—En un pequeño puesto de *falafel* que había a la vuelta de la esquina. ¿Te lo puedes creer?

Niego con la cabeza. No, no puedo. Es una idea demasiado ridícula para asimilarla.

En la puerta, vacilo unos instantes. Tengo la impresión de que se ha contenido, de que hay algo que no me ha dicho. Veo en su expresión que no va a contármelo por voluntad propia, así que le hago la pregunta que me ronda por la cabeza.

—¿Cómo era?

Kovaks se detiene. Aparta la mirada de la ventana y se queda mirándome. Nuestra perdición son las pequeñas bondades del mundo. La bondad que percibo ahora en su voz.

—Era un buen tipo, Nora. El mejor. —Se detiene de nuevo y aparta la mirada—. Nunca pensé que podría... Es una pena que hiciera lo que hizo. Muchos hombres vuelven de la guerra y no logran acostumbrarse. Eso es el infierno y algunas personas no pueden dejar atrás lo que han visto. Tu padre... Me quedé de piedra al enterarme de cómo murió. Sigue afectándome.

¿Percibe mi confusión? ¿Todas las cosas que estoy intentando controlar en este momento? Claro que no, y esta capacidad para existir así, escondida a plena vista, no es exclusiva mía. Las mujeres lo hacen todos los días. Mantienen escondidas las cosas no para revivir el dolor, sino para pasar desapercibidas. Con nuestros cuerpos viejos y doloridos, embutidas en prendas de sujeción, subidas a zancos en miniatura que hacen que sea imposible caminar y mantener el equilibrio, no queremos que los demás vean la rabia que bulle bajo la superficie.

Se me ocurre algo ahora, algo en lo que no había pensado antes.

—¿Cómo? ¿Cómo te enteraste de su muerte? —Según Harvey, mi padre había cortado el vínculo con este lugar. No había rastro de una relación con Kovaks en las cosas que Lorelei había recopilado. Había dejado la foto de Kovaks en casa de Harvey cuando se mudó a Winnipeg.

—Un viejo amigo de tu madre vino buscándola. Había visto en el periódico la noticia de... la muerte de tu padre. Quería asegurarse de que tu madre recibiera la noticia de boca de un amigo porque había oído que se habían separado. Me dijo que vosotras estabais con vuestra tía, pero que tu madre merecía saberlo. Aun así es muy triste que una mujer abandone a sus hijas de esa forma.

Si el suicidio de mi padre salió en el periódico, eso es nuevo para mí. Lorelei había buscado cualquier información que pudiera encontrar sobre el tema y no había encontrado nada en el periódico. Aunque, según se dice, merecía una mención. Era un buen tipo. Un buen tipo al que no conocí más allá de la infancia. Un buen tipo que no tenía razones para suicidarse. Porque ahora me doy cuenta: hubo problemas en Líbano, pero no con él. Lo que hace que me pregunte, ¿por qué murió exactamente?

Si no hubo problemas en Líbano antes de que dejara la marina, entonces ¿de qué narices estaba hablando ese veterano? Muy poco a poco voy dándome cuenta de que esta situación me supera. Había venido a Detroit a averiguar por qué mi padre se quitó la vida, esperando encontrar una historia trágica de algo que hubiera visto en combate, en un lugar lejano. Pero, a medida que ahondo y hablo con gente que lo conocía, menos convencida estoy de que se suicidara.

Y si no se quitó la vida..., entonces alguien debió de apuntarle con la pistola a la cabeza aquel día.

27

Bonnie no se ha olvidado del tatuaje.

La habían drogado. Le habían sacado sangre y la habían enviado a analizar para ver si era una donante compatible con su hermanastro moribundo. Por entonces no estaba en su sano juicio, pero han empezado a llegarle recuerdos borrosos. Se suponía que no debería haber visto el tatuaje. La tuvieron drogada la mayor parte del tiempo, pero de vez en cuando se despertaba y veía al hombre que decía que era su padre y al hombre calvo, ambos a su alrededor. El calvo no era viejo, pero llevaba la cabeza afeitada por alguna razón. Se había puesto furioso con su padre por lo del tatuaje, porque su padre no lo había entendido, no lo merecía. Hablaban en un idioma que ella desconocía, pero las cosas quedaron perfectamente claras cuando el hombre calvo le tiró de la manga de la camisa a su padre biológico y señaló el tatuaje.

A Bonnie le daba miedo el hombre calvo. A veces despertaba confusa y lo veía observándola con esos ojos fríos. Su supuesto padre tenía facilidad para reírse y para enfadarse, por lo que ella había visto, pero el hombre calvo no había mostrado ninguna emoción hasta el incidente del tatuaje. Cuando el calvo se dio cuenta de que estaba despierta, abandonó la habitación y su padre fue tras él. La puerta se cerró de golpe y Bonnie volvió a quedarse sola. Asustada. Débil. Impotente. Juró entonces que jamás volvería a encontrarse en esa misma situación. Averiguaría todo lo posible sobre la familia de su padre y sobre la gente que se la había llevado como si no significara nada.

Ha estado pensando mucho en eso. En cierto modo, ella no es nada. Ni esto, ni lo otro. Se ha dado cuenta de que su madre biológica, Nora, tampoco tiene ni idea. Ambas están confusas; ¿qué importa entonces la historia que la trajo hasta aquí? Con el tiempo —no mucho, porque al fin y al cabo aún es una adolescente— ha ido sintiéndose cada vez menos nada y más y más parte del todo. Nada era suyo, así que todo era suyo. No tenía sentido, o no mucho, así que nunca se lo ha comentado a su madre, Lynn, ni a su otra madre, Nora, ni a su padre, Everett, ni a Tom. En realidad todavía no tiene amigos en Toronto y ya apenas se habla con su mejor amiga de Vancouver, así que no tiene que preocuparse por ocultarles esas cosas, gracias a Dios. Solo tiene que guardárselo para sí misma porque hasta a ella le parece una locura.

Ella es su propia dueña.

Igual que Nora, no le pertenece a nadie. Al pensar en Nora experimenta una punzada de remordimiento, o algo parecido. Le había enviado la foto en la clínica, con los pies en los estribos, porque había querido compartir ese momento. Igual que el año pasado, cuando fue a ver a Nora al hospital. Había querido que su madre biológica supiera todo lo que había pasado para encontrarla. El dolor, el miedo y todo lo demás. Pero Nora ni siquiera la reconoció entonces.

Pensar en aquella época solo le produce pesadillas, pero no puede evitarlo. No ha dormido una sola noche de un tirón desde…, bueno, desde hace una eternidad. Dibujar es lo único que la ayuda a pasar la noche. Saca su bloc de dibujo y un lápiz. Tras el incidente del año pasado, su terapeuta la animó a usar el arte como terapia. Sus dibujos y sus cuadros eran casi siempre caras en sombra ocultas en el paisaje. Tan ocultas que se convirtió en un juego pintar escenas que no resultaban evidentes a primera vista, pero, una vez que las veías, ya no podías olvidarlas. Añadía una energía a las imágenes que no se podía explicar a no ser que vieras lo que había debajo. De vez en cuando dibujaba un símbolo que había visto tatuado en el brazo de su padre. El símbolo chorreaba sangre. Sobre todo dibujaba la sangre.

28

Durante el último día y medio han estado vigilando la casa de Burnaby hasta la que los condujo el localizador GPS y Brazuca no recuerda haberse aburrido tanto en toda su vida. Ayuda pensar en el montón de dinero que cobrará cuando cierre el caso para Lam, pero solo si se olvida de las tarifas de Warsame. Lo cual no ha sido fácil, porque este parece incapaz de dejar el tema.

—Bueno... —empieza a decir Warsame, una vez más, por teléfono—. ¿Cómo funciona esto? ¿Te paso la factura a ti o a Krushnik? Él sabe que estoy metido en esto, ¿verdad?

—Sí, se lo dije. Está trabajando en una investigación y a punto de cerrar un caso de estafa al seguro. De momento lo dejamos así.

—Entonces ¿te facturo a ti?

Brazuca recuerda ahora por qué no soporta el trabajo en equipo. Suspira.

—Factúrame a mí, sí. ¿Algún rastro de la madre?

—Qué va —responde Warsame.

Brazuca entra en la calle y aparca en un hueco a varios coches de distancia del sedán de Warsame. Los informes de la propiedad indican que la casa que han estado vigilando pertenece a una profesora de escuela jubilada llamada Greta Parnell, que no parece que viva ahí.

Pero su hijo Curtis sí. Curtis Parnell, el hombre de barba al que

Brazuca siguió hasta el puerto, que también resulta ser un miembro afiliado del sindicato de estibadores.

—Pero —continúa Warsame— he visto a dos idiotas entrar y salir desde esta mañana.

Brazuca frunce el ceño. Es la primera vez que ven a alguien más en la casa.

—¿Qué clase de idiotas?

Warsame suspira alto y claro al otro lado de la línea.

—Los más básicos. Jóvenes. Cachas. Un mal corte de pelo. Seguro que van armados. Ya sabes, gilipollas.

—Gilipollas e idiotas no son lo mismo.

—No sé —dice Warsame—. ¿Por qué ser un gilipollas a no ser que seas un idiota? El caso es que me ha parecido ver una *flasher*.

Bingo, piensa Brazuca. Una *flasher* era una insignia que llevaban los arribistas en ciertos clubes de moteros cuando todavía no eran miembros.

—¿Has logrado hacerles una foto? —Como había descubierto Brazuca al preguntar por los dispositivos GPS, a Warsame le encantan sus juguetitos. Le pondría localizadores y cámaras a cualquier cosa que se encuentre, si pudiera. Además es aficionado a la fotografía y le encanta hablar de cosas aburridísimas como composición y objetivos. También se ha negado hoy a prestarle una de sus viejas cámaras, una Canon diminuta, hasta que ha accedido a pagarle la tarifa del alquiler del aparato, que era bastante elevada.

—No, tío. No había luz. —Warsame empieza a explicarle entonces el funcionamiento de su cámara, y en ese momento los dos idiotas en cuestión salen de la casa y se largan en un Ford Mustang nuevecito—. Yo me encargo —dice y comienza a seguirlos—. ¿Parnell está trabajando?

—Como el buen chico que es. —Curtis Parnell no solo se había presentado a trabajar ese día en los muelles de Vancouver, sino que además se había asegurado de llegar temprano. Lo que significa que Brazuca también ha estado en el puerto esta mañana. Temprano y sin la cafeína suficiente. Observando a los demás miembros del sindicato de estibadores se dio cuenta de que lo que los identificaba como grupo era su aspecto. No era un aspecto «estibador elegante», como los *hipsters* que han invadido Gastown. Eran estibadores auténticos. No llevaban los vaqueros ajustados, sus camisas de cuadros probablemente no costaran más de unos pocos dólares en rebajas y llevaban barba para no pasar frío en la cara mientras trabajaban al aire libre, no como accesorio de moda para disimular la barbilla hundida.

Parnell encajaba bien, pero a Brazuca no le cabía duda de que había encontrado al contacto de los Triple 9 en el puerto. Fuera quien fuera quien le vendió la mercancía al camello de Clementine, aquel es el contacto mediante el cual se llevó a cabo. El contacto que Bernard Lam está buscando desesperadamente. Está convencido de ello. Ahora solo tiene que averiguar de dónde y de quién procede el producto.

Warsame bosteza.

—Parnell no puede ser tan bueno si tiene a esos dos gilipollas entrando y saliendo de su casa.

Y no lo es. Según Lee, no solo está relacionado con los Triple 9, sino que además Curtis Parnell es miembro de una banda de moteros vinculada a los Ángeles del Infierno. Dos años después de que un chivato de la policía desmantelara una banda rival, sus colegas y él dejaron de alborotar. «De pronto fue como si hubieran encontrado a Jesús y se hubieran vuelto ciudadanos respetables», le había dicho Lee.

—De pronto eso me parecen chorradas —respondió Brazuca.

—Deberías ser vidente, Brazuca. Deja el trabajo y pon un anuncio en el periódico. Ya que estás, prueba a llamar a alguien que no sea yo. Aspirante a policía de pacotilla. —Lee le colgó el teléfono. Estaba muy gruñón a las seis y media de la mañana.

Aun así, la pulla sobre el policía de pacotilla le había dolido. Y sí, quizá fuera un aspirante, pero al menos ahora le pagaban lo suficiente como para tener opciones. Quizá no tenga que ser un policía de pacotilla el resto de su vida.

Después de que Warsame se aleje pisándoles los talones a esos dos idiotas, Brazuca sale del coche para recuperar la circulación en la pierna lesionada. Desde que Lam lo mencionó al dejar caer la bomba sobre lo mucho que estaba dispuesto a pagar para mantenerlo en el caso, Brazuca no ha parado de pensar en telescopios. Le tiene echado el ojo a una preciosidad de Whistler. Un breve trayecto en coche por la autopista junto al mar y será suyo ese telescopio último modelo. También ha estado pensando en dónde colocar su nuevo juguetito, quizá en un bonito apartamento con terraza. O en un chalé como el de Parnell, discreto y rodeado de una hilera de árboles bajos que le protejan de la calle pero le permitan ver el cielo con claridad.

Todavía pensando en los telescopios, camina por la calle hacia la casa. Cuando se acerca a una discreta cámara de seguridad instalada sobre la entrada de Parnell, se baja más la visera de la gorra. Algo que hay en el camino de la entrada junto al garaje llama su atención. Con la cabeza agachada, se acerca y descubre un teléfono móvil. Lo recoge, pero, antes de poder guardárselo en el bolsillo, oye el inconfundible sonido de la corredera de una semiautomática.

Gira la cabeza.

Ve a Curtis Parnell mirándolo con frialdad.

Y así, sin más, se le esfuma la suerte.

Abre la boca para hablar, para protestar, para gritar, pero, con un movimiento rápido, Parnell le golpea con la pistola en la cabeza. Cae al suelo.

Lo único que queda ahora es silencio.

29

Como no tengo otro sitio al que ir, acabo de nuevo en su puerta trasera. No me sorprende. Si algo he aprendido viviendo en Vancouver durante años sin pagar alquiler es que soy una chica de puerta trasera.

—No creí que volvería a verte —me dice Nate cuando abre.

—Sí, bueno. —Vacilo, me siento algo culpable por no haberle enviado un mensaje cuando me marché—. ¿Puedo dormir contigo?

—Depende —me dice cruzándose de brazos—. ¿Vas a pagar el peaje?

Miro por encima de su hombro y veo los panfletos esparcidos sobre la mesa de la cocina para el mitin anual de la Noche del Ángel de Kevin. La estancia está llena con una sorprendente mezcla de gente joven, salvo que, además de los estudiantes de Ciencias Sociales, hay un grupo nuevo de jóvenes con pantalones de camuflaje y ponchos deshilachados.

Ah, *hippies*.

Los conozco bien porque la costa oeste es como su meca y cada verano vienen en hordas a deambular en su propia peste, cargando con sus pesadas mochilas, en busca de agua limpia y nuevos comienzos, aunque están demasiado colocados para encontrar ninguna de esas cosas o intentarlo siquiera. Pero la pobreza no les ha desalentado aún y siguen escupiendo palabras como «eso es muy meta» y «el universo está intentando decirte algo». Yo he decidido interpretar eso como una señal del universo para huir de esa conversación, pero a ellos no parece importarles. Se encogen de hombros y continúan, calzados con unas sandalias horribles y muy drogados.

Tengo una repulsión casi magnética a los *hippies*, pero no puedo dejar de pensar en el estudio silencioso que tiene Nate más allá de la puerta.

—¿Quieres que pegue carteles?

—Qué va. Para eso tienen a estos tipos —dice señalando con el pulgar al diverso equipo que hay detrás—. De ti quiero otra cosa.

Lo miro con reprobación, pero su sonrisa no es lasciva. He visto el flirteo las suficientes veces como para saber cuándo sucede, pero no es algo con lo que esté familiarizada a nivel personal. Mis interacciones con Alastair, el camarero gruñón de Kovaks, dan fe de mi falta de capacidades a ese respecto.

Nate deja de sonreír.

—Quiero que vengas a cantar conmigo —me dice y se echa a un lado para dejarme pasar—. Puedes decir que no. Es que me gusta tu voz, nada más. Quiero trabajar contigo.

Mi reticencia es breve, pero el atractivo de lo que me está ofreciendo supera cualquier duda que pueda quedarme. Está apelando a mi punto débil. El deseo de volver a cantar, que tanto anhelo. Y además no puedo quedarme en la puerta para siempre. Alguien detrás de Nate acaba de decir: «Si pones eso en el universo, esa energía volverá a ti multiplicada por mil». Esa es mi señal para actuar.

—¿Cantar qué? —pregunto mientras me conduce escaleras abajo hacia el bendito silencio del estudio del sótano.

—¿Qué si no? —me responde tras cerrar la puerta y pasarme la letra de la canción que tocó la noche del bar. La misma que estuvo toqueteando en la bañera mientras me quedaba dormida.

Hay personas que son tan persuasivas que les pides un favor y sutilmente acabas más enganchado de lo que habías imaginado. Solo cuando estamos juntos en el cuarto de baño, yo en la bañera y él sentado al lado con lo que debe de ser un micrófono de cuatro mil dólares entre nosotros, empiezo a recordar por qué no pido favores. Pero mentiría si dijera que es desagradable estar aquí. Estoy cansada, tengo la garganta irritada de lo mucho que he estado hablando y soy demasiado consciente de su cuerpo junto al mío. El micrófono, de condensador plateado, tiene un aspecto antiguo y, aunque es bastante grande, no logra cortar la fina línea de tensión que vibra entre nosotros.

—Tendremos que compartir —me dice mientras levanta unos cascos, unos de esos tan modernos cuyos auriculares rotan hacia fuera para que dos personas puedan escuchar cómodamente sin chocarse las cabezas. Cierra la puerta de una patada y ahora solo estamos nosotros y su música. Así que juntamos las cabezas cuando empieza a sonar la intro de guitarra. Él se encarga de la primera parte y vuelve a sorprenderme lo melosa e intensa que suena su voz. Me sumo a él en el estribillo, con un tono mucho más grave, rasgueando por debajo. Su falsete en el gancho de la canción es como algodón de azúcar, tan ligero que casi flota por el techo. Entonces llega mi turno con la segunda estrofa. Nos pasamos así media hora, cantándonos el uno al otro y escuchando la grabación en su ordenador.

—A mí me sigue gustando más la primera —me dice mientras estira la espalda. Nos hemos quedado sin botellas de agua, así que hemos acabado por ahora. Ninguno de los dos quiere subir a buscar más.

—La primera vez puede ser mágica.

Se produce entonces un silencio incómodo. Ninguno de los dos es lo suficientemente pálido como para sonrojarse, pero estoy segura de que la sangre de mis mejillas lo está intentando.

—Si triunfas, ¿te irás alguna vez de Detroit? —le pregunto para llenar el vacío.

—Iría a tocar a otros lugares, claro. Pero aquí están mis raíces. Mi tía era cantante aquí también. Aún vuelve de vez en cuando. Mi familia está dispersa por toda la ciudad. No es perfecta, pero es nuestro hogar.

Salvo por este estudio y el bar de Kovaks, el hogar de Nate no me parece tan maravilloso, pero ¿qué sabré yo?

—¿Alguna vez piensas tú en irte de Vancouver?

—No —respondo tras unos segundos.

—¿Lo ves? Eso es lo que digo. Todos tenemos que ser de algún lugar. —Se queda mirando su ordenador y después dice hacia la pantalla—: He estado pensando en por qué estás aquí. Investigando sobre tu padre y todo eso. A mí me parece una locura, pero lo entiendo. La familia de mi madre nació y se crio en Estados Unidos, pero mi padre era un indio del Caribe. Murió de un infarto cuando yo tenía quince años.

Por el tono de su voz sé que ahora mismo no busca compasión. No espera que me disculpe porque su padre esté muerto. Ni siquiera desea oírlo. «¿Era amerindio?». No sabía que siguiera habiendo en el Caribe.

Niega con la cabeza.

—De la India. Creo que los amerindios desaparecieron, en su mayor parte. Los indios llegaron a las islas como trabajadores explotados después de que Gran Bretaña aboliera el comercio de esclavos. Los llamaban culis. Cuando mi padre era pequeño, en el Caribe, les preguntaba a sus padres de qué parte de la India venía, preguntaba por sus padres y por sus abuelos. Le dijeron que eran comerciantes, pero siempre sospechó que mentían. Nadie quería relacionarse con los culis porque eran como esclavos. Nadie quería ser tan pobre que era casi negro. Aunque esa era la razón por la que habían acabado allí. Así que nunca llegó a saber de qué parte de la India venían sus padres. Esa parte de su historia se perdió.

Estoy muy familiarizada con esta clase de reconstrucción creativa. Durante mucho tiempo, en la escuela, solía contarles a los demás niños que mi padre estaba en el ejército y por eso no podía recogerme por la tarde. Cuando me preguntaban por mi madre, les decía que era enfermera y que trabajaba en el turno de noche del hospital. En su momento no tenía ni idea de lo que significaba, pero se lo oí decir a otra niña en relación a la ausencia notable de su madre en los eventos escolares y me sonó bien. Entonces mi hermano de acogida les dijo a todos en el patio del colegio que era huérfana mientras me sujetaba por el cuello y me sacudía. En cuanto me soltó, le di un puñetazo. A partir de ese momento aprendí a tener la boca cerrada. Reinventarse a uno mismo tiene sus desventajas. Para mí fue mi hermano de acogida. Para la familia de Nate, fue una pérdida de confianza cuando su padre se dio cuenta de que eran unos mentirosos. Las mentiras no aguantan el escrutinio durante mucho tiempo antes de caer por su propio peso.

Pone nuestra canción, porque así es como pienso en ella. La conversación cesa mientras escuchamos la música. Hacía mucho tiempo que no escuchaba mi voz grabada. No es falsa modestia decir que sé cantar. Es un hecho. Eso es lo único que nadie podría arrebatarme aunque lo intentara. Nate también sabe cantar. Incluso mejor que yo, quizá. Ahora mismo estoy sorprendida con lo bien que sonamos juntos. Quiero preguntarle qué piensa hacer con la canción, pero no quiero estropear el momento. Como la mentira de nuestro pasado, lo que siento ahora no puede acercarse a la luz. Después de un rato, examina su colección de Motown Records, una vuelta al apogeo de la música soul en Detroit. Veo que pone un disco de Marvin Gaye.

Todos sabemos lo que significa eso.

Las vaginas son más fuertes de lo que se piensa. Se pueden acariciar. Frotar. Llenar. Pueden contraerse o lanzar objetos indeseados con una fuerza sorprendente. Pueden mudar el revestimiento uterino y combatir las enfermedades con la eficiencia militar de las células CD4. Pueden encerrarse, a la espera del amor de un buen hombre o incluso una noche decente de romanticismo. También pueden rejuvenecerse con cosméticos, revitalizarse o reconstruirse quirúrgicamente después de un trauma. Y yo puedo encerrar para siempre esta vagina reconstruida, pagada con la generosidad del contribuyente canadiense, o puedo al fin sacarla a pasear. Solo una vez. Para ver qué tal toma las curvas.

Cuando estamos en ello, Nate se aparta.

—No estás aquí conmigo.

¿Ves? Ese es el problema cuando tu amante no ha salido de Internet. Las expectativas no están claras desde el principio. Me dan ganas de decirle: «Sí que estoy. Estoy aquí mismo». Pero creo que se refiere a otra cosa. Y el hechizo ya se ha roto.

Lo dejamos a medias, yo sin terminar, y volvemos a la canción. La escuchamos una vez más. Ahora quiero que no me guste, después de lo que ha ocurrido entre Nate y yo, pero es demasiado buena y ahora mismo no tengo odio en mi interior. Me he quedado sin emociones; estoy vacía. La casa ha quedado en silencio. Los estudiantes, activistas y *hippies* han desaparecido. No sé cuánto tiempo pasa, ni siquiera recuerdo haberme trasladado al sofá y haberme quedado dormida. Pero sí que recuerdo la manta que me echa por encima y que, antes de parar a la mitad, estaba tomando las curvas bastante bien.

Al menos mejor de lo que me imaginaba.

30

Cuando Brazuca se despierta, el dolor palpitante en la cabeza le recuerda a cuando el año pasado Nora le golpeó con una cruceta, pero mucho peor. Curtis Parnell no se ha contenido nada, mientras que Nora había querido dejarlo vivo, quizá para poder usarlo para el sexo y dejarlo colgado después.

No es justo, porque en parte se merecía lo que le pasó por haberle mentido, pero Brazuca no está de humor para ser caritativo. Se encuentra en lo que parece ser un sótano, con las manos y los pies atados, las rodillas contra el pecho y los brazos en la espalda. La luz de la habitación le hace daño en los ojos, así que vuelve a cerrarlos. Está a punto de quedarse de nuevo inconsciente cuando percibe a alguien por encima de él.

Zas. Una bofetada en la cara.

—¿Estás despierto, marica?

Brazuca gruñe, pero no abre los ojos. Por principio, porque no tiene por costumbre responder a los insultos.

Otra bofetada.

—¡Eh!

Se permite mover la cabeza, el lado de la cara pegado al suelo.

—Mierda. —Parnell se aleja. Se oye una puerta que se abre.

Con los ojos entornados, ve que Parnell rebusca en una bolsa de *hockey* llena de armas que ha sacado de un armario situado debajo de las escaleras, y selecciona con cuidado un rifle de asalto antes de volver a guardar la bolsa y cerrar el armario con candado. El rifle de asalto parece más para aparentar que otra cosa. A tan poca distancia, podría haberle servido una pistola de toda la vida. Como la que ha usado para golpearle en la cabeza y que ahora lleva guardada en la cintura del pantalón.

Parnell apoya el rifle en la pared y alcanza un cuchillo de carnicero que hay en la diminuta cocina del sótano. Procede a limpiar la hoja con un trapo.

—¿Sabes lo que me gustaba de esos chinos que se paseaban antes por aquí, hace tiempo?

Brazuca se rinde y abre los ojos. Solo porque un suspiro de desdén no funcionará si sigue fingiendo dormir. Vuelve a reconciliarse con el hecho de que tiene una cara en la que los intolerantes suelen confiar. Se sienten libres de decirle lo que piensan. Es una cualidad a la que renunciaría de buena gana si pudiera, pero hasta ahora nadie ha querido quedársela: solo una lista infinita de perdedores peligrosos.

Parnell examina la hoja del cuchillo y sus ojos se reflejan en el acero inoxidable.

—Sí, esos tipos sabían lo que hacían. Daban miedo, ¿no te parece? Te amputaban una parte del cuerpo y les contabas la historia de tu vida. Así que dime —dice acercándose a Brazuca—, ¿quién coño eres y qué hacías espiando mi casa?

—Three Phoenix —responde Brazuca con una súbita corazonada.

Parnell se detiene. El nombre le ha sorprendido, aunque trata de ocultar el miedo en sus ojos.

—¿Qué coño has dicho?

—Me han enviado a controlarte.

—¿Y quién eres?

—Pregúntales a ellos. —Cierra los ojos y apoya la cabeza en el suelo, canalizando una arrogancia que no ha sentido en más de veinte años. La bravuconería de un joven.

Parnell le echa la cabeza hacia atrás y le pone la hoja del cuchillo en el cuello. Brazuca se obliga a quedarse quieto. Sus ojos, cuando mira a Parnell, están tranquilos. Aunque siente las palmas de las manos agarrotadas por el esfuerzo que requiere.

—¿Esto es por la chica? —pregunta Parnell con el ceño fruncido. Parece nervioso y la mano que sujeta el cuchillo está húmeda por el sudor.

—Claro que es por ella. ¿Qué pensabas?

—¡Joder! —grita de pronto Parnell y se aparta. Una gota de sangre brilla en el cuello de Brazuca, pero no puede hacer nada para limpiársela—. ¡Joder, joder, joder! Les dije que tengo a unos tipos en Detroit encargados de ese asunto. Va a llevar un poco más de tiempo. Esa zorra prácticamente ya está muerta.

—Bueno, aún no lo está, ¿no? —Brazuca no tiene ni idea de a qué se refiere Parnell, pero sea lo que sea ha creado la distancia entre ellos que tanto necesitaba.

Parnell da vueltas de un lado a otro por el pequeño sótano y después se vuelve para mirarlo.

—Oye, esto es un favor, ¿verdad? Me pidieron que buscara a unos tipos que la tuvieran vigilada y eso he hecho. Llevan meses siguiéndola. No sé qué querían de ella, no me lo dijeron. Era muy aburrida. No hace más que pasear a ese asqueroso perro, lleva al tío enfermo al hospital y después las clases nocturnas en la Universidad de British Columbia...

—¿Qué perro? —pregunta Brazuca, pero Parnell no le escucha.

—... y me tocó a mí averiguar dónde se fue cuando se largó. Eso no formaba parte del trato. Además, estoy haciéndoles otro favor. No tenía por qué llamar a esos tipos de Detroit para que se encargaran de ella. Ofrecí una alternativa, por nuestra «amistad cercana», y dijisteis que eso era lo que queríais. Que la mujer desapareciera para siempre. Pero estas cosas llevan su tiempo, ¿sabes?

—Sí que queríamos que desapareciera, pero hay que responsabilizar a alguien por el retraso. —Y quizá no esté pensando con claridad porque, antes de poder evitarlo, repite—: ¿Qué perro?

Esta vez Parnell sí le oye. Se produce un momento de confusión y entonces se vuelve hostil.

—¿Cómo que qué perro? El perro que aparece en las fotos que os mandamos. —Entorna los ojos inyectados en sangre. Examina más de cerca a Brazuca—. ¿Cómo has dicho que te llamabas? Ah, espera, no me lo has dicho. —Deja el cuchillo y saca el teléfono del bolsillo trasero, el mismo teléfono que Brazuca recogió del suelo de la entrada. Parnell lo agarra del pelo una vez más, le echa la cabeza hacia atrás y le saca una foto de la cara con la cámara del teléfono.

Cuando le suelta la cabeza, se asegura de que golpee contra el suelo. Brazuca ve las estrellas y se queda allí tirado, boqueando. Parnell desaparece escaleras arriba, llevándose consigo todas las armas, incluso el cuchillo, y deja todas las luces apagadas. Se oye la cerradura en la puerta de arriba.

Brazuca tarda varios minutos en poder pasar las piernas doloridas por los brazos atados para poder quedarse con las manos por delante. Consigue sentarse cuando la puerta vuelve a abrirse. La luz se enciende. Hay un momento de ceguera y entonces se le acostumbra la vista.

—Jesús —dice Stevie Warsame mientras baja las escaleras—. ¿Estás solo aquí abajo, Bazooka?

—Sí —responde mientras cae contra la pared—. ¿Dónde está Parnell?

—Se ha largado en su camioneta. —Warsame le corta las cuerdas con una navaja que lleva en el llavero—. Esos dos gilipollas a los que estaba siguiendo se dirigían hacia la frontera con Estados Unidos, así que me di la vuelta. Menos mal.

Brazuca asiente y sacude los brazos y las piernas para desentumecerse.

—Será mejor que nos vayamos —comenta Warsame mirando hacia las escaleras.

—Tardará un tiempo en volver. —Si la foto que Parnell le ha sacado hubiera podido enviarse por teléfono, no se habría marchado. Lo que significa que tiene que acudir físicamente a algún sitio para hablar con sus contactos de los Three Phoenix—. Aquí abajo tiene un armario lleno de armas —dice poniéndose en pie. Le debe a Lee un chivatazo y no puede permitir que un arsenal de armas como ese quede sin denunciar. No está estrictamente relacionado con un homicidio, pero es lo mejor que puede ofrecer.

Mucho más tarde, Warsame lleva en coche a Brazuca desde la comisaría, donde han prestado declaración, de vuelta a su MINI. Curtis Parnell está oficialmente desaparecido y con una foto suya en el teléfono, pero Brazuca intenta no pensar en eso. Tiene otra preocupación en la cabeza.

Warsame lo mira.

—¿Qué?

—¿Cómo narices me has encontrado?

—Necesitaba información para la factura, así que intenté llamarte. No respondías. —Se encoge de hombros—. Te localicé a través de la cámara. Decía que estabas en la casa y supuse que estabas en apuros cuando vi a Parnell marcharse en su camioneta.

Brazuca se mete la mano en el bolsillo de la chaqueta y saca la pequeña Canon que Warsame le había prestado. El objetivo está destrozado, pero en la parte inferior hay una pegatina oscura, casi imperceptible, que empieza a despegarse por los bordes.

Una pegatina que, según parece, está monitorizada por el teléfono de Warsame.

—¿Rastreas tu cámara?

Warsame se encoge de hombros.

—No presto mi mierda sin ciertas garantías.

Brazuca nota que se le avecina una migraña y estira el brazo para apagar la radio. Ahora mismo no puede soportar la música *house* de Warsame. Se ha negado a ir al hospital porque ¿para qué perder tiempo? Sería un milagro que no tuviera una conmoción. Al parecer, Warsame piensa lo mismo, porque cuando llegan al MINI de Brazuca insiste en seguirlo hasta casa.

—No voy a casa —responde él mientras baja del coche. Al final de la calle, la casa de Parnell sigue acordonada por la policía. Un grupo de vecinos se arremolina en torno al cordón policial, tratando de ver lo que hay dentro. Según los policías de la comisaría, habían encontrado un auténtico arsenal de armas almacenado en el sótano, junto con bloques de heroína y cocaína, que podría o no estar cortada con fentanilo y Wild 10—. Yo me encargo a partir de aquí. Gracias por traerme. —Saca su llave de repuesto del compartimento magnético que hay debajo del silenciador del coche, tratando de ignorar que Warsame lo ha seguido.

Warsame niega con la cabeza al ver la llave del silenciador, pero Brazuca tiene sus razones. El año pasado se había quedado tirado en una gasolinera aislada cuando una mujer le lanzó las llaves a los arbustos. No quería volver a experimentar ese nivel de pánico.

—Principiante —comenta Warsame. Se apoya en la puerta del conductor y se queda mirándolo con severidad. Su famosa sonrisa se ha esfumado—. Estás siendo imprudente, tío. No es propio de ti. No quieres que te lleve al hospital, ni siquiera a tu casa. Hay algo que no me has contado. Estoy implicado en la guerra contra la droga y todo eso, pero no soy tu compinche. No te he salvado el culo solo para seguir haciéndolo porque estás en una misión. ¿Me oyes? Tienes que decirme qué está pasando. Ahora mismo.

En otro mundo, uno en el que no le hubieran disparado en la pierna, en el que la cabeza no le doliese como si se la hubiesen taladrado y un sentimiento de urgencia no se hubiera apoderado de él, tal vez hubiera podido quitarse de en medio a Warsame. Pero están en este mundo y Brazuca no recuerda la última vez que comió algo ni dónde están sus llaves verdaderas. Simplemente no le queda fuerza para quedarse callado. Un miedo frío ha estado creciendo en su interior, en paralelo al dolor de cabeza, retroalimentándose ambos. Y tiene la certeza de que la mujer que le dejó tirado sin las llaves del coche vuelve a estar en el epicentro de sus problemas.

Es como si el karma le hubiese dado una patada en las pelotas y después le hubiera robado el dinero del almuerzo.

Le cuenta a Warsame la conversación que mantuvo con Parnell, quien confirmó el vínculo con los Three Phoenix. La tríada había estado callada en Vancouver tras la desaparición de su mandamás Jimmy Fang, pero, la última vez que Brazuca lo comprobó, seguía teniendo presencia en China, donde, según la investigación de Grace, existía un fácil acceso a esos laboratorios químicos clandestinos que producen opiáceos sintéticos como el fentanilo y la Wild 10.

Pero no es eso lo que tiene en la cabeza.

—Nora tiene un perro, Stevie. Y estaba cuidando de Crow, que está enfermo. Hasta que se fue de la ciudad hace poco. —Se frota la cabeza, trata de recordar la fecha en que se marchó, pero no lo consigue.

—¿Dónde fue?

—No me lo dijo.

Warsame se queda callado unos segundos mientras ata cabos.

—No creerás que Parnell estaba hablando de ella.

Brazuca no dice nada. El motero dijo que conocía a algunos tipos duros en Detroit. Que la mujer estaba en peligro. Una mujer con un perro que estaba cuidando de un hombre enfermo.

Saca su teléfono y marca un número.

No le sorprende que Nora no responda.

31

Oigo un sonido procedente de la parte delantera de la casa. Cierro la puerta del frigorífico y estoy a punto de volver al sótano cuando me doy cuenta de qué es exactamente lo que me perturba del crujido de una tabla del suelo bajo el peso de una pisada. El olor a pachulí ha desaparecido, así que sé que no es de uno de los *hippies*. Y los activistas hacen tanto ruido que no me imagino que puedan actuar sigilosamente en ninguna situación...

Sigilo, eso es.

Me acerco a la puerta trasera, pero antes de llegar allí oigo a Nate en las escaleras, subiendo del sótano.

Ya es demasiado tarde para correr, o para advertirle.

Agarro el cuchillo más grande del soporte de la encimera y me dirijo hacia la puerta del sótano justo cuando Nate entra en la cocina, frotándose los ojos por el sueño.

Se oye un disparo amortiguado. Nate cae al suelo. No a cámara lenta, no como en las películas. Se oye un golpe seco y se desploma de inmediato. De pie tras él hay una figura vestida de negro, con la cabeza tapada por una capucha. Tiene la misma altura que el hombre de mi habitación del motel, pero esta vez le veo la cara. Lleva la nariz rota cubierta con esparadrapo y me mira. Vuelve a levantar la pistola. En el segundo escaso que tengo para pensar, vuelco la mesa de la cocina. Cae al suelo con un fuerte estruendo.

Otro disparo astilla la madera a mi espalda, pero ya he salido por la puerta.

Fuera aún está oscuro, todavía no ha empezado a filtrarse la luz de la mañana. Hay muchos edificios tapiados donde esconderse en esta calle, pero en su lugar me agacho tras un montón de escombros. Desde ahí marco el 911 en mi teléfono, doy la dirección de Nate en un susurro y digo que han disparado a un hombre. Que vengan cuanto antes.

Después espero hasta que oigo que las pisadas pasan corriendo frente a mí, se detienen al final de la calle y luego continúan.

Cuando vuelvo a la casa, Kev está sentado en el suelo con la cabeza de su hermano en el regazo. No sé si Nate está vivo. Kev tiene la cara cubierta de lágrimas. Ash está al teléfono con el servicio de emergencias. Está gritando que tienen que darse prisa, nada de esas chorradas sobre el tiempo de respuesta del vecindario. Después nombra a una diosa del soul de la ciudad, una de las muchas cantantes famosas que han salido de Detroit. Pregunta si quieren ser responsables de la muerte de su sobrino.

Hay mucha sangre.

De pronto vuelvo a ser una niña que entra en una habitación donde se ha cometido un acto de brutalidad indescriptible contra un hombre al que conozco. Me invade una especie de náusea. Una con la que estoy muy familiarizada. Necesito a mi grupo de apoyo, pero no lo entenderían. Echo de menos a Whisper, pero ahora es el ángel de la guarda de otra persona. Quiero que alguien me dé algo que hacer, pero todos están ocupados viendo cómo se desarrolla una tragedia humana. Kev no se ha molestado en secarse las lágrimas. Nate parece que no respira.

Nadie se fija en mí.

Salgo con la misma rapidez con la que he entrado y espero en la parte delantera a que aparezcan los servicios de emergencia. Me pregunto cuánta violencia puede asimilar razonablemente una persona antes de volverse loca, si no lo está ya.

Tengo los dedos apretados en torno al mango del cuchillo, pero no recuerdo cómo ha llegado hasta mi mano. ¿Estoy en *shock*? Debo de estarlo. Porque juro que, una vez más, alguien está intentando matarme.

CUATRO

32

—Nora vive con Crow ahora —le había explicado Brazuca a Warsame de camino a casa de Crow—. Ha dejado ahí a su perra. Sería el primer lugar al que regresaría. Quiere demasiado a esa maldita perra como para marcharse.

Cuando llegan a la casa, encuentran a Whisper aullando como loca y una ambulancia parada fuera. Brazuca sale corriendo del coche y se acerca a la ambulancia. «Eh», le dice al joven paramédico que está a punto de cerrar la puerta del vehículo. «¿Quién está ahí?». Trata de echar un vistazo, pero el chico cierra la puerta con firmeza.

—Lo siento, señor, ¿usted es el vecino que ha dado el aviso?

—No, soy amigo de la casa. ¿Es una mujer la que va ahí dentro? Nora Watts.

—Es un hombre —responde el paramédico negando con la cabeza—. La medicación que hemos encontrado en la casa indica que estaba recibiendo tratamiento contra el cáncer.

—¿Estaba?

—Lo siento, está, pero es grave. Disculpe, pero tenemos que irnos. Si es usted amigo, ¿puede hacer algo con esa perra? Sus ladridos fueron los que provocaron que nos llamaran.

Brazuca ve alejarse la ambulancia con las luces parpadeantes. Warsame se acerca desde el hueco donde ha aparcado, a media manzana de distancia.

—¿Nora? —pregunta con un gesto de cabeza hacia el vehículo que se aleja.

—Crow.

—Joder —dice Warsame, que conocía a Sebastian Crow desde que Leo y él empezaron a salir—. ¿Qué le pasa?

—Cáncer —responde Brazuca—. El paramédico ha dicho que era grave. Alguien se lo tiene que decir a Leo.

Warsame niega con la cabeza y retrocede.

—No. Ni hablar. —Ambos son conscientes de que Leo no se ha tomado nada bien la ruptura. Ninguno de los dos quiere ser el que comparta esta noticia con él.

—Tengo que encargarme de Nora. Tú lleva a Leo al hospital y yo me quedaré con la perra.

—¿Ves por qué no respondo al teléfono cuando me llamas?

—No respondes al teléfono cuando te llama nadie.

—¡Por esta clase de mierda! —exclama Warsame mientras regresa hacia su coche.

Cuando se marcha, Brazuca entra en la casa por la puerta trasera y encuentra la lista de números importantes que Nora dejó pegada al frigorífico. Siendo Nora, también ha dejado direcciones, descripciones físicas y correos electrónicos para cada contacto de emergencia. Sin embargo no ha dejado una dirección del lugar al que iba, y eso también es típico de Nora. Brazuca se mete la lista en el bolsillo trasero. Whisper corre hasta él, se sienta a sus pies y lo mira expectante.

—¿Qué?

Gimotea.

—Iremos al hospital, ¿vale? —le dice—. Pero primero tenemos que encargarnos de Nora.

Al oír el nombre de Nora, Whisper se levanta y se acerca a la puerta, lista para marcharse.

33

Hasta que me acosté con Brazuca el año pasado, llevaba en celibato más de una década. Evito el coito como una plaga o, al menos, como una enfermedad venérea. He tenido mucho tiempo para pensar en el porqué y, además de los evidentes acontecimientos de mi pasado, que me niego a nombrar, es sencillo. El sexo para mí representa un final. Nunca es un comienzo. Es una despedida, con un «que te jodan, muchas gracias», por si acaso. Es una canción de ruptura en bucle.

Pero nunca había sido una canción de ruptura como esta.

Sentada frente a la habitación de hospital de Nate, no puedo evitar sentir que esto ha superado la clásica sesión de improvisación y se ha convertido en música *country*, llegada desde el mismo Oeste. Cuando el vaquero vuelve con su chica, se queda a pasar la noche y está dispuesto a conformarse con una vida criando ganado (o lo que sea que hagan los vaqueros). Pero por la mañana su peor enemigo llega a la ciudad, desenfunda su pistola y dispara a su chica. Salvo que esta vez no es una chica anónima que estaba esperándole con los brazos abiertos. Es un hombre llamado Nathaniel Marlowe. Un artista con la voz de Sam Cooke. Capaz de tocar la guitarra como Buddy Guy. Alguien que conmueve a las personas y se deja conmover por ellas. Alguien con futuro que en cualquier momento podría haber dejado caer que estaba emparentado con una leyenda de la música soul, pero en su lugar eligió labrarse su propio camino en la vida. En su estudio del sótano, me puso a prueba. Volví a cantar, como hacía mucho tiempo que no cantaba. Desinhibida.

Con el corazón abierto.

Quiero entrar en la habitación a verlo, pero no me atrevo a cruzar el umbral.

Lo que pienso ahora mismo es que no soy la idea que nadie tiene de un vaquero.

No sé bien qué está ocurriendo, solo que mi peor enemigo no ha venido a mi ciudad con la munición preparada. Inexplicablemente he sido yo la que ha acudido a la suya. Y ni siquiera sé quién es. El deseo de abandonar esta maldita ciudad se convierte en un picor, justo por debajo de la membrana de mi piel. No logro alcanzarlo. Pero no puedo marcharme aún porque hay algo aquí que no veo. Y también hay una venganza que ejecutar, si soy sincera.

Hay dos *hippies* esperando conmigo frente a la habitación, hablando en voz baja sobre lo que ocurrirá con su mitin ahora que la fuente de entretenimiento está fuera de servicio. Tienen que hablar en voz baja porque el hermano de Nate está sediento de sangre. Dejan de hablar cuando Kev sale de la habitación de Nate y me mira.

—¿Tú estabas allí cuando pasó?

Me pongo en pie y miro por encima de su hombro hacia la habitación donde está Nate, quieto y sedado. Acaban de hacerle una toracotomía. La bala no le alcanzó el corazón, pero sí el pulmón y una arteria. Estuvo a punto de desangrarse de camino al hospital. Sigue en estado crítico y la pérdida de sangre le mantiene inconsciente.

—Estaba en la cocina, oí un ruido, pero Nate subió antes de que me diese tiempo a hacer nada. Le vi caer y vi al hombre con la pistola tras él. Me apuntó con ella, así que salí corriendo. Me escondí en la calle y llamé al 911. El resto ya lo sabes. —Entre susurros, de camino al hospital, ya le conté a Ash lo del hombre con el tatuaje, la nariz rota. Omití el hecho de que yo debo de ser su objetivo, porque no es algo que pueda expresar con palabras a nadie más.

Kev se sienta en un banco cercano y se lleva las manos a la cabeza.

—Siempre nos mantenemos al margen de todo lo que sucede por aquí. Nos quedamos en esta ciudad cuando todos los que pudieron marcharse se marcharon. Y que haya pasado esto... Nate nunca ha hecho daño a nadie. Jamás.

—Sirvió en Afganistán.

Debo de estar mal de la cabeza para decir algo así en voz alta. Kev también lo piensa, a juzgar por cómo me mira.

—¿Crees que algún afgano ha venido hasta aquí para ajustar cuentas? Venga. Hablo de aquí y ahora. A los hombres negros siempre les disparan.

—Eso es verdad —le digo, porque estamos en Estados Unidos y es verdad. Lo he visto con mis propios ojos. Las puertas del ascensor se abren al final del pasillo. Me doy cuenta antes que Kev. Veo a los policías de paisano que se toman su tiempo para recorrer el pasillo, mirando los números de las habitaciones según pasan. No queda mucho tiempo, así que digo—: ¿Sobrevivirá?

Kev se frota la mandíbula, se queda mirando un punto a mi espalda y se encoge de hombros. Tiene la mente en otra parte.

—Tengo un doctorado en Historia Americana. ¿Te lo había dicho?

—No. —Uno de los policías se detiene para mirar algo en su teléfono, después lo comenta con el otro. Son un hombre y una mujer, e incluso de lejos me doy cuenta de que son agentes de policía por la manera que tienen de mirar a la gente con la que se cruzan por el pasillo. Solo un policía o un agente inmobiliario mira a la gente de ese modo. Como diciendo: «Es solo cuestión de tiempo».

Todavía no nos han visto.

—Típico. Y supongo que tampoco te dijo que enviaba a casa su sueldo del ejército para ayudarme a pagar la universidad, ¿verdad? Soy quien soy gracias a él.

Pero ¿quién es sin él? Esa es la pregunta que no hacemos. Kev se ha encerrado en sí mismo y en los recuerdos de su hermano, que está luchando por su vida. No hay manera de hablar con él ahora.

Me alejo, con cuidado de mantener la calma, sin correr. Al doblar la esquina, oigo que los detectives se presentan a Kev. Me apoyo en la pared y escucho sus preguntas sobre el tiroteo. Podría presentarme y decirles que el objetivo era yo, que lo era y lo soy, pero no lo hago. Si no lo entiendo yo, ¿cómo van a entenderlo ellos?

El cuerpo inerte de Nate sobre la cama, el silencio de Seb al otro lado del continente, el peso de la añoranza de Whisper y la última fotografía de Bonnie. Todo eso se suma a mi confusión. Además, estoy en un lugar público y me siento incómoda con gente alrededor. Una pareja de mediana edad sale de la habitación que tengo al lado; van hablando.

—Ya está hecho —dice el hombre con un suspiro de alivio—. Ahora podríamos tomar un taxi que nos lleve a ver la decadencia urbana.

Los miro con desdén cuando pasan frente a mí. La decadencia urbana como atracción turística resulta de lo más insultante. Querer ver la muerte de una ciudad cuando aún está tan viva. Cuando Nate, de momento, aún está vivo. ¿Quiénes son ellos para hablar de la muerte?

Los detectives están hablando con Kev al doblar la esquina. Me llegan sus voces. «... hizo la primera llamada al 911 para informar del incidente en su casa. El número de móvil estaba registrado a nombre de Nora Watts, una ciudadana canadiense que denunció un allanamiento en su habitación de motel en el centro hace unos días».

—Un momento —dice Kev. Oigo otros pasos y una voz de mujer pide hablar con él en privado. Empieza a explicarle algo, pero su voz se pierde cuando entran en la habitación de Nate.

Ambos detectives se quedan colgados.

—¿Qué hace un delincuente del suroeste de Detroit en el centro y ahora en la zona este? —pregunta uno de ellos.

Es raro que haya tardado tanto en reconocer esa voz. Es Sánchez, el policía del motel. El que me dijo que podría llevar mis dólares turísticos a Ann Arbor. Va con una mujer policía.

—¿Estás seguro de que viene de allí? —pregunta la policía, cuya voz no reconozco.

—El tatuaje que vio Nora Watts no era de la zona este. Lo tenía en la nuca. Es una nueva moda que está circulando.

—Ya lo he visto antes —dice la mujer—. ¿De qué era el tatuaje?

—No llegó a verlo.

—¿Crees que el tipo lo vio en alguna parte?

—A veces pasa. Esos imbéciles se hacen tatuajes y a veces ni siquiera saben lo que significan. Podrían buscarlo en Google.

—Pero ¿qué tiene que ver con todo eso esta canadiense?

Sánchez suspira. Parece que tiene cien años cuando dice:

—Drogas y asesinatos. A eso se dedican las bandas en Detroit ahora mismo. Están intentando acabar con ella. ¿No te das cuenta?

Ahora oigo otras dos voces nuevas en el pasillo. El médico habla con Kev, pero no los oigo con claridad. La mujer detective le dice:

—¿Sabe dónde podemos encontrar a la testigo del tiroteo?

—Sí, en el aparcamiento, probablemente —responde Kev.

—¿Está aquí?

—Estaba. Se fue por ahí. —No me cabe duda de que está señalando en mi dirección.

Me cuelo en una habitación cercana y espero a que pasen por delante. Es la habitación de la que han salido los turistas de la «decadencia urbana». En la cama hay una anciana que me mira con desconfianza, con las sábanas agarradas a la altura del pecho. Abre la boca para decir algo, pero yo me adelanto.

—Sus parientes son gilipollas —le digo.

Afloja las sábanas y suspira.

—A mí me lo vas a decir. Vienen hasta aquí para presentar sus respetos cuando hace cinco años que no sé nada de esos imbéciles. Se creen que figuran en mi testamento. ¡Ja! —Guarda silencio y me mira de arriba abajo—. ¿Has venido para robarme?

—Solo estoy evitando a alguien.

—Bueno, en ese caso, hija —dice cerrando los ojos—, quédate el tiempo que quieras.

Me quedo unos treinta minutos, después me marcho por la salida de emergencia con la capucha puesta y mechones sueltos de pelo metidos por el cuello. Con paso decidido, ni lento ni demasiado rápido para no llamar la atención, sigo notando que alguien me observa. Igual que me pasaba en Vancouver, solo que esta vez no deseo encontrarme cara a cara con mi acosador. He cometido un error al acudir al hospital, porque este es el primer lugar donde me buscará quien quiera que esté rastreando mis movimientos. Solo llevo encima el teléfono y la cartera, que ya estaba en el bolsillo de los vaqueros cuando me he vestido esta mañana. Todo lo demás, incluido mi pasaporte, está en la mochila en casa de Nate. A la que no puedo regresar todavía porque ahora es la escena de un delito. No debería haber ido allí en un primer momento, pero ¿cómo iba a saber que el robo del motel no era un robo al fin y al cabo? ¿Cómo iba a saber que todavía corría el riesgo de que me siguieran? Incluso aquí. Incluso en Detroit.

Es difícil ser un vaquero. Siempre tienes que andar mirando por encima del hombro.

34

Se da cuenta cuando el muchacho universitario ve a Whisper. El chico echa a correr, la mochila se le resbala del hombro y empieza a golpearle contra el muslo. Whisper tira de la correa, a Brazuca se le escapa y sale corriendo tras él. Están a dos calles de distancia de la casa de Crow. Whisper se lanza a su pierna y el chico cae al suelo. Se planta encima de él, que está a punto de mearse encima, enseñándole los dientes y con un hilo de baba pendiendo sobre su cara, hasta que Brazuca los alcanza.

—Eh, Sunil —dice, casi sin aliento.

—¡Quítame esta cosa de encima! —El paseador de Whisper la mira con miedo en los ojos.

Whisper gruñe. Es evidente que el antagonismo es mutuo.

Brazuca se cruza de brazos y se apoya en una farola. Ha pasado las últimas horas dormitando en el coche, esperando a que el chico saliera de la casa. Tiene la pierna agarrotada y dolorida, pero el muchacho no tiene por qué saberlo.

—Mmm. Me parece que no estás hecho para ser paseador de perros.

—¡A mí me lo dices! Pero necesito el dinero, ¿vale? ¿Sabes lo que cuesta la universidad para los estudiantes internacionales, tío? Y luego la perra me ha dado muchos problemas, y aparecieron esos tipos blancos que daban miedo...

Brazuca tiene que contener un gruñido.

—¿Has dicho «tipos blancos que daban miedo»?

—Oye, yo no te digo a lo que debes tener miedo, tío. Esos tipos... ¿Has visto alguna vez una película de terror? ¿Quién es siempre el malo en una película de terror?

—Suele ser una niña pequeña espeluznante. ¿Y esos tipos blancos llevaban máscaras y palos de *hockey*?

Sunil lo mira y parpadea.

—No, llevaban pistolas. ¿De qué planeta vienes? —Sunil procede a describir a los dos gilipollas idiotas a los que Warsame siguió desde la casa de Burnaby.

Por alguna razón, Brazuca no se sorprende.

—¿Qué les dijiste?

—Preguntaban por la mujer que me contrató. Se lo conté todo. Me paga una mierda. Se fue a Detroit. Luego me obligaron a llamarla y averiguar dónde se alojaba.

—Y lo hiciste.

—¡Tampoco es que me dieran elección!

Whisper gruñe cuando alza la voz, así que vuelve a bajarla para continuar, con cuidado de no quitarle los ojos de encima.

—¿No he mencionado las pistolas? Tras colgar el teléfono, me dijeron que me olvidara de todo y fingiera que no había ocurrido nada. Pero no podía mirar a esa perra a los ojos, tío. No podía, joder. Es como si supiera lo que había hecho.

Brazuca lo piensa durante unos segundos. Tamborilea con los dedos contra su pierna mala.

—¿Dónde se alojaba? —pregunta.

—¿Qué?

—La dirección que les diste.

Sunil se encoge de hombros.

—En algún lugar del centro de Detroit. Creo que estaba en la Segunda Avenida. ¿Tiene sentido? Se llamaba Motor Midtown Motel, o Midtown Motor...

—Lo pillo. —Se acerca más hasta quedar directamente encima de Sunil—. Si algo le sucede a Nora por tu culpa, vamos a volver a por ti. Vamos, chica —le dice a Whisper.

La perra se quita de encima de su paseador y corre detrás de Brazuca sin mirar a Sunil, que se queda tirado en el suelo.

—¡Voy a llamar a la policía! —grita el chico.

—Hazlo —responde Brazuca, sabiendo que lo más probable es que no lo haga. ¿Cómo iba a explicar todo este desastre?

Mientras se alejan, piensa en ponerle la correa a Whisper, pero parece lo suficientemente tranquila para caminar a su lado hasta que lleguen al coche. El año pasado peinaron juntos la costa salvaje de Ucluelet en Vancouver Island. Por aquel entonces también estaban buscando a Nora. Nunca ha tenido mascota, ni siquiera de niño, así que no sabe si el instinto de Whisper hacia Nora es lo natural, o si la perra tiene algo especial. No puede quitarse de encima la sensación de que el animal sabe que algo sucede. Lo nota en su animadversión por Sunil, en la urgencia de sus pasos, en su mirada astuta: está alerta. Tras haber encontrado a Nora arrastrada por la marea en un trozo de playa, medio escondida entre las rocas y los árboles, Brazuca había comprobado el amor que Whisper sentía por Nora. Nunca volverá a subestimarlo. Se pregunta qué habrá alejado a Nora de su perra, y de Seb.

¿Qué podría haber en Detroit que fuera tan importante?

Tiene un presentimiento, una especie de mal presagio. O lo sería si creyera en los presagios. Pero no cree. De vuelta en el coche, está a punto de dirigirse a casa de Bernard Lam para cerrar el caso, pero Sunil tenía razón. Hay algo en esa perra.

Ahora, por ejemplo. Está mirándolo fijamente desde el asiento de atrás, con un gruñido que le sale de la garganta. Diciéndole, sin palabras, que hay cosas más importantes que hacer.

35

Al doblar la esquina del hospital, hay un antro de comida barbacoa que vende porciones de pan de maíz del tamaño de una caja de zapatos y pollo frito para acompañar, si alguien tiene curiosidad por saber lo que se siente al sufrir un infarto. También tienen wifi gratis, y así es como consiguen que la gente se quede una vez que cruza el umbral. No he comido mucho desde ayer y mi estómago me recuerda que, aunque a veces puedo subsistir solo con una comida al día, este es el mínimo indispensable.

La ingesta de carbohidratos y azúcar me indica que necesito una siesta, pero el sol de la tarde que entra por la ventana me mantiene despierta. Mi portátil está en el sótano de Nate. No puedo volver allí de momento, sobre todo porque sé que Sánchez me está buscando. Pero todavía tengo trabajo que hacer. Me siento con las piernas cruzadas en un banco de madera con el teléfono conectado a un cargador que he comprado en la tienda de regalos del hospital. Un pedazo de pan de maíz me tapa la visión periférica. Desde que lo probé en el porche de Retta, me he vuelto adicta a esto. Además, me estoy acostumbrando al lema estadounidense de la cantidad por encima de la calidad.

Mientras como, pienso en logos deportivos. Las camisetas de los Red Wings que vi en el bar despertaron algo en mí. Me recordaron un poco a los Ángeles del Infierno. Aunque el entusiasmo de los hinchas de *hockey* desaforados no es algo nuevo para mí, estoy bastante segura de que el hombre de la habitación del motel no llevaba el símbolo de los Red Wings de Detroit tatuado en la nuca. Tampoco el de los Ángeles del Infierno, porque lo habría reconocido de inmediato. Pero, ahora que lo pienso, había algo en el dibujo que parecía un ala. Sin nada mejor de donde tirar, limito mi búsqueda de tatuajes de bandas a pájaros exclusivamente. Tras pasarme una hora mirando en el teléfono los tatuajes de diversos pandilleros, sigo sin tener respuestas, pero ahora entiendo la importancia que tiene encontrar un buen tatuador para que te tatúe tu propia imagen original de un águila volando. En resumen, es muy importante.

Cierro la búsqueda y abro otra, la búsqueda para la que me he estado preparando desde que me senté. El recorte de periódico está en la bolsa que dejé en casa de Nate, pero por suerte le había sacado una foto con el móvil antes de guardarlo. Aun así, no me hace falta mirar la foto para recordar los nombres de la gente en quien estoy pensando. Dearborn, Míchigan, posee la mayor comunidad libanesa del país. Muchos huyeron tras la guerra civil, que se cobró innumerables vidas. Como en cualquier zona de guerra, las personas que pudieron huir lo hicieron, e inexplicablemente muchas de ellas acabaron en Míchigan, de todas las localizaciones inhóspitas que podrían haber escogido. No entiendo por qué vinieron aquí, pero los Nasri parece que decidieron probar suerte. La novia de la fotografía había estudiado en Montreal, así que no solo existe una relación con Líbano, sino también con Canadá. Tal vez hiciera amigas en clase y una de ellas fuera mi madre.

No abro la foto en mi teléfono porque no me hace falta verla. No me hace falta ver la cara desconocida de mi madre, habiendo formado parte de los archivos públicos durante tantos años, para saber cómo es. Se me ha quedado grabada en la memoria desde que la vi. Su nombre era Sabrina Watts en mi certificado de nacimiento. En hindi el nombre Sabrina significa «todo». En latín, se refiere a un río. En árabe, tiene algo que ver con la paciencia. Creo que el nombre también tiene un origen celta, pero se me ha olvidado cuál podría ser. Lorelei y yo sabíamos que nuestra madre se llamaba Sabrina. Cuando éramos pequeñas jugábamos a imaginar que éramos princesas con vestidos de diferentes culturas. Sin embargo, nunca nos tomamos en serio las versiones hindi y árabe de su nombre, porque su apellido en nuestros certificados de nacimiento era Watts, y eso es lo más canadiense que se pueda imaginar. Estoy al corriente de lo que se puede hacer con el certificado de nacimiento de un niño y sé que el apellido de soltera de la madre siempre se utiliza, a no ser que lo cambiara legalmente antes de casarse, que es lo que debió de hacer ella. Debía de querer que todos, incluso nosotras, la conocieran solo como Sabrina Watts.

Reprimo el deseo de llamar a mi hermana y preguntarle directamente si descubrió algo sobre nuestra madre, cualquier cosa que yo no supiera. No se da por hecho, como podría suceder en otras familias, que fuese a mantenerme al corriente. Su amor de hermana solo llega hasta acompañarme a la puerta. Dejo de pensar en Lorelei, porque el hecho de que me haya expulsado de su vida es otro giro más de la navaja que tengo clavada en el corazón. En su lugar, pienso en la mujer de la foto del periódico. ¿Ella sabía lo que le ocurrió a mi padre? ¿Sabía por qué alguien querría matarlo? Lorelei ya había desenterrado todo lo que pudo sobre su muerte antes de irse a la universidad. Por entonces aún nos hablábamos. Sé que se consideró un suicidio.

Pero ¿y si no lo fue? No puedo negar que, después de hablar con Kovaks, he dejado de pensar en su muerte como un suicidio.

El pan de maíz que bloquea mi visión periférica va haciéndose más pequeño, pero no tanto como para poder ver la puerta con claridad. Así que no me doy cuenta cuando Sánchez entra en el establecimiento y se sienta junto a mí en el banco. «Hola, Nora», me dice mirando el muslo de pollo que se me ha quedado frío en el plato. «Pasaba por delante y te he visto aquí sentada. He pensado:

"Vaya, si es la canadiense a la que robaron en un motel". Perdón, a la que casi robaron. ¿Me recuerdas? Detective Sánchez».

—No —respondo. Es una mentira descarada, pero estoy tan enfadada conmigo misma por haber bajado la guardia que no puedo evitarlo. Quizá se me pueda perdonar porque ahora viste una sudadera con el logo de la Universidad de Míchigan y una gorra de béisbol calada hasta las orejas. Hoy no tiene mucho aspecto de policía, pero le había visto antes en el hospital y debería haber prestado atención.

—Oh, yo creo que sí. Creo que deberías venir a dar un paseo conmigo.

—No. Estoy bien aquí.

—¿Estás segura? Porque yo no. Podríamos pasarlo bien juntos tú y yo. En la comisaría. Podemos ponernos al día. Tú me contarás qué le ha ocurrido a Nate Marlowe y yo escucharé en silencio y tomaré notas. Venga, será divertido.

A mí no me parece divertido. Aunque lo formula como si fuera una petición, en realidad no lo es. Sánchez sonríe, pero no parece una sonrisa sincera. Estoy acostumbrada a que los policías me miren así, de modo que no me sorprende. Sopeso mis opciones. No son muchas.

Al final, Sánchez y yo sabemos que no tengo elección.

36

Sánchez parece contento mientras me conduce hacia un Ford Taurus aparcado fuera de mala manera. Ha comprado un sándwich de carne para el camino y se lo come en tiempo récord. Su estado de ánimo mejora de camino al cuartel general de la policía, que descubro que ha sido trasladado al edificio de un antiguo casino.

Sigo mirando por la ventanilla mientras se pone el sol. La última vez que presté atención a una puesta de sol fue en los acantilados de Vancouver con Whisper. El océano Pacífico acariciaba la orilla y Whisper se quedó dormida a mis pies. Después recogimos a Seb del último ciclo de su tratamiento y nos fuimos a casa. Al pensar en eso, me doy cuenta de que la diferencia entre Detroit y Vancouver es más que la mera distancia. Podrían estar en dos planetas diferentes. Si Detroit tiene belleza natural, está tan bien escondida que podría perderse para siempre.

Sánchez sigue hablando sobre el nuevo cuartel general. «También tiene un laboratorio criminal», sigue explicándome. «Y el Departamento de Bomberos también tiene ahí su cuartel general». Ascendemos por un aparcamiento de varios pisos hasta la quinta planta, donde atravesamos varias puertas que se abren con la tarjeta de Sánchez. Hay un pasillo tras otro, y después algunos más. Estoy ya desorientada cuando llegamos a una pequeña estancia con sillas de plástico duro dispuestas a ambos lados de una mesa.

Sánchez se excusa un momento. Se marcha sin cerrar la puerta con llave. Sin embargo no me dejo engañar por eso, porque la cámara que hay en un rincón está encendida y sé perfectamente que me están observando. Me están observando desde que me he sentado. Me pregunto si, cuando Sánchez regrese, será el poli bueno o el poli malo. Me quedo dormida pensando en ello. Cuando me despierto, hay una taza de café frío junto a mi codo y Sánchez está sentado frente a mí con la cabeza ladeada y los ojos cerrados.

No estaba preparada para el poli cansado.

—Eh —le digo con suavidad.

—Mmm, sigue así —responde. Entonces abre un ojo para ver mi reacción. Se ríe al ver mi fastidio. Se convierte entonces en el poli irritante—. Estaba de broma.

—¿Podemos empezar?

—Claro. ¿Quieres café recién hecho?

—No.

—De acuerdo entonces. —Saca una libreta y se toma su tiempo para revisarla. Me preguntaría por qué no ha hecho eso mientras estaba dormida, pero sé que consultar notas es un teatro. Quiere que sepa que tiene notas sobre mí. Pero me niego a dejarme manipular de esta forma. Vuelvo a apoyar la cabeza sobre la mesa—. Vale, vale. Dejémonos de tonterías. —Cuando me incorporo de nuevo, vuelve a ser el poli cansado—. Nora Watts —dice—. Ciudadana canadiense, residente en Vancouver, Columbia Británica. Detroit está muy lejos de Vancouver. ¿Cuál es el propósito de tu visita?

—Turismo —respondo, que fue lo que le dije en el motel.

—Chorradas. ¿Qué estás haciendo aquí, Nora?

Creo que la verdadera razón por la que estoy aquí es que no tengo nada a lo que aferrarme salvo el pasado. Cuando Seb se muera, mi vida volverá a cambiar. Estaremos Whisper y yo solas y, por mucho que a ella le guste nuestra vida en común, no da mucha conversación. Supongo que tengo a Bonnie, pero no es verdad. Es una desconocida para mí como yo lo soy para ella. Si, por ejemplo, ella quisiera aprender a seguir a alguien sin ser vista, entonces tendríamos algo de lo que hablar. También podría enseñarle a forzar una cerradura o a darle un puñetazo a alguien en la garganta para ganar tiempo y poder huir, pero espero de verdad que nunca tenga que aprender ninguna de esas cosas. Espero que no quiera conocerme ni conocer mi historia, pero, si alguna vez acude a mí para preguntar por sus abuelos, no tengo nada que decirle. No tengo nada que decirme a mí misma.

Sánchez está esperando una respuesta. No tengo ninguna, así que me conformo con esto: «Estoy buscando información sobre mi padre».

—De acuerdo, ahora vamos a alguna parte. ¿Cuándo fue la última vez que lo viste?

—Hace treinta y pico años.

Niega tristemente con la cabeza.

—Lo estás poniendo muy difícil.

Lo que quiere decir es que le estoy poniendo difícil irse a casa a echarse una siesta.

—Es la verdad —le digo—. Mi padre murió hace más de treinta años. Hace poco recibí una visita de alguien que sirvió con él en los marines. Me sugirió que a mi padre le ocurrió algo durante su época militar, pero se marchó antes de que pudiera preguntarle más. No pensaba con claridad. Así que vine aquí a ver si alguien recuerda algo. Se crio en Detroit.

—¿Cómo murió tu padre?

—Se suicidó.

Anota eso en su libreta.

—¿Murió en Detroit?

—No, en Winnipeg.

Frunce el ceño.

—¿Y estás aquí ahora buscando información sobre un suicidio que tuvo lugar hace treinta años en otro país? He de decirte que no me parece una historia muy buena. Lo único que tienes que hacer es contarme una buena historia y podrás salir de aquí. Te pondremos un buen escolta para llevarte al aeropuerto. Nos estrecharemos la mano y te subirás al avión. Sin más daños. Sin más heridos de bala. —Deja por un momento su fingida preocupación y su voz adquiere un tono duro—. Eso sí, cuando me cuentes la historia, asegúrate de que sea la verdad.

Me parece gracioso que quiera una buena historia que además sea verdad. Ya me está costando intentar concentrarme en lo segundo. Así que no digo nada.

—De acuerdo —me dice y vuelve a revisar sus notas—. Hace un par de días denunciaste un intento de robo en tu habitación del motel, pero dices que no se llevaron nada de valor.

—Eso es.

—Te enfrentaste al ladrón, quien, según testigos, tenía una pistola.

Asiento.

—Tu rapidez mental hizo que salieras viva de la situación. No mucha gente tendría esa presencia de ánimo.

—Soy muy especial.

—¿No me digas? —responde, aunque no hay admiración en su voz—. Menos de una semana después te ves implicada en otro delito. Esta vez disparan a un hombre.

—Un hombre con una tía importante.

—Para el Departamento de Policía de Detroit cualquier hombre es importante sin tener en cuenta quién sea su tía. La primera llamada al 911 se hizo desde tu teléfono móvil.

Lo que me recuerda que tengo que deshacerme de mi teléfono.

—Los testigos dicen que te perseguía un hombre con una pistola, que parece encajar con la descripción del hombre que te encontraste en tu habitación. No hemos podido identificar su tatuaje —dice, aunque miente—. Pero tenía la nariz rota.

—Ah. —Mi voz suena ahora inocente. No soporto que me mientan—. ¿Cree que era el mismo tipo?

—¿Qué está pasando aquí, Nora?

—No lo sé. —Y es la absoluta verdad. Me preocupa todo esto tanto como a él.

—¿Tienes idea de lo fácil que es poner precio a la cabeza de alguien en Detroit? Alguien conoce a un tipo que conoce a un tío cuyo hermano es pandillero. No es nada sofisticado. Esos tíos suelen ser sicarios y están desesperados por el dinero. Quince mil dólares. Eso es lo que vale la vida humana para algunos en esta zona. Diez mil si los pillas en un mal día.

—Puede que sea mucho dinero para algunos.

Se muestra incrédulo.

—¿De verdad crees que eso es lo que vale tu vida?

Alguien llama a la puerta dos veces y la abre. Es la agente de policía vestida de paisana que vi en el hospital.

—Tenemos que irnos —le dice a Sánchez.

El detective se levanta de la mesa, me mira con severidad y después se vuelve hacia la mujer.

—Sí. De hecho, me encargaré yo solo de esa entrevista. ¿Por qué no llevas a la señorita Watts al centro de detención? Todavía no he acabado con ella.

La mujer no se lo traga.

—Tengo que estar allí hoy y lo sabes, Sánchez. No me cargues a mí con esto porque todas las detectives estén fuera. Además, tienes juzgado a partir de mañana —le recuerda—. No conseguirás una orden judicial en cuarenta y ocho horas para esto. Además, no es más que una testigo.

Sánchez se pasa una mano por la cabeza afeitada.

—Mierda. Además esta semana tengo a los niños.

—Y se trata de una testigo extranjera —le dice ella, como insinuando que mi nacionalidad canadiense podría requerir papeleo adicional.

—Sí, sí. —Sánchez tamborilea con los dedos sobre la mesa y toma una decisión—. ¿Dónde te alojas?

—En casa de mi tío. —Le doy la dirección de Harvey, que añade con diligencia a sus notas.

—¿Quién más sabe que te alojas allí?

—Nadie. —Ni siquiera el propio Harvey.

—Iremos en mi coche —le dice la mujer—. Reúnete conmigo en el aparcamiento. —Y entonces se marcha para comenzar ese viaje secreto del que no piensa permitir que se la excluya.

Cuando abandona la habitación, Sánchez se vuelve hacia mí.

—¿Sabes quién disparó a Nate Marlowe, Nora?

—No.

—Vale. No le hables a nadie más de la casa de tu tío. Lleva encima tu teléfono. Tú y yo sabemos que Nate no era el objetivo.

—No sé de qué está hablando.

—Claro. Creo que corres peligro. De verdad. —Y, sin más, se marcha.

Poco después me acompañan a la salida de la elegante comisaría de policía. No sé bien cuánto tiempo ha pasado desde que entré, pero estoy tan agotada como Sánchez. La energía que me proporcionó la siesta ya se me ha pasado. Pido un café en una tienda cercana, porque mi día todavía está lejos de terminar. Aún queda algo de luz. En el lavabo de la cafetería, le quito la batería al teléfono. La tentación de tirarlo a la basura es fuerte, pero no puedo hacerlo aún. Odio admitirlo, pero le he tomado cariño.

37

Drogas y asesinatos, había dicho Sánchez en el hospital.

Probablemente esta sea la única vez en mi vida que desearía ser traficante de drogas, al menos eso explicaría por qué una banda del suroeste de Detroit está intentando acabar conmigo. En mi confusión, decido buscar refugio en mis hermanos árabes. La dirección de la pareja que aparece en el artículo de Harvey fue fácil de encontrar. Son miembros respetables de la comunidad y la casa lleva años en la familia.

Una mujer abre la puerta de su imponente casa en Dearborn. Dania Nasri, la novia de la fotografía en la que aparece mi madre, debe de tener sesenta y tantos años, pero parece una década más joven bajo la capa de maquillaje impecable. Derrocha estilo y elegancia casi sin esfuerzo; la clase de mujer capaz de lograr que unos *leggings* y una túnica se consideren a la moda. «¿Sí?», pregunta con una voz tranquila y algo de acento.

Me presento y le muestro la fotografía del recorte de periódico de su boda.

Me quita el teléfono y estudia la imagen en la pantalla. Tiene las manos suaves y las uñas pintadas de dorado.

—Sabrina Awad. Sí, la recuerdo muy bien. He pensado en ella con frecuencia.

Dania Nasri me mira durante unos segundos y después retrocede para dejarme pasar. La sigo hasta el salón, donde destaca una preciosa alfombra persa en tonos rojos y dorados.

—Acabo de prepararme una tetera, pero hay suficiente para dos. Será mejor que te sientes, si quieres saber cosas de tu madre.

Voy a contarte una historia, empieza.

Una joven mujer palestina vivía a las afueras de un campamento de refugiados en Beirut con unos parientes. Siendo el último miembro de su familia cercana que quedaba con vida, le pidió a una tía lejana que vivía en Canadá que la ayudara a salir del país. No conocía a su tía muy bien, pero la tía le debía un favor al difunto padre de esta mujer, así que ahí están. Se enviaron los papeles y la mujer consiguió trabajo como empleada de la limpieza para pasar el tiempo y ganar algo de dinero. Cuando recibieron los papeles, se subió a un avión con destino a Montreal.

Una vez en Montreal, fue a la universidad para continuar sus estudios. En esa época no era activa políticamente, no quería saber nada de la vida que había dejado atrás. Cuando nos conocimos, gracias a un amigo común de la universidad, nos hicimos íntimas. Podía ser encantadora cuando quería. Me costaba creer que hubiera sido doncella. Tenía algo diferente. Vino conmigo a mi boda en Dearborn. Le dije que tendría que arreglarse, conocer a otros libaneses, ja. No soportaba que le hicieran fotografías, aunque era preciosa. Solo aparece en una de las fotos de mi boda, y además por accidente. Es esa foto, la que tienes ahí. Mi suegro es un hombre importante en Líbano. Vienen de una familia muy antigua y muchos están metidos en política. A comienzos de la crisis de los rehenes occidentales en los años 80, mi suegro estaba en Líbano ayudando con las negociaciones y los periódicos publicaron algunos artículos sobre él y sobre su vida aquí. Cuando quieren publicar un artículo sobre él, a veces utilizan esa foto de la boda porque aparece toda la familia.

¿Qué mujer hermosa no desea que la fotografíen?

Apareció un periodista cuando los periódicos nacionales comenzaron a hacerse eco del trabajo político de mi suegro en Líbano. El periodista quería saber cosas sobre la gente que aparece en la foto de la boda. Me preguntó por todos, pero pareció especialmente interesado en Sabrina. Pensé que era por su belleza. La llamé cuando el hombre se marchó y respondió al teléfono tu padre. Lo vi una vez, cuando ella lo conoció. Era un hombre tranquilo, y muy amable. Era propio de Sabrina ignorar a todos los ricos y quedarse con el más pobre que pudiera encontrar. Cuando se conocieron, aquí en Detroit, él acababa de salir del ejército y estaba pensando en regresar a Canadá, donde había nacido. Ella siempre dijo que tenía algo especial. Era muy amable. Le gustaba la idea de llevar a alguien de vuelta a su patria porque, ya sabes, ella no pudo regresar jamás a la suya. Palestina era un sueño.

¿Dónde estaba?

Ah, sí, la foto del periódico. Le dije a tu padre que le enviaría una copia del artículo. Me dijo que no me preocupara, que encontraría alguna. Dos días más tarde, ella me devolvió la llamada y sonaba rara. Intenté preguntarle por ti y por el bebé, pero solo parecía importarle ese periodista que estaba interesado en ella. No parecía una madre feliz. Sonaba..., no sé. Aburrida. Como si estuviera desesperada. Algunas mujeres pasan por eso después del parto, pero por entonces no se hablaba de esas cosas. Le dije que todo saldría bien. Que no se preocupara por el periodista, que solo estaba haciendo un reportaje sobre los libaneses que vinieron aquí. Dijo que a su periódico probablemente no le interesasen los que se fueron a Canadá, pero le di su nueva dirección en Winnipeg de todos modos para que pudiera escribir a tu madre. Era muy simpático. Solo quería hablar de nuestras vidas aquí, no de política. Sabrina se había casado con alguien que no formaba parte de su comunidad, así que el periodista pensó que tal vez su experiencia resultara interesante. Y se casó con un veterano americano…, bueno, que en realidad era canadiense. Al periodista le interesaba eso. Como si fuera una especie de historia de amor sin fronteras, o algo así.

Tu madre se quedó callada unos instantes. Noté que algo iba mal. Nunca he olvidado esa sensación. Repetí su nombre varias veces y entonces me preguntó cómo era el hombre. Le dije que no era ni alto ni bajo. Rubio, de ojos azules. Pero estaba en buena forma. Se notaba. Atractivo, salvo por la cicatriz en el cuello, que no paraba de tocarse. Después me colgó el teléfono. No se despidió ni nada. No he vuelto a saber de ella desde entonces. Nunca entendí por qué. Solo le dije a ese hombre cosas buenas. Llamé a tu casa varias veces para tratar de hablar con ella, pero al final respondió tu padre. Lo recuerdo como si fuera ayer. ¿Conoces London Bridge, *la canción infantil? Sonaba de fondo. Tu padre me dijo que tu madre se había ido. Después de hablar conmigo, hizo la maleta y se marchó por la noche, mientras todos dormían. Me contó que su relación estaba pasando por un mal momento y que ella no llevaba demasiado bien lo del nuevo bebé. Pensaba que… regresaría tarde o temprano y me dijo que me avisaría cuando sucediera. Tu padre tenía algo. Me caía muy bien. Me dijo que entendía el impulso de huir, pero que la gente suele regresar con las personas a las que quiere. Creía en ella.*

Pero ¿sabes lo que me inquietaba? Algo que tu madre me había dicho cuando estábamos en la universidad y nos emborrachamos juntas por primera vez. Dijo que estaba cansada, muy cansada de huir. Que quería vivir su vida como una persona normal, sin tener que mirar por encima del hombro. En su momento pensé que estaba hablando de la guerra, pero ¿y si no era así?

¿Por qué miraba por encima del hombro?

La puerta de la entrada se abre y se cierra y una multitud de mujeres jóvenes inunda la estancia. En realidad son solo cinco chicas, pero mi criterio de lo que constituye una multitud es bastante bajo.

—¿Quieres quedarte a cenar? —me pregunta Dania con una sonrisa—. Solo somos mis nietas y yo.

¿Quiero cenar con un grupo de adolescentes y su abuela? Digo que no con la cabeza.

—Ha sido de mucha utilidad —le digo ofreciéndole la mano.

Su sonrisa es natural, aunque un poco triste.

—De nada. Le tenía cariño, ¿sabes? A Sabrina. Era muy independiente, muy testaruda. Iba a su ritmo, eso seguro. —Ladea la cabeza y me mira—. Me recuerdas a ella.

Con esa frase curiosa me acompaña a la salida. ¿Me parezco mucho a mi madre? ¿A la mujer que dejó más preguntas que respuestas, que abandonó a su familia al primer problema?

Vuelvo a llamar a la puerta después de despedirnos. La abre casi de inmediato.

—¿Has cambiado de opinión con lo de la cena?

—No. Lo que acaba de decir de que me parezco a ella... es lo peor que podría haberme dicho. Nos abandonó. —No puedo contener la rabia—. Mi hermana y yo crecimos sin madre. Cuando mi padre murió, pasamos al sistema de acogida. Mi padre se equivocó, porque ella nunca volvió.

Dania asiente.

—A esto es justo a lo que me refería: que hayas vuelto para decirme eso. Sabrina se metía en muchos líos. Se notaba eso en ella. Pero no le daban miedo los enfrentamientos. —Ladea ligeramente la cabeza—. Venía de un lugar que era el infierno en la tierra. Una cosa que aprendes de la vida durante la guerra es cuándo recoger tus cosas y marcharte. Quizá tuviera problemas y se negó a quedarse y hacer frente a una batalla que no podía ganar.

Le dedico una sonrisa que carece de simpatía. Ni una pizca.

—Entonces no se parecía a mí en nada —le digo.

38

Cuando Brazuca llega al hospital y explica que Whisper es un perro de asistencia, Warsame niega con la cabeza desde fuera de la habitación. Brazuca entra con Whisper porque no imagina poder mantenerla alejada. El animal se acerca al cuerpo sin vida sobre la cama y se sube al sillón que hay al lado. Desde ahí coloca las pezuñas sobre el pecho esquelético de Sebastian Crow y apoya la cabeza sobre su corazón.

Se oye un sonido procedente de un rincón de la habitación. Leo Krushnik está allí de pie, con el puño en la boca y lágrimas en los ojos.

Brazuca ve cómo el amante de Seb se viene abajo.

La expresión se le cae de la cara.

Y el cuerpo le acompaña en la caída.

Cuando se da cuenta de que el hombre al que amaba está muerto y ha elegido morir solo, lejos de él.

Brazuca se arrodilla junto a Krushnik y lo abraza.

—¿Dónde está Nora? —pregunta Warsame, mucho más tarde. Brazuca y él están en el pasillo, vigilando la habitación. Whisper se ha apartado del cuerpo de Seb y ahora está en el suelo junto a Krushnik, con la cabeza apoyada en su regazo.

—Detroit.

—Así que es ella.

—Eso parece.

—Esa mujer... —Warsame niega con la cabeza—. Podría pintarse una diana en la espalda, tío. ¿En qué se ha metido esta vez?

—No lo sé —responde Brazuca pasados unos instantes. Whisper alza la cabeza. Mira hacia Warsame, que está apoyado contra la puerta, y después a Brazuca. Como si estuviera esperando a que se moviera.

—Antes de morir, Crow no paraba de decirle a Krushnik que revisara el libro. ¿Tú sabes de qué estaba hablando?

—Toma —le dice Brazuca entregándole las llaves que encontró en casa de Crow—. Tú eres el detective. Averígualo.

—¿Y tú te encargas de Nora?

Brazuca se encoge de hombros, porque, si lo dice, tiene que ser verdad. No desea a Nora. No es problema suyo. Pero no puede negar que significa algo para él. No sabe si es el vínculo sagrado entre alcohólicos que han acudido a reuniones juntos o el hecho de que una vez confió en él, pero está ahí y es innegable. Por mucho que desee dejarla tirada, no sabe si puede hacerlo. Mientras se aleja, Warsame le grita: «Eh, te olvidas del perro».

—No, no me olvido —responde. Cuando la ha visto hace un segundo, Whisper estaba mirándolo, sí, pero no ha hecho intención de separarse de Krushnik. El año pasado, antes de que Nora se fuera a Vancouver Island a rescatar a su hija, había dejado a Whisper con Crow y Krushnik. Por entonces aún estaban juntos, viviendo en la casa que ahora está vacía. Ambos querían a esa perra. Ahora mismo no puede hacer gran cosa por Krushnik, pero eso sí puede hacerlo. Dejarle con alguien con quien compartir su dolor. Alguien que le acompañe. Alguien vivo.

Se monta en el coche, pero tarda un minuto en arrancarlo. Está demasiado cansado para irse corriendo a Detroit y, antes de hacerlo, tiene que hablar con Lam. Pero, por ahora, lo que quiere hacer es dormir. De pronto está exhausto.

39

Tras pensármelo mucho, vuelvo a ponerle la batería al teléfono, lo enciendo y envío un correo que he estado temiendo desde que dispararon a Nate. Describiendo exactamente lo que ha estado ocurriendo desde que me fui de Canadá. Después camino hacia la orilla del río. No puedo volver al hospital, o al bar, o a ningún lugar en el que haya estado desde que llegué a esta ciudad, así que me siento junto al agua y miro hacia Canadá. Solo una estrecha franja de agua, el río Detroit, separa los dos países, unidos por un puente propiedad de un magnate de la industria. Si cruzara ese puente, pasara la aduana y condujera unas pocas horas, llegaría justo a tiempo para tomar una taza de té con mi hija adolescente. Podría enviarle una foto del lugar en el que estoy, pero una parte de mí no quiere que sepa que estoy cerca.

Supongo que por ahora me vale con saber que está bien y que se hace revisiones ginecológicas regulares.

No sé cuánto tiempo me quedo junto al río, pero durante ese rato pasan por delante unas dos docenas de personas en bicicletas que llevan altavoces instalados por los que suenan ritmos lentos. Es imposible odiar a ciclistas que llevan puesto a Luther Vandross o a Aretha Franklin, aunque estén a punto de atropellarte.

Al oír a Aretha me acuerdo de la tía de Nate.

Es curioso que un lugar como este pudiera engendrar a una de las mayores leyendas del soul que todavía viven, pero tiene cierto sentido. La música nace al subir las persianas del alma y dejar entrar la luz del sol o la oscuridad. Al menos eso pasa con el *blues*. La música soul se llama así por algo. Si existe un lugar capaz de renunciar a lo superfluo, ese lugar es Detroit. La única ciudad que, después de que la población se expandiera a más de un millón, ha vuelto a descender y es el caso estadounidense más famoso de despoblación masiva. Detroit no es bonita, pero la gente que se ha quedado a recoger los pedazos me parece auténtica, que es más de lo que puedo decir de la hermosa pero distante Vancouver, donde no hay ciclistas que pongan canciones de amor para animar a los oprimidos. Quizá me esté enamorando de esta ciudad, aunque haya alguien aquí intentando matarme.

Tengo un bajón tremendo y la cosa va a peor.

Desde que estuve a punto de ahogarme el año pasado, mi instinto ha estado apagado. Aunque a veces he tenido la impresión de que me observaban, tardé mucho tiempo en darme cuenta de que la vigilancia era real, de que el veterano estaba siguiéndome y no me estaba volviendo loca, como pensaba. Eso no habría ocurrido si hubiera estado en mi sano juicio, pero la enfermedad de Seb y la aparición de Bonnie en mi vida me han desequilibrado.

Me pita el teléfono al recibir varios correos de Simone. Tengo suerte de que existan las zonas wifi gratuitas para que puedan acosarme digitalmente sin cobrarme un extra en la tarifa de datos. Los primeros mensajes son advertencias directas diciéndome que tenga cuidado o si no... Pero nunca llega a decir qué pasará «si no».

Los demás mensajes contienen una lista de nombres e imágenes que ha encontrado de marines heridos en Beirut durante la época en la que sirvió mi padre. Ojalá hubiera tenido la presencia de ánimo cuando dispararon a Nate de recuperar mi mochila de su casa y poder ver esto en una pantalla más grande. No quiero volver allí, por si acaso quien esté intentando matarme está al acecho. Y no quiero encontrarme con Kev. No sé si podría aguantar más preguntas suyas ahora mismo. Sigo sin un cambio de ropa, sin el pasaporte y sin mi portátil. Al menos tengo la cartera y el teléfono móvil, pero aun así. Podría haber estado mejor preparada. Pensar así es una pérdida de tiempo, claro. El lugar donde habitan los «y si» es el fondo de un pozo oscuro. El lugar donde puedes encontrar a Nate. También es el lugar donde guardo el recuerdo de la vez que, de niña, vi a un hombre desangrarse en el suelo ante mis ojos, que en parte es la razón por la que estoy en esta ciudad dejada de la mano de Dios.

Me obligo a leer los correos de Simone en el teléfono. El veterano no aparece ahí. Si hubiera sido más lista, le habría preguntado su nombre cuando hablé con él en Vancouver, pero no lo fui, así que no lo hice. Por culpa de ese error, estoy aquí viendo archivos antiguos con los ojos entornados. Desesperada, empiezo a revisar las imágenes de periodistas estadounidenses en Líbano durante los 70, porque Dania Nasri dijo que el hombre al que conozco como el veterano se había hecho pasar por periodista. Quizá hubiera algo de verdad en eso.

Me suena el teléfono. Es un número oculto.

—¿Diga?

—Soy yo —dice Simone—. ¿Has recibido mis mensajes?

—Estaba viéndolos ahora mismo. Antes de que digas nada sobre el ataque... —Dios, tuve que contárselo para que me respondiera de inmediato. Y así lo hizo, como me imaginaba que haría.

—No me hables del ataque, Nora. Estoy hasta las narices de ti. Ha aparecido en toda la prensa local que un famoso cantante se debate entre la vida y la muerte. Estás otra vez metida en un follón.

Así que está cabreada. Mi estrategia para que me respondiera rápido ha logrado su objetivo, pero no sin ciertas consecuencias. No se puede ganar en todo. Y no le he dicho que yo soy el blanco. Puede que insinuara que había alguien tratando de acabar con mi nuevo amigo Nate.

—Simone...

—No. No empieces. No puedo hablar contigo ahora mismo.

—Mira, te prometo que lo único que he hecho ha sido indagar sobre mi padre. Nada más.

Se queda callada unos segundos. Me parece que me cree, pero no estoy segura. Estoy a punto de hacer otra declaración de inocencia cuando al fin dice algo.

—Así que estás buscando información sobre estadounidenses en Líbano durante una época muy muy difícil en la historia de ese país. Hay mucho material. ¿Cuándo no ha tenido Líbano una época difícil?

La gran mayoría de las fotografías son de los ochenta en adelante, cuando bombardearon la embajada estadounidense y los barracones de los marines. También hubo historias sobre la crisis de los rehenes que mantuvo al país en vilo durante una década, cuando los extranjeros eran el blanco y se los secuestraba por las más diversas razones. Los verdaderos orígenes de la crisis de los rehenes se produjeron algunos años después de que mi padre abandonara el ejército, después de que mi madre hubiera emigrado a Canadá y hubiera acudido a la boda en Dearborn, pero ya antes de aquello había indicios de que Beirut no era un espacio seguro para los extranjeros.

—Háblame de ese tipo, el veterano. ¿Qué impresión te dio?

—Es difícil de explicar. Su voz sonaba extraña y tenía una cicatriz a un lado del cuello.

—Así que quizá tenía dañadas las cuerdas vocales, o la garganta, o algo.

—Aquello me pareció verdad. Cuando me dijo que había estado presente en un ataque.

—De acuerdo, esto es lo que se te da bien, Nora. Este es tu punto fuerte. Olvídate de las tonterías, de que había estado siguiéndote. ¿Qué otras cosas de las que dijo te parecieron verdad?

—Cuando dijo que había habido problemas en Líbano —respondo lentamente. Había estado viendo la vida de mi padre como un todo, indagando en su infancia y en su carrera militar, pero no había descubierto nada sobre su muerte por ese camino—, lo dijo en referencia a mi padre, pero no encuentro nada que apoye esa declaración.

Oigo que tamborilea con los dedos sobre una mesa.

—Un estadounidense que tuvo problemas en Líbano. ¿Estás segura de que no aparece en ninguna de las fotos que te he enviado?

—Estoy convencida de ello.

—Tu padre estaba con los marines en un barco destinado en el Mediterráneo, ¿verdad? Y volvió a casa en los setenta.

—Así es.

—Tu madre era una refugiada y había acudido a una boda a finales de los setenta.

—Sí.

—Perdón —me dice tras unos segundos de silencio—. Me vienen a la cabeza vestimentas discotequeras horribles. No es fácil encontrar un cuerpo al que le sienten bien los pantalones de campana... ¿Dónde estábamos? Tu madre va a una boda en Dearborn y conoce a tu padre...

—En la boda no. Lo conoció en algún lugar de la ciudad.

—Vale, y pocos años después de conocerse, se publica un artículo de periódico sobre la familia del novio porque el padre es un pez gordo de Beirut que tuvo un papel importante como negociador político en la crisis de los rehenes. Los periódicos nacionales se hacen eco. Utilizan algunas de las fotos de la boda para mostrar sus vínculos con Estados Unidos. Un periodista se presenta en la casa familiar haciendo preguntas.

—Cuando mi madre se entera, se marcha. Un año más tarde, mi padre muere.

—Correcto. Así que hay un periodo desde que tu madre se marcha hasta que muere tu padre...

—Si el veterano iba detrás de ella, ¿por qué esperó?

—No encaja. —Se detiene. Piensa en ello durante unos instantes. Oigo que tapa el teléfono y le susurra algo a alguien que hay al fondo, pero enseguida vuelve a mí—. Vamos a dejar ese tema un minuto. Estoy revisando otras cosas. Puede que tenga más fotos para ti, Nora. Espera.

Espero, sola y desprotegida, mientras va envolviéndome la oscuridad. Estoy tentada de tomar el próximo avión de vuelta a Vancouver. Se ha esfumado ya la sensación de tranquilidad que tenía estando en un lugar público lleno de gente a la luz del día. No puedo volver al motel, ni a casa de Nate, ni donde Harvey. Pero ella no tiene por qué saberlo. Me quedo sentada y observo a la gente. Me fijo en un hombre con pantalones azul marino, una americana marrón, camisa rosa, corbata morada y zapatos negros que va más conjuntado que yo, aunque tanto mi chaqueta como mis pantalones de chándal son del mismo tono gris oscuro. Hay gente que sabe combinar los colores. Todos ellos, a la vez.

Se me enciende el teléfono. Tengo una foto de Bonnie. Tiene los pies apoyados en el salpicadero de un coche y se le ve el antebrazo en el borde de la imagen. Al otro lado del parabrisas se aprecia una inmensa masa de agua que supongo que es el lago Ontario. El cielo sobre el agua es de un rosa delicado. Me he quedado sin fotos de Whisper, así que tardo un minuto en decidir cómo responder. Mientras espero a que Simone me envíe más correos, me acerco a una farola y me saco una foto debajo de ella. En la imagen, se me ve la cara y el tronco con claridad. Habría sido de agradecer que el plano fuera más favorecedor, pero esa es una batalla perdida. Se la envío de inmediato, antes de cambiar de opinión.

Toda chica debería tener una foto de su madre.

Después me registro en un hotel barato, no lejos del agua. No es mucho mejor que el motel, pero al menos la puerta se cierra con pestillo. Aparto el minifrigorífico de la pared, lo coloco frente a la puerta —para sentirme más segura— y me dejo caer en la cama con la ropa y los zapatos puestos.

Estoy dormida cuando Simone me envía un documento *zip* con información.

40

A veces los extranjeros resultan heridos en Beirut.

Le he dado al recepcionista del hotel veinte dólares para que me deje usar el ordenador del despacho y me ha dejado sola tras advertirme de que solo tengo una hora. En el tercer grupo de artículos de Simone encuentro al veterano que, resulta, no era veterano en absoluto. Tampoco era periodista, aunque no estaba lejos.

Era un fotógrafo que resultó herido en la explosión de un coche bomba.

En la foto del accidente, Ryan Russo está en una camilla a punto de entrar en la ambulancia, en las calles del oeste de Beirut. Tiene la cara parcialmente cubierta por un brazo, pero sus ojos están muy abiertos y miran con desprecio a quien sea que está detrás de la cámara. La bomba, según el artículo, había explotado en un coche aparcado junto al que Russo acababa de pasar.

Me salto la parte que habla de los peligros de trabajar en un país extranjero hasta que llego a la información sobre el propio Russo. Su familia dirigía una pequeña cadena de periódicos locales en California y él había asistido a la escuela de periodismo de Stanford. Pero su pasión era el fotoperiodismo. Estaba trabajando para el periódico de su familia cuando se enteró de que uno de sus ídolos de la fotografía había muerto en Beirut. El artículo decía que albergaba la esperanza de escribir un libro sobre la obra y la muerte de su mentor en Líbano. Era un hombre joven en busca de aventuras y armado con una cámara de fotos. Se veía a sí mismo como un hombre de mundo, decía su casero en Beirut. Un temerario que a veces contrataba a un «tipo» para que le ayudase a moverse por la ciudad, tanto geográfica como políticamente, pero últimamente había empezado a salir solo. El casero sugería que aquello era un error. Según el artículo, la explosión le provocó a Russo severas quemaduras en el cuello, el brazo y el torso. También se fracturó una costilla y se rompió la clavícula. Tras investigar un poco, descubro que Russo estuvo haciendo fotos para el negocio familiar durante una década tras regresar de Líbano.

Después vendieron el periódico y Ryan Russo se esfumó de la faz de la tierra.

—Es él —confirma Dania Nasri tras llamar a su puerta una segunda vez. Estamos sentadas en su salón y está mirando la foto en mi teléfono. Es una foto de cara tomada antes de Beirut. Russo mira directamente a la cámara, sin sonreír. Pero incluso en esa fotografía se aprecia su carisma.

—¿Está segura?

Asiente despacio y ojea el artículo.

—Pero no lo entiendo. Aquí dice que había ido él solo a Líbano y resultó herido en el atentado. No me dijo eso cuando vino a verme, y eso que me pasé la tarde entera hablando con él. —Sube con el dedo hasta el principio de la página y comprueba la fecha—. Estaba en Beirut en la misma época en la que tu madre estuvo allí. No creerás que es casualidad, ¿verdad?

¿Y entonces Russo vio su foto en el periódico, vino a buscarla y, cuando ella se enteró, abandonó a su familia sin mirar atrás?

—No —le digo—. No lo creo.

Tener cinco nietas debe de haberla acostumbrado a percibir los cambios en la postura femenina. O tal vez sea el súbito miedo que proyecto. Pone una mano sobre la mía.

—¿Tienes problemas, Nora?

—Mi madre —le digo mirándola con atención—. Usted dijo que no tenía actividad política en Montreal cuando la conoció. ¿Y en Líbano sí? ¿Es posible que se metiera en algún tipo de problema?

Me sonríe y me acaricia la mano.

—No, no lo creo.

Duele cuando alguien en quien confías te miente a la cara. Ni siquiera las mujeres elegantes que quieren a sus nietas están libres de eso. Quizá por ese motivo le aprieto la mano con más fuerza de la necesaria. No lo suficiente para hacerle daño, pero sí para que sepa que no pienso rendirme. Siento sus dedos frágiles. Lleva un anillo de compromiso de diamantes junto con el de boda. El diamante se me clava en la piel, pero apenas lo noto. Estoy tan cansada que apenas siento nada.

—Dígame la verdad.

Dania me mira, perpleja. Intenta apartar la mano, pero no la suelto.

—No quieres saber la verdad.

—¿Eso no tengo que decidirlo yo? Necesito saberlo. —He llegado muy lejos. Noto que se debilita, así que aflojo la mano.

Se zafa de mí y se acerca a la ventana.

—Me enteré por un amigo común que conocía al hermano de tu madre en Líbano... Vivía a las afueras del campamento de refugiados de Sabra con unos parientes que la acogieron después de que disparasen a su hermano en la cabeza. El chico se había negado a identificarse en un puesto de control. Se había unido a un grupo marxista que luchaba por Palestina. Eran un grupo discreto, pero algunos se habían visto implicados en ciertos altercados. Secuestros, robos. Este amigo me dijo que Sabrina había salido un tiempo con ellos después de que muriera su hermano; sus amigos eran lo único que le quedaba de él. Podría haber sido algo, o nada. Eso es todo lo que sé. —Pero me doy cuenta de que sigue pensando.

Hay algo que aún no me ha dicho. Espero pacientemente a que continúe. A que se dé cuenta de que no puede engañarme.

Se aparta de la ventana y me mira. Ojalá en este momento me pareciera a mi madre, porque tal vez así esta mujer reaccionaría. Tal vez así me contaría eso que tanto miedo le da decir.

Creo que al final es mi testarudez la que gana.

—Tu madre vivía sola en Montreal —dice con un suspiro—. Su tía, la que la acogió..., no vivía con ella. En realidad nunca hablaba de ella. Yo no entendía cómo Sabrina podía permitírselo. Siempre tuve la impresión de que ocultaba algo. Me caía bien, a veces incluso la quise. Pero no confiaba en ella. Parecía que siempre escondía algo. ¿Sabes cuál era su libro favorito? *Trampa 22*. No se veía a sí misma como parte de un pueblo revolucionario. En el tiempo que la conocí, no la vi luchar. Se veía a sí misma como una persona harta del mundo que se sube a una barca y se aleja remando. A veces era... fría. No siempre, pero de vez en cuando me daba cuenta. Al ver que no quería hablar sobre su bebé recién nacido, tu hermana, percibí de nuevo esa frialdad.

Cambio de opinión. No quiero pensar que mi madre pudiera mirar a Lorelei y sentir algo que no fuera amor. Si lo hago, tendré que enfrentarme al hecho de que, para compensarlo, me pasé la infancia mirando a mi hermana únicamente con amor. Incluso cuando me dolía tanto que apenas podía hablar con ella.

—¿Nunca dijo cómo se mantenía?

—Se lo pregunté alguna vez, pero cambiaba de tema. Se le daba de maravilla evitar las conversaciones que no quería tener.

Se hace el silencio. Entonces algo cambia en ella.

—Para ser sincera, siempre pensé que había un hombre implicado. Hablábamos de novios, claro, pero ella era muy cínica. Decía que había habido alguien, en Beirut, pero ella había visto su otra cara. Decía que solo la estaba utilizando. Supongo que algo en su modo de decirlo me asustó. No era una persona indulgente.

Dania Nasri me da la espalda. Parece haber envejecido diez años desde que comenzamos esta conversación. Supongo que ese es el efecto que tengo en la gente.

—Gracias por su tiempo —le digo y me levanto para poder poner distancia entre nosotras. Me detengo un instante a la entrada de la habitación—. ¿Cómo puede recordar todo eso?

Vacila un momento y entonces me mira.

—Mi familia, cuando abandonó Jaffa, en Palestina, se suponía que iba a ser solo por unos días. Quizá un mes. Allí teníamos campos de naranjos, las mejores naranjas del mundo salían de nuestra tierra. También había un olivar. Teníamos familia en Líbano a la que habíamos visitado muchas veces en el pasado, así que eran como unas vacaciones familiares más. Y entonces… ya no nos permitieron volver. Había otra gente viviendo en nuestra casa. A medida que pasaban los años, mis padres hablaban de la casa, hasta que dejaron de recordarla con claridad. Entonces discutían sobre lo que había en las estanterías y sobre el color de tal alfombra o de una cortina. Al final mi madre tiró las llaves de la casa porque ¿qué sentido tenía quedárselas? Esa parte de nuestra historia se perdió y nunca podremos recuperarla.

Se acerca a una librería llena de álbumes enormes. Pasa los dedos por encima hasta reparar en uno. Lo abre y me muestra una página concreta. Es el artículo que le mostré, el que tiene la foto de mi madre en la boda.

—Todo lo que tiene que ver con nosotros acaba en uno de estos álbumes —me explica—. Mis nietas creen que soy tonta por hacerlo, pero es nuestra historia.

—Siempre sabrán de qué color son las cortinas.

—No, de las cortinas pueden olvidarse, pero nadie volverá a tirar las llaves para que se olviden de quiénes son. Las llaves son más importantes. Pueden mirar aquí dentro si quieren encontrar una. No quiero que mi familia pierda otro recuerdo. —Se detiene y percibo en su cara algo parecido al arrepentimiento. Es la primera vez que la veo perder la compostura—. Por ejemplo, el recuerdo de una amiga cercana que ha abandonado a su familia poco después de mantener una conversación contigo. He reproducido esa llamada telefónica una y otra vez en mi cabeza, durante años, y he pensado mucho en lo que le dije a ese hombre que vino a nuestra casa. Sé que yo tuve algo que ver con su marcha, ¿lo entiendes? Pero no sé qué fue. En su momento estaba embarazada y preocupada, pero nunca lo olvidé y he pensado mucho en ello. Incluso lo escribí, pero destruí la nota después. ¡Fue una tontería por mi parte revelar su información! Cuando vine a Estados Unidos, también quería una nueva vida. No quería vivir con miedo y desconfianza. No te haces idea de lo que puede llegar a afectar eso a una persona.

Su voz se vuelve suave. Sin pretenderlo, me doy cuenta de que me he inclinado hacia ella para escucharla. Me dedica la sonrisa más triste que jamás he visto.

—Aquella época en la universidad con tu madre fue la más libre de mi vida. Nos pasábamos las noches estudiando y riéndonos como colegialas. Cuando ella tenía algo descabellado que decir, algo escandaloso, agarraba cualquier cosa que tuviera a mano y se la llevaba a la oreja. «¿Hay alguien ahí?», decía, y se partía de risa. En esos momentos la quería. Era mi mejor amiga por entonces. Cuando dejó a tu padre, también me dejó a mí.

No nos damos la mano en la puerta porque ya hemos superado ese paso. Se acerca para darme un abrazo, pero yo retrocedo para evitarlo. No se me ha olvidado lo que le ocurrió a la última persona a quien abracé. No deseo ver a nadie más tendido en la cama de una habitación de hospital.

—No sabía que tu padre murió cuando eras pequeña. Lo siento mucho por ti y por tu hermana. Por el papel que pude desempeñar en el abandono de vuestra madre. —Dania Nasri se mete la mano en el bolsillo y me ofrece algo que tenía escondido allí. Es una llave vieja y oxidada del siglo pasado, caliente por el calor de su mano.

—Pensé que había dicho que su madre tiró las llaves.

Niega con la cabeza.

—Esta es la llave de tu madre. Una noche nos emborrachamos

en su habitación con absenta y vino barato, y me la enseñó. Después se echó a reír y la tiró por la ventana. La vi en el suelo cuando me marchaba, así que la recogí. Pensaba guardarla para dársela si alguna vez estaba preparada para recuperarla. Pero nunca volvió a sacar el tema. He estado esperando una especie de señal para saber qué debería hacer con ella, pero ahora estás aquí y sabes todo lo que yo sé sobre tu madre. Lo correcto es que te la quedes tú.

Me mira expectante, esperando algo. Comprensión. Perdón, tal vez. Puede que incluso se conforme con reconocimiento, pero tendrá que apañárselas sin eso porque me marcho sin decirle nada más, sintiendo que me observan. Bueno, eso no es nuevo. Observada. Perseguida. Igual que mi madre, fría y distante, a quien supongo que sí me parezco.

La vieja amiga de mi madre se equivocaba. Sí que sé lo que es vivir con miedo y desconfianza. Tiene sentido que sea un rasgo heredado. Mi madre era migrante, refugiada, una de tantas. Una triste cantinela que se repetiría durante años. Un disco rayado que dejó un rastro de desesperación que acompañaría a los migrantes de país en país, de orilla a orilla. Y ese rastro seguiría avanzando, junto con los cuerpos. Tan cambiante como los argumentos políticos a favor y en contra de la intervención, teniendo en cuenta la protección de los diversos intereses económicos de la región.

Un rastro tan fluido como la capacidad del mundo para mirar hacia otro lado.

41

Estoy sentada en una cafetería en Dearborn Heighs, bebiendo café arábigo y pensando en lo que me ha dicho Dania. Quizá esté aquí porque estoy intentando conectar con mi herencia, pero, como siempre, es un ejercicio de futilidad. No pongo el corazón en ello. Estoy distraída. Hay demasiadas ventanas en este sitio, así que he escogido un asiento en la parte de atrás y miro con odio a cualquiera que entre por la puerta. He acaparado el único enchufe de la zona de los asientos para cargar mi móvil. Al personal no le agrada mi presencia, pero hay pocos clientes a esta hora de la noche y sin duda estarán pensando en la recaudación del día.

Simone me envía un *email*. Lo abro y encuentro un informe de la policía de Chicago de hace casi cuarenta años sobre un tal Ryan Russo, cuya novia había solicitado una orden de alejamiento contra él.

Pienso en preguntarle a Simone cómo ha tenido acceso a esto, pero nunca antes ha revelado sus secretos y apuesto a que esta vez no será una excepción. No es ninguna novedad para mí que tenga muy buenos contactos en el mundo de la piratería informática.

No hay más información en el *email*. Simone ha firmado con un «*dentro de poco, más*», pero ese «dentro de poco» no es lo suficientemente específico para mí. Pido una segunda porción de *baklava* y dejo volar mi imaginación mientras espero a que me lo sirvan.

Cuando llamo a Seb, salta directo el buzón de voz, pero su voz sigue en mi cabeza. Sigue pidiéndome que me tome un minuto para tratar de desenredar los hilos. Dania ha hecho muchas preguntas retóricas mientras hablaba de mi madre, pero yo me centro en una en concreto: ¿Qué mujer hermosa no desea ser fotografiada?

Una mujer que huye, evidentemente. De su pasado, de un hombre que había visto su foto en un periódico y había ido a buscarla. Un hombre que ha seguido vigilando a sus hijas a lo largo de los años. Me seguía a mí en Vancouver y por él estoy ahora aquí. Estoy investigando la historia de mi padre, la vida de mi madre, ¿y me encuentro con este hombre que decía ser marine?

Y que, según parece, me quiere ver muerta.

Dania Nasri ha hablado de casualidades. Por muchas vueltas que le dé, no creo que sea casualidad que mi madre desapareciera cuando publicaron ese artículo sobre el suegro de Dania. Sale publicada una foto de ella, justo antes de que Dania hablara con un hombre que se hacía pasar por periodista y que, muchos años más tarde, se ha hecho pasar por veterano. Y entonces un hombre se presenta en el bar para informar a Kovaks de la muerte de mi padre, y aprovecha para intentar averiguar más sobre el paradero de mi madre. Le he enviado a Kovaks la foto de Russo y ha confirmado que se parece a aquel amigo preocupado que acudió a su local, pero no puede estar seguro al cien por cien.

Aunque para mí es suficiente.

Todos los caminos llevan a Ryan Russo, un hombre con motivos ocultos. Que sobrevivió a un coche bomba, algo común en Beirut en aquella época.

Cuando vuelvo a mirar mi teléfono, veo múltiples mensajes de Brazuca pidiéndome que le llame. Estoy a punto de hacerlo cuando recibo un mensaje de Leo. No ha intentado ponerse en contacto conmigo desde que pensó que le había traicionado al irme a trabajar con Seb tras la ruptura.

Abro el mensaje. *Ha fallecido. Tengo a Whisper.*

No contesta cuando intento contactar con él. Sé que está en Vancouver, mirando su teléfono, porque a los pocos minutos me envía otro mensaje.

He leído el libro.

Lo que significa que ahora ya lo sabe todo. Siento su dolor palpitante a través de los kilómetros que nos separan. No hay nada más que decir que lo que aparece en las memorias de Seb. Solo se puede ofrecer perdón, si Leo está dispuesto a eso.

Harvey Watts me dijo que mi tía no era la hermana de mi padre, lo dijo como si fuera algo que no supiera ya. Cuando traté de escaparme del sistema de acogida la primera vez, aquello me quedó muy claro. No era pariente mía, estaba demasiado enferma para criarnos sola, pero quería a mi padre. A ninguno de los dos le importó que no fueran parientes de sangre. Lo que no te cuentan esas películas para televisión que en la época navideña te acribillan con el poder restaurador de la reconciliación familiar es que hay vínculos más fuertes que la sangre.

Sebastian Crow necesitaba ayuda una vez con una investigación y apostó por mí. Hace unos años le ayudé a conseguir una serie de entrevistas.

Después de eso, ya nunca echamos la vista atrás.

Puede que en esta vida no tenga muchas cosas que llamar propias. Vivo en una ciudad que no puedo permitirme. Cerca de mí vive una hermana que se avergüenza de mí y un expadrino que me ha traicionado. Mi mentor acaba de cruzar el umbral de la muerte y su amante tal vez nunca me perdone por mi silencio al respecto. Hay una casa en la que no tengo derecho a quedarme ahora que Seb ha muerto y una perra que me castigará por mi ausencia.

Puede que no sea mucho, pero lo que tengo se lo debo a Mike Starling y a Seb Crow, que ya no están. Los he perdido a ambos y he perdido el mundo frágil que había construido en torno a ellos.

Drogas y asesinatos.

Las drogas y yo no hemos tenido relación desde el instituto, pero no puedo negar que tengo mano con la muerte. Parece que los muertos se me acumulan.

No tiene sentido llamar a Brazuca, porque ya me he enterado de la noticia. Además, no quiero involucrarle en lo que sea que estoy metida. Los hombres a mi alrededor tienen una baja esperanza de vida y, aunque no le he perdonado su traición, se merece una vida libre de balas con un batido saludable para acompañar. Una vida también libre de figuras misteriosas del pasado de mi madre que han estado apareciendo periódicamente a lo largo de los años buscándola. No sé lo que hizo para acabar así, para que acabáramos todos así, pero no subestimaría el odio al que alguien es capaz de aferrarse durante años. Décadas, incluso.

En Detroit hay un hombre que compró la casa de al lado de su exmujer y levantó en el jardín una estatua gigante con el dedo corazón levantado. Se aseguró de que estuviera bien centrada y se iluminara de noche. Era una monstruosidad visual, diseñada para escandalizar a todo el vecindario. Una representación carísima de su furia, mal comparada con la situación a la que me enfrento ahora mismo.

Dicen que no hay furia como la de una mujer despechada. ¿Sí? Pues la de un hombre no se queda atrás.

CINCO

42

—Así que quieres saber cosas sobre ese club de chicos mayores, ¿verdad? —pregunta la mujer sentada en el banco.

Esta mañana aún estaba en la cama cuando una mujer llamada Jules Dubois me llamó, me dijo que Mark Kovaks se había cobrado un favor en mi nombre y que, si quería hablar con ella sobre la vida en Líbano hace treinta y tantos años, sería mejor que no tardara en acudir a Forest Park. Que es donde pasa sus mañanas. Pensé que eligió esa ubicación porque es un lugar donde las señoras mayores pueden dar su paseo diario y contemplar el campo de *kickball*, pero Jules Dubois es una señora mayor que tiene en mente algo muy distinto.

Estamos sentadas en un banco y se está liando un porro con una precisión meticulosa. Lo enciende, da una larga calada y me lo ofrece. Doy una pequeña calada y se lo devuelvo. Sucumbo a la presión de grupo cuando tengo las defensas bajas.

—Tengo cáncer —me dice. Me observa cuando cierro los ojos un instante al sentir el subidón instantáneo—. ¿Cuándo fue la última vez que fumaste un porro?

—Quizá hace veinte años. —Creo. Los pistones no me funcionan bien esta mañana, y eso sin tener en cuenta la hierba. He pasado otra noche en un hotel barato del centro de Detroit; uno distinto esta vez. Además, he dormido más de ocho horas, pero es difícil notarse descansada cuando una está huyendo.

—Está bien, ¿verdad? Te pones enferma y te dan una receta. Lo tengo en las tetas.

—¿Perdón?

—El cáncer —me aclara como si fuera idiota—. Lo tengo en las tetas. Dios, pensé que había tenido suerte con estas cosas. —Se ajusta el sujetador tirando de los tirantes—. Deberías haberme visto en mi juventud. Todo en mí era pequeño salvo el pecho. Era como si hubiera ganado la lotería genética. Y ahora mírame, es al contrario.

—A mí me parece que tiene buen aspecto —le digo, decidida a no darle lo que quiere, que es que le mire los pechos y le ofrezca una opinión con el solo propósito de echármela por tierra. Vivir con Seb estos últimos meses ha sido un ejercicio constante para esquivar ese tipo de temas con los enfermos terminales. Sus cuerpos han cambiado con la enfermedad, de manera notable además. Lo saben, pero quieren reafirmar su imagen corporal. El problema es que no pueden aceptar esa clase de afirmación. Saben que es mentira. Y eso les enfada, les amarga o, peor, les entristece.

—Es porque llevo una prótesis. ¿Has visto una alguna vez? —Con la mano que tiene libre manipula los botones de su blusa floreada. Sobre la blusa y los pantalones de chándal oscuros lleva una gabardina rosa. Me recuerda al hombre del río, salvo que él iba más conjuntado. Jules Dubois parece haberse puesto lo que fuera que tuviera por el suelo antes de venir a reunirse conmigo. Probablemente por eso me ha caído bien de inmediato. Parece mi tipo de mujer.

—No, no hace falta. Gracias.

—Mejor —dice, suspira con fuerza y sigue con su canuto—. Deberías pedir que te hagan una receta. Esta cosa hace maravillas. Yo esperé a tener cáncer para consumirla, pero tú no tienes por qué.

Vuelve a ofrecerme el porro, pero digo que no con la cabeza. La primera calada ha bastado para cuestionar mis razones para estar aquí, sufrir el anhelo de estar con Whisper porque estoy disfrutando del aire libre y reflexionar sobre el sentido de mi existencia en general. No sé si podría hacer frente a una segunda. «Vivo en Vancouver. Allí se puede conseguir la receta en la calle». Puedes entrar en cualquier clínica de cánnabis, rellenar unos papeles diciendo que tienes ataques de pánico y zas: acceso a marihuana con un precio razonable y a sus diversos productos derivados. Lo sé porque Seb tenía una receta para su enfermedad y a veces iba con él a por más cuando se le terminaba.

—Qué afortunada. ¿Y qué es lo que quieres saber? Como te dije por teléfono, puede que no me quede mucho tiempo. Me deshice de las tetas, pero no del cáncer. Menuda cosa. Se ha metastatizado, qué palabra. Metástasis. ¿Has oído eso de «se extiende como el cáncer»? Bueno, ¿y qué pasa cuando es tu cáncer el que se extiende? Pierdes algo más que tus tetas.

De nuevo me siento bajo el microscopio de su mirada mientras espera a que me explique.

—Cuando estaba en Beirut, ¿conoció a un fotógrafo estadounidense llamado Ryan Russo?

Su respuesta es casi inmediata. Sea lo que sea lo que sucede en su cuerpo, e incluso bajo los efectos de una hierba que considero bastante potente, tiene la mente muy ágil.

—Nunca he oído hablar de él. ¿Cuándo estuvo allí?

—En los setenta. Fue allí a trabajar en un libro, pero puede que también fuera *free lance*.

Niega con la cabeza.

—Yo estuve allí como corresponsal de Associated Press en el ochenta y dos, justo antes de las masacres de Sabra y Shatila, los campamentos palestinos. Las cosas más horribles que jamás he visto, esos cuerpos tirados en la calle. Ahora mismo tenemos una crisis global de refugiados con Siria, Jordania y Somalia. En mi época visité muchos campamentos, pero caminar por Shatila después de que toda esa gente fuera asesinada... —Se encoge de hombros—. Probablemente el peor día de mi vida.

Dubois da otra calada larga al porro y se queda mirando a una pareja que pasea a su enorme pit bull. La miran con desdén cuando pasan por delante, pero a ella no le importa su censura.

Me han dicho que hay algunas cosas que sí mejoran con la edad, y una de ellas es la capacidad para comunicarle a la gente que te importa una mierda sin miedo a represalias. Dubois es un claro ejemplo de eso cuando le enseña a la pareja el dedo corazón.

Cuando ya no nos oyen, se vuelve hacia mí.

—Para empezar, deja que te diga que me fui de Beirut más confusa que antes de llegar allí. Me pidieron que escribiera un libro contándolo todo sobre mi experiencia cuando la crisis de los rehenes estalló en los ochenta, pero la verdad es que me marché porque ya no podía escribir de manera imparcial sobre el sufrimiento humano. Para seguir viviendo en Beirut habría tenido que hacer como los libaneses y seguir adaptándome. Ponerme trampas psicológicas a mí misma para que toda esa muerte y destrucción dejase de importar. Seguir hacia delante sin mirar atrás, o ni siquiera alrededor. No me avergüenza decir que ya no quería seguir haciéndolo. Quizá ese tal Ryan Russo tampoco podía, porque me pasé dos años viviendo al oeste de Beirut, donde vivían todos los corresponsales extranjeros, y nunca oí hablar de él. Y, si era alguien importante, sabría quién es. Nos reuníamos todos en el hotel Commodore. ¿Sabes cuál es?

Niego con la cabeza y eso hace que me dé vueltas.

—¿No? Era un sitio muy famoso donde iban a beber periodistas y espías. También algunos empresarios decentes, aunque no entiendo cómo se quedaron con todos los alborotos que había en Beirut.

—¿Espías? —Recuerdo algo que me dijo Kovaks en el bar. Algunas personas están obsesionadas con las teorías de la conspiración, pero es la segunda vez que me pasa por la cabeza en relación con Beirut.

Me mira de reojo y apaga el porro.

—Era la Guerra Fría. Además de eso, había una guerra civil y la invasión siria. Y también la invasión israelí. Había tantas intrigas que la gente achacaba cualquier mínima cosa a una trama u otra. Esa es la historia de Beirut. Había tramas por todas partes. En cada grupo de gente había cien historias diferentes que se contaban para describir el mismo acontecimiento. Era una locura. Era el pasatiempo nacional.

—Claro. —Aquello también le pareció relevante a Kovaks, pero en cambio Dania Nasri no se molestó en hablar de espionaje. Quizá ella ya no se entregaba al pasatiempo nacional. Pero es evidente que a Dubois le causó impresión.

—Siento no poder ser de más ayuda, pero te deseo suerte en tu búsqueda. —Me sonríe y me comunica de manera tácita que soy yo la que debe levantarse y marcharse. Así lo hago, satisfecha de que no me haya lanzado la misma mirada que le ha lanzado a la pareja del pit bull.

No debería sorprenderme que hable de intrigas y espionaje. Vengo de unas personas que tienen un imán para los secretos. Como las polillas atraídas hacia la luz. Esa parte de mí procede de un lugar así... Eso explica muchas cosas.

43

El autobús a Chicago tarda cuatro horas, quizá cinco. Debería llevar la cuenta, pero llevo con el piloto automático las últimas cuatro horas. Quizá cinco. Lo que importa es la mujer que encuentro al final de esta carretera. Pero aun así necesito mantenerme ocupada de alguna forma. He intentado leer *Trampa 22*, que compré en una librería de segunda mano en la estación de autobuses, pero no logro encontrarle sentido.

Llamo a Lorelei y le digo lo que creo que ocurrió hace cuarenta y pico años. Nuestra madre se mudó a Montreal e hizo cosas salvajes. En la universidad hizo amigas, bajó la guardia. Asistió a una boda estadounidense y conoció a un hombre en Detroit. Se enamoró, se cambió el apellido a Sabrina Watts, se casó, tuvo hijas... y al final volvió a marcharse.

Omito mis sospechas de que la perseguían. Aun así, Lorelei se niega a creerse ni una palabra. Me cuelga el teléfono.

Vuelvo a llamarla. No responde. Espero otros diez minutos hasta volver a intentarlo. No tengo nada salvo tiempo que matar. Al tercer intento, está tan frustrada que responde. Supongo que no se le habrá ocurrido apagar el teléfono.

—Era árabe —le digo—. Una refugiada palestina que vivía en Líbano antes de emigrar. Deberías añadir eso a la «herencia mixta» en la biografía de tu página web.

—Eres gilipollas —me responde, para disimular la sorpresa porque haya visitado la página web de la organización benéfica medioambiental que dirige. Como si a mí no me interesasen las coaliciones antioleoductos. La descripción de la herencia mixta es una nueva joya que aparece en su perfil público. Antes de este año, Lorelei no se sentía cómoda especulando abiertamente sobre el pasado de nuestra familia, sobre todo en lo relativo a nuestro padre. Su vida privada estaba llena de fantasías sobre el lugar de procedencia que habría podido tener nuestro padre, pero en su vida pública mostraba mucho menos su confusión.

No puedo darle lo que quiere saber sobre Sam Watts, pero he descubierto quién es nuestra madre. Habíamos renunciado a ella hacía mucho tiempo, pero ahora tenemos información. Quizá eso signifique algo para Lorelei. Quizá espero que pueda decirme lo que significa para mí. «Se llamaba Sabrina Awad», continúo. «¿Recuerdas que nos preguntábamos de dónde venía? Antes de casarse con papá, se cambió el apellido legalmente y se puso Watts. Por eso no aparecía su apellido de soltera en nuestros certificados de nacimiento. Es la única manera en la que puedes conseguir que no se publique un apellido de soltera. Pero era palestina». Utilizo el tiempo pasado porque eso es lo que sé de ella. Su pasado.

—¿Palestina? —repite Lorelei.

—De Líbano.

—Pero... ¿por qué iba a cambiarse el apellido antes de casarse?

Porque estaba huyendo de algo... o de alguien. Quiero contárselo, pero su tono escéptico me detiene. Percibo, aunque estemos separadas por miles de kilómetros, que no confía en mi información. Es solo porque procede de mí.

—Quizá estuviera poniendo a prueba el sistema legal de aquí —digo en su lugar—. Por diversión.

—Ja —responde a eso.

Noto que está pensando al otro lado de la línea. Quizá incluso se esté suavizando.

—Tenía una gran risa —digo entonces, al recordar el cariño en la voz de Dania Nasri—. Cuando iba a decir algo escandaloso...

—Tengo que colgar, Nora. —Su voz suena diminuta. No recuerdo la última vez que la oí tan insegura de sí misma. Sin embargo, antes de que pueda acostumbrarme, se acuerda de sí misma y de que no está insegura de nada—. Ahora mismo no tengo tiempo para esto.

—Espera. ¿Recuerdas ese veterano con el que hablaste? Es peligroso. Lo digo en serio. Si alguna vez se te vuelve a acercar...

Oigo un clic cuando me cuelga el teléfono.

Durante unos instantes debo examinar los motivos por los que le he contado a Lorelei lo de nuestra madre. No son motivos inspiradores. Supongo que, incluso después de todos estos años, todavía quiero mantenerla informada de lo que me ocurre. Si algún día yo también resulto ser útil para la biografía de su página web, me gustaría que tuviera los datos correctos.

Soy consciente de que esto es malintencionado, pero no puedo evitarlo. Pensar en Lorelei siempre ha sacado lo peor de mí. Quizá sea porque resulta muy evidente su ansia por pertenecer a un lugar, se nota que desea saber qué sangre corre por sus venas y lo que debe decir de ella. Creo que yo también debería sentirme así, pero no me siento. Querer saber de dónde vienes no te hace débil..., pero puede hacerte vulnerable. Puede hacerte anhelar respuestas sobre personas a las que deberías pertenecer o lugares que deberían ser tus raíces, respuestas que no podrás obtener jamás a preguntas que no tienes el valor de hacer.

Ese deseo está enterrado tan profundamente dentro de mí que solo soy capaz de sacarlo cuando canto. Cosa que hago ahora, con suavidad, para mis adentros, en uno de los asientos traseros de un autobús casi vacío, de camino a reunirme con una mujer asustada que no me espera. Me quedo con Amy Winehouse, lo que demuestra de qué humor estoy. No puedes escuchar a Amy sin un sentimiento de premonición terrible. He decidido aceptarlo. Regocijarme en esa sensación de perdición inminente.

Desde la estación de autobús, comparto un vehículo utilizando una aplicación del móvil hasta la dirección ubicada en un barrio residencial de las afueras. La calle está bordeada de árboles y las casas son señoriales y preciosas. La gente que vive aquí no es consciente de que vive en una permanente recesión económica global, porque no parece importarles gastarse grandes cantidades de dinero en adornos de Halloween. Llamo a la puerta de la casa de la esquina y espero junto a un par de calabazas de ojos malignos.

Me abre la puerta una adorable mujer de pelo gris. Me mira, se fija en mi ropa y en mis zapatos. No parece dar su aprobación, pero es una dama demasiado elegante para decir nada. Dania Nasri y ella me han enseñado que una mujer con clase siempre debe ir bien vestida para abrir la puerta. Por alguna razón.

—¿Sí? —dice la mujer—. Si has venido para la colecta de alimentos, ya dejé esta mañana una bolsa de la compra. Pensé que ya se la habían llevado.

—He venido por Ryan Russo, Gloria.

Su reacción es inconfundible. Gloria Tate se apoya en el marco de la puerta. Veo el pánico en su mirada. Su miedo es algo vivo y tangible. Aunque su orden de alejamiento data de hace casi cuarenta años, sigue sin superarlo.

—¿Qué? ¿Qué ha hecho? ¿Ha vuelto a Chicago?

—¿Puedo pasar?

—Sí, sí, por supuesto. —Me abre la puerta para que entre. Hay una sala junto a la entrada a la que me conduce. Sobre la mesita baja hay media docena de bolsas de caramelos de Halloween—. Perdón por el desastre. Estoy organizándolo todo.

Me siento al borde de un sillón de color marfil, frente a un sofá marfil, separados por una alfombra marfil. «¿Dónde está su torre?», pregunto.

—¿Qué? —Se agarra con los dedos al borde del sofá.

Abarco la habitación con el brazo y estoy a punto de explicarle la broma cuando se levanta y cierra las cortinas blancas impolutas.

De pronto lo entiendo. Solo cierta clase de mujer tiene muebles así de prístinos. Una mujer que, por supuesto, oculta algo tras la fachada. Mi broma se evapora.

Me mira. Se aclara la garganta.

—Ryan... ¿le ha hecho daño a alguien?

No es sorprendente que la violencia sea en lo primero que piensa. Una mujer no presenta una orden de alejamiento sin ninguna razón.

—Recientemente no, que yo sepa.

—¿Está en Chicago?

—No creo. He venido porque pienso que tal vez Ryan conociera a mi madre, Sabrina Awad. En Líbano. Creo que tal vez ella huía de él, pero no sé por qué.

A Gloria Tate le tiembla la mano. Desaparece en la cocina sin decir palabra y regresa un minuto más tarde con dos copas de vino blanco. Acepto la copa que me ofrece, pero la dejo con cuidado sobre la mesa. Una copa de vino para mí no es lo mismo que una calada a un porro. Es una pendiente resbaladiza al final de la cual yace el respeto hacia mí misma. Gloria gestiona su vino de manera diferente. Se termina la copa en cuatro tragos largos. Acerco mi copa hacia ella y la acepta con la elegancia de una dama que sabe mantener su adicción en secreto. Una alcohólica funcional. Los conozco bien, sobre todo porque yo era así. Sujeta esa copa en la mano y le da vueltas. Me da la impresión de que está decidiendo si confiar en mí o no. Percibo el momento en el que gana el miedo y decide no hacerlo. Es entonces cuando deja la copa en la mesa y se levanta.

—Lo siento mucho, pero mi marido llegará enseguida. Tengo recados que hacer antes de que llegue.

Yo también me pongo de pie.

—La acompañaré.

—No es posible.

—Podría seguirla sin más —respondo—. Como hizo Russo.

Gloria se agarra el cuello de la blusa y aprieta los botones con fuerza. Las señales de abuso son imposibles de ignorar.

—Por favor, no bromee con eso. Convirtió... ¡Convirtió mi vida en un infierno! Incluso después de presentar la orden de alejamiento, sentía que alguien me observaba.

Se queda callada, pero no puedo permitir que se detenga ahora.

—Hábleme de él —susurro acercándome a ella. No la toco, porque no es conveniente tocar a una mujer en este estado. Se me ocurre que debería dejarla sola con su miedo, pero he llegado hasta aquí y noto que estoy a punto de descubrir algo—. Dígamelo y me iré.

Gloria entorna los párpados y su voz suena como un susurro.

—Era un obsesivo. Salimos durante dos años y medio. Yo era su fisioterapeuta. Así fue como nos conocimos.

—¿Por qué estaba en Líbano?

—Su familia tenía contactos en el campo editorial y había recibido un pequeño adelanto para escribir un libro sobre su héroe, un amigo de su padre que era un fotoperiodista francés que murió en Líbano. Un día, frente a su apartamento al oeste de Beirut, dos hombres lo metieron en un coche, lo atacaron, le robaron y lo dejaron en la calle a pocas manzanas de distancia. Regresaba caminando a su apartamento cuando, a solo tres metros, estalló un coche bomba. Era un Mercedes. Solía mencionarlo cada vez que nos cruzábamos con uno. Tenía quemaduras de segundo y tercer grado en el lado derecho del cuerpo. Tuvo un largo proceso de rehabilitación.

—¿Le secuestraron y le robaron? ¿Está segura? —Porque esos detalles no aparecían en el artículo publicado sobre él tras la explosión.

—Oí esa historia muchas veces mientras estuvimos juntos. Sí, creo que lo recordaría.

—¿Alguna vez habló sobre otra mujer? Alguien que destacara por algo.

Me mira y parpadea. Sus pestañas son largas y espesas, con una delicada capa de rímel que las arquea hacia arriba, otorgándole un gesto de sorpresa.

—Bueno..., sí. Ahora que lo menciona, sí. Durante la terapia me habló de una mujer que había conocido en Líbano, cuando era periodista allí. Estuvieron juntos durante un tiempo, entonces ella se hizo una idea equivocada de él y un día huyó.

—¿Qué idea equivocada?

—No lo sé. Nunca me lo dijo. Quizá pensaba que la estaba engañando. Me dijo que solo quería que se calmaran los ánimos. Que ella supiera que solo le deseaba felicidad. Era una mujer palestina y él quería asegurarse de que no sufriera repercusiones por estar con él porque era un hombre blanco. Quería ayudarla a encontrar a alguien que la trajera a Estados Unidos. Me pareció... muy considerado. Era un hombre de mundo muy encantador al principio. Por aquel entonces yo no había salido del país y sus aventuras me parecían fascinantes.

Hace una pausa y bebe un poco más de vino para calmar los nervios. El efecto es de relajación total. Está tan tranquila ahora que pierde el hilo de la conversación.

—¿Y entonces? —pregunto yo.

—Y entonces dejó de ser encantador. Se quedó enganchado a la morfina después de que se la recetaran para el dolor. Le dejó tocada la cabeza cuando intentó dejarla. Me seguía si me olvidaba de decirle dónde iba. A veces se ponía violento. No sé qué era lo que le hacía saltar, pero de vez en cuando estábamos manteniendo una conversación normal y yo decía algo que le enfadaba. Y acababa tirada en el suelo, sangrando. Me despertaba en la cama una hora más tarde con él estrechándome la mano mientras me servía un té... Por favor, ¿puede marcharse? No puedo seguir hablando de esto.

—De acuerdo, lo comprendo. Pero tengo una pregunta más. ¿Alguna vez le pareció que tuviera algo que ocultar? —pregunto, porque tengo una corazonada.

—¿Además de su temperamento y su adicción? —pregunta

con el ceño fruncido—. No lo sé. Me enteré a través de una amiga de una amiga de que tal vez tuvo un problema de ludopatía tras nuestra ruptura. Creo que me dijo que se declaró en bancarrota. No me sorprendió que jugara a las cartas, pero sí que perdiera. Mentía muy bien.

—Y que lo diga. —Desde luego a mí me engañó en Vancouver.

—Ryan te contaba una mentira que estaba tan cercana a la verdad que te preguntabas si estabas loca. Cosas sobre conversaciones o acontecimientos en los que tú estabas presente. A veces me daba la impresión de que disfrutaba con eso. Le gustaba la idea de volverme loca. Era un drogadicto político y teníamos unos debates de lo más raros. Fuera cual fuera mi postura sobre tal o cual acontecimiento, él le daba la vuelta después y me hacía creer que había dicho otra cosa. Le parecía divertido. No sé. ¿Eso le ayuda? ¿Puede marcharse ya?

No hay excusa para asustar así a una mujer. En mi defensa, hay un hombre en una cama de hospital por culpa del peligro que estoy corriendo. Estoy a punto de agradecerle a Gloria su tiempo, quizá incluso disculparme, cuando se abre la puerta de la entrada y entra un hombre. Debe de tener setenta y pico años, pero su edad no le impide proyectar una gran vitalidad. Vitalidad y algo más, algo que no logro identificar.

—¿Cielo? —le dice a Gloria mientras me mira.

Yo asiento con la cabeza y me dirijo hacia la puerta.

—Siento interrumpir su velada, ya me iba. Soy del banco de alimentos. Su esposa ha hecho un donativo para la recolecta de Halloween y he venido a darle las gracias personalmente.

—Gloria es maravillosa, ¿verdad? —Sonríe, me da la mano y me la estrecha con un fuerte apretón—. Soy Frederick Halpern. Por favor, dígannos si necesitan más ayuda este año. Probablemente pueda organizar algo con mi club. —Sonríe a Gloria hasta que se fija en las dos copas de vino en su lado de la mesita. Su sonrisa se vuelve tensa. La de Gloria se ilumina en respuesta. El ambiente en la habitación es tan incómodo que solo me queda una cosa que hacer.

—Que pasen una buena noche —les digo. De camino a la puerta, paso junto a una serie de fotografías familiares que hay en el pasillo. Son casi todas de Gloria y de Frederick de la mano en diferentes destinos turísticos, pero hay una que destaca sobre la palmera que hay plantada en la entrada. Aparece Frederick solo en el trabajo. Ahora veo lo que antes intentaba entender en el salón sobre el marido de Gloria Tate. Era cierta sensación de autoridad que proyectaba.

En el porche, paso junto a las dos calabazas encendidas. Quizá sea mi imaginación, pero parecen juzgarme por poner al límite a una mujer evidentemente angustiada. Bueno, yo tampoco me enorgullezco de ello. Mientras camino, repaso lo que he descubierto. Gloria Tate conservó su apellido de soltera, pese a que eso facilitó que Simone la localizase, pero es mucho más lista de lo que me había parecido en un principio. Para ser una mujer que vive con miedo a su ex, logró encontrar la manera de hacerse inalcanzable. Se casó con un hombre cuyo papel en la vida era tan elevado que bastaría para mantenerla a salvo mientras siguiera vivo. Frederick Halpern no solo está por encima de la ley. Es la ley.

Gloria Tate se casó con un juez.

44

El coche me sigue por la calle.

Doblo la esquina.

Él también.

Me detengo a atarme los cordones de la bota.

Él se detiene.

Echo a correr y llego a una curva al final de la carretera. Un espantoso semicírculo de muerte, bordeado de casas de ladrillo perfectas y verjas blancas de madera. ¿Quiénes son esas personas y por qué no se dan cuenta de que los 50 ya pasaron?

El coche que ha estado siguiéndome está parado allí cerca. Frederick Halpern baja la ventanilla del lado del conductor.

—Suba —me dice.

Sopeso mis opciones. Detrás de nosotros se detiene un coche de una empresa privada de seguridad privada. Halpern asoma la cabeza por la ventanilla y le hace un gesto al conductor.

—Eh, Joe. No te preocupes. Va conmigo.

El coche le da las luces en respuesta y espera a que me suba al vehículo de Halpern. Me subo. El otro se marcha. Halpern me sonríe.

—Gloria tiene problemas, lo reconozco. Pero la mentira no es uno de ellos, al menos conmigo. ¿Quiere saber cosas sobre Ryan Russo?

Digo que sí con la cabeza, incapaz de pronunciar palabra.

—Entonces ha venido al lugar indicado. Hay algo que quiero mostrarle.

Conducimos unos veinte minutos. No estoy familiarizada con Chicago, así que la zona no me ayuda a saber hacia dónde nos dirigimos. Agradezco los asientos con calefacción y el interior climatizado. El BMW de Halpern es mucho más agradable que el Taurus de Sánchez, eso seguro. Por fin se detiene en un complejo de apartamentos situado frente a un centro comercial. No tengo ni idea de dónde estamos, pero parecen las afueras. Me entrega un juego de llaves.

—La llave grande es de la entrada y la pequeña es para el 309. La esperaré aquí.

Miro las llaves.

—¿De quién es el apartamento?

—De Russo. Hace unos diez años Gloria creyó verlo en una cafetería, pero lo achacó a su imaginación. Le pedí a un detective que conozco que lo investigara. Russo vendió el periódico de su familia hace años e invirtió en bienes inmuebles. Tiene varias propiedades en California, donde vive generalmente, pero descubrí que aquí conserva un pequeño apartamento. Así que el detective hizo copias de las llaves. Nunca he logrado pillarlo vigilándola, así que no puedo demostrarlo, pero sé que lo hace de vez en cuando. Me he tomado la libertad de informar a mi detective de que estará usted allí. Feliz búsqueda.

Salgo del coche sin decir una palabra. Sigo confusa cuando entro en el edificio. Nadie me detiene al entrar. El ascensor está averiado, de modo que subo por las escaleras. El apartamento 309 está junto a las escaleras, perfecto para alguien que no quiera ser amable con los vecinos en los ascensores.

Vacilo al llegar a la puerta.

¿Y si Russo está ahí? Pero, si no entro, tendré que enfrentarme a Halpern y decirle que me ha dado demasiado miedo. Esa no es una opción. A no ser que haya planeado una especie de emboscada. Pero en el fondo sé que no es así. Él no tenía ni idea de que iba a visitar a su esposa, ni tiempo para organizar un plan en el caso de querer hacerlo. No me molesto en buscar motivos por los que esto podría ser una encerrona porque, la verdad, llegado este punto he dejado de intentar entender a los seres humanos. Para mí es un misterio por qué hacen lo que hacen.

Entro en el apartamento sin hacer ruido y espero en la oscuridad, atenta a cualquier sonido o movimiento. Nada. Así que enciendo la luz y sigo sin ver nada, pero en un espacio iluminado. Recorro el diminuto apartamento, que está vacío salvo por unos pocos platos y utensilios en el armario de la cocina y una cama individual bajo una ventana en el dormitorio. Hay una mesilla con una lámpara junto a la cama. Abro el cajón, pero está vacío. Cuando lo saco del todo, veo que no hay nada pegado debajo. Recorro de nuevo el apartamento. Tiene muy pocos muebles, pero no parece abandonado. Me pregunto cuándo estuvo aquí Russo por última vez. Si ha estado deambulando por Chicago, entonces tendría sentido que tuviera contactos en Detroit, que no está muy lejos. ¿Y se habría resistido a espiar a Gloria mientras intentaba acabar conmigo?

Bajo el fregadero de la cocina hay un cubo y productos de limpieza. En el cubo hay una bolsa de plástico arrugada con trozos de papel de cocina usado, una botella de *whisky* vacía y un sobre de papel manila. Es una de las reglas inalterables de Stevie Warsame. Si tienes dudas, rebusca en la basura. Poco elegante, pero no puedo cuestionar su instinto. Y menos ahora.

Cierro la puerta del baño mientras lo uso, por la fuerza de la costumbre, y cuando salgo hay un hombre tirado en la cama.

—No te pongas a gritar todavía —me dice mientras se incorpora con un movimiento lento y grácil. Lleva en la mano el sobre de debajo del fregadero—. Soy el detective privado de Fred Halpern. Me dijo que me reuniera contigo aquí porque estás buscando a Russo. Fred lleva años esperando a que ese gilipollas meta la pata para poder meterlo entre rejas.

—Por el bien de Gloria. —Miro hacia la puerta del apartamento. Estaba cerrada y las llaves de Halpern siguen en mi bolsillo. Así que este hombre debe de tener su propio juego.

—Ama a esa mujer con locura. Soy Jeff Samson. Puedes llamarme Samson, si quieres. Casi todo el mundo lo hace.

—Nora. —No nos damos la mano y él tampoco intenta acercarse. Me gusta que un hombre respete el espacio personal de una mujer. Me inclino hacia la pared en busca de apoyo emocional. No lo encuentro. Debo de estar desesperada. Samson y yo nos miramos durante unos segundos. Un careo que me permite el tiempo suficiente de evaluarlo bien. Parece tan cansado del mundo como cualquier detective salido de una película de cine negro del viejo Hollywood, con la elegancia de un agotado Sidney Poitier.

—¿Qué tienes sobre Russo, Nora? —me pregunta, directo al grano.

—La verdad es que no mucho. —Le cuento lo que sé hasta el momento. Tiene una cara honesta y, como la pared no está cumpliendo con su misión, he de encontrar el apoyo en otra parte.

—Tiene que ser él —dice Samson cuando termino de contarle mis dudas y mis teorías.

—¿Sí?

—Le debo al juez Halpern un favor o dos desde hace tiempo y solo me ha permitido devolvérselo espiando a este tipo. Llevo mucho tiempo detrás de Russo. Desde que Freddie se enteró de su existencia a través de Gloria. Russo es impredecible en todos los aspectos, salvo uno. Es ludópata. A veces se juega dinero y a veces otras cosas. Acaba metido en un hoyo, se desespera y miente para volver a salir de él. Ese es el patrón de su vida. Al principio me centré en Beirut. No llevo encima mis informes, pero puedo enviártelos si quieres.

—Me conformo con que me digas lo que recuerdas —le respondo, tratando de disimular mi emoción.

—No tienes pensado quedarte mucho, ¿verdad? Lo entiendo. Lo que recuerdo es pasarme dos horas seguidas sentado con él a una mesa de *blackjack*, viéndole fingir que no era un adicto a la morfina mientras perdía lo que yo gano en seis meses. Le dije que era veterano y que había servido en Vietnam. No era mentira. Me habló de cuando estuvo en Beirut. Empezó hablando de todas las locuras que sucedían en ese país. Que todos se delataban entre sí. Que uno podía ganar algo de dinero extra si tenía la información correcta.

—¿Era espía? —pregunto, recordando de nuevo que Kovaks y Dubois parecían obsesionados con eso.

—Era un gilipollas. Ningún verdadero agente de inteligencia habría abierto la boca de ese modo. Me quedé con una impresión que no logré quitarme de encima. He conocido a mentirosos como él toda mi vida. Creo que se metió en líos y alguien tenía información comprometedora sobre él. Quizá lo utilizó para pedirle un par de favores. No sé cuánto duró esa situación, pero sí sé que, durante un tiempo en Beirut, los soviéticos solían utilizar una bandera extranjera como tapadera para reclutar gente. Los reclutadores fingían ser de otros países o a veces llevaban a los agentes a pensar que trabajaban para el gobierno estadounidense. Si buscas emoción, serás un blanco fácil. Si a eso añadimos una deuda, zas, ya tienes un agente.

—Una deuda… ¿de juego?

—Me parece lo más probable, Nora. Llevo muchos años dedicado a las investigaciones domésticas y, si un marido no pone los cuernos o no se droga, entonces es ludópata.

—Eso es sexista.

—Es la verdad. Es una maldición. Una adicción. Pero lo que le pasa a Russo es que le gusta pensar que es muy listo, pero en realidad no lo es. Creo que, si se metió en algo turbio, no le salió bien. Empezó a contar todo tipo de chismorreos sobre los árabes en Beirut. Yo sabía que había resultado herido en la explosión de un coche bomba, pero me dio la impresión de que era algo más. Algo personal.

Sé que lo que fuera que sucedió en Beirut debió de ser algo personal, de lo contrario no se habría pasado todo este tiempo buscando a mi madre.

—No te pareció una persona competente, ¿verdad?

—Ni de lejos —responde Samson con una carcajada—. Creo que es la clase de idiota que va por ahí asustando a las mujeres y comportándose de manera temeraria para demostrar a los demás que es un gran hombre, porque en el fondo no puede controlarse y nunca ha podido.

—Qué duro.

—Pero es cierto —confirma con una sonrisa—. Esa clase de actitud no cambia con la edad, y por eso estoy aquí hablando contigo. No se puede cambiar a un hombre temerario. —Se levanta y me ofrece el sobre—. Las cosas empiezan a ponerse tensas y los tipos como Russo se vuelven locos. Lo he visto miles de veces.

Yo también. He visto desmoronarse a las personas suficientes como para saber que solo hace falta ese pequeño empujoncito.

—Cuando estaba sentado con él a esa mesa, estuvo a punto de volverse loco. Gloria dijo que había intentado varias veces dejar la morfina. Mirándolo, me di cuenta de que estaba con el mono porque, cuando empezó a perder, se puso muy nervioso. Empezó a decir que trabajaba para la CIA. Le dije que sí, claro, colega, y le dejé seguir. No me creí una palabra. Se alteró de ese modo con un desconocido. No quiero imaginarme lo que haría con alguien a quien conociera bien. Quizá no tenga que imaginármelo, por lo que me ha contado Freddie sobre Gloria y él. Sé que Freddie quiere que meta la pata para que podamos meter a ese cabrón entre rejas, pero no me gustaría que una mujer agradable como tú se viera involucrada en todo esto.

A mí me parece que esta supuesta mujer agradable ya está involucrada en esto. Pero no se lo digo.

—Te lo agradezco. Pero ¿no crees que trabajaba con la CIA?

—Ni hablar. Y creo que ni él mismo se lo creía. Pero era bastante evidente que trabajaba para alguien. Cuídate, Nora. —Se dirige hacia la puerta. Ahora entiendo por qué no le había oído entrar. Podría enseñarle a un ladrón a moverse con sigilo. Quizá ya lo haya hecho en el pasado. Así de bueno es. Casi sin darme cuenta, se ha marchado y no ha dejado rastro alguno de haber estado aquí.

Cuando regreso al coche, Halpern está escuchando música clásica con los ojos cerrados. Está tamborileando con los dedos sobre el volante al ritmo de la melodía. Me da la impresión de que ya sabía que el apartamento sería un callejón sin salida. Me lo ha enseñado para revelar ¿qué exactamente? No se lo pregunto de entrada porque no confío en sus sonrisas. Me recuerdan a Sánchez. También a Brazuca. Son sonrisas de hombres que saben lo que es ostentar el poder.

Yo no tengo experiencia en eso.

Vamos callados de camino a la estación de autobuses. No hace ninguna mención a Samson. Chopin suena de fondo. Sé que es Chopin porque Seb tenía música clásica en su ordenador que escuchaba cuando se creía que estaba dormida. Chopin era el favorito de Leo.

Halpern se detiene frente a la terminal. Señala con la cabeza el sobre de papel manila.

—Samson ya me lo había enseñado. ¿Sabe lo que hay dentro?

—Resultados de laboratorio de alguna clase. —Había echado un vistazo antes de que apareciera Samson.

—Eso es. Ya hemos hecho copias y le pedí a un médico amigo mío con quien juego al golf que le echase un vistazo.

—¿Y? —pregunto, siguiéndole el juego.

—Lo que demuestra es que, con el tiempo, sus niveles de creatinina son elevados. Demasiado. Y también el potasio.

Sonríe. Cesa la música de Chopin. Percibo que está esperando a que yo diga algo, pero ya no estoy de humor para juegos. Así que le devuelvo la sonrisa y guardo silencio. No puede evitar llenar el silencio, porque para eso me ha traído aquí. Para mostrarme el pisito de Russo y que sea su público embelesado. Hemos llegado demasiado lejos para que pare ahora.

—Lo que significa que le fallan los riñones y debe empezar de inmediato con la diálisis. Tres horas al día, tres días a la semana durante el resto de su vida. —Su sonrisa se vuelve satisfecha—. Se cree que puede aterrorizar a mi esposa durante años y que no le pasará nada. Pero la vida tiene una idea diferente de justicia. Puede que no sea en los tribunales, porque allí se hace poca justicia, y yo lo sé bien, pero las cosas al final se colocan en su sitio. Se pasó años en recuperación tras la bomba de Beirut. Años. No aprendió la lección. ¿Y sabe qué? Va a pasarse el resto de su vida con un dolor agonizante.

Y él lo va a disfrutar. Dios, parece que ya lo disfruta, porque sigue sonriendo.

Asiento para demostrarle que lo he oído todo. Estoy a punto de despedirme de él, pero su mirada me indica que no tiene sentido. Ya está en otra parte. Quizá siga pensando en lo mucho que va a disfrutar viendo morir a Russo dolorosamente; sea lo que sea, ya se ha olvidado de mí.

Dejo el sobre atrás cuando salgo del coche.

Hay un autobús a Detroit dentro de media hora, así que compro el billete y me siento en un banco duro a esperar.

Esta ha sido una noche de lo más extraña.

Puede que Ryan Russo sea un misterio, pero pronto será un misterio muerto. Eso explica el renovado interés por mi familia después de todos estos años. Al igual que Seb, Russo está dejando sus asuntos en orden porque dentro de poco tendrá que hacer frente a una enfermedad que le debilitará, en la que se pasará el resto de su vida atado a una máquina de diálisis. Así que, como es natural, tiene que poner fin a su acecho. Encontrar a las mujeres a quienes culpa de su vida de mierda. Asesinar a personas como yo que se acercan demasiado a sus secretos más oscuros y profundos.

En fin, lo normal.

45

Algunas personas odian los hospitales por el olor. Algunas no se acercan a ellos porque no soportan ver sangre. O enfermedad. O muerte. Personalmente, yo no voy por las esperas. Por ejemplo ahora. Sentada junto a Nate, esperando a que se despierte para poder despedirme. Pero está profundamente dormido, porque la recuperación requiere descanso. Esa es mi esperanza. Nunca me ha mentido e, incluso ahora, su silencio deja mucho que desear sobre el tema de la esperanza. No promete nada que no pueda cumplir.

La habitación está llena de flores que le han enviado. Hay un ramo particularmente grande en el rincón. El nombre de la tarjeta no deja lugar a dudas de que este cantante de *blues* que va a micrófonos abiertos a ganar calderilla tiene unos contactos con los que yo solo podría haber soñado cuando intentaba ganarme la vida como cantante.

Montones de flores sin olor nos observan mientras le pongo al día sobre mi búsqueda de información sobre la muerte de mi padre. Que claramente no fue un suicidio, aunque no puedo demostrarlo. Que mi madre estaba involucrada.

Justo cuando oigo el final de mi explicación, entra un médico en la habitación. Mira a Nate. Después a mí.

—¿Familia? —pregunta sin convicción.

Sí que tengo familia en forma de Whisper, aunque solo sea eso, así que digo que sí con la cabeza y hago lo posible por aparentar ser la prometida de alguien, o una prima lejana.

—Sí. ¿Cómo está?

Vacila, me evalúa para saber si seré capaz de asimilar la verdad. Después revisa las constantes vitales de Nate. «Es demasiado pronto para saberlo. Ha perdido mucha sangre y está muy débil. Hay un riesgo elevado de infección y sigue con hemorragias internas. Le han programado una segunda toracotomía para suturar los vasos sanguíneos».

Está a punto de marcharse cuando levanto una mano. «Antes de que se vaya, una pregunta rápida. Tengo un amigo que sirvió en Afganistán. Fue... Explotó una bomba y tuvo quemaduras de segundo y tercer grado en el lado derecho de su cuerpo. ¿Qué cabe esperar?».

—Puede esperar a alguien muy traumatizado. Alguien que sufrirá mucho dolor. Su amigo necesitará todo el apoyo que pueda recibir porque la recuperación será un camino resbaladizo. No solo apoyo médico para tratar sus quemaduras. Ese tipo de quemaduras puede tener un efecto extremo en la salud mental de una persona, sobre todo si tiene relación con explosivos. Puede que sea sensible al fuego, a los ruidos fuertes. Quizá desencadenen algo en él.

—Pero ¿cree que puede curarse y ser perfectamente racional, pagar impuestos, pasear a su perro y arropar a sus hijos por la noche sin que nos preocupe que pueda tener un ataque?

El doctor sonríe con amabilidad.

—Sí, por supuesto —miente.

Estoy dispuesta a dejarlo correr.

—De acuerdo, pero ¿y si mi amigo ya tuviera cierta inestabilidad psicológica antes de eso? Por ejemplo, si le gustaba seguir a mujeres por ahí, esa clase de cosas.

El doctor deja de sonreír. Se aparta y utiliza el historial de Nate como escudo.

—En ese caso, probablemente debería buscarse otro amigo. Que tenga un buen día —responde antes de salir por la puerta.

Me quedo largo rato sentada junto a Nate, mirando el artículo sobre Ryan Russo que tengo en el teléfono. No me atrevo a tocar a Nate ni a mirarlo durante demasiado tiempo. Es demasiado doloroso. Algo que Seb me enseñó está penetrando en la nube de confusión de mi cerebro. «Pero ¿qué es lo que no cuentan deliberadamente? ¿Qué es lo que evitan decir?». Es ahí donde se halla la verdad.

Miro a Nate. Él no tiene respuestas. Quiero decirle lo que ha significado para mí cantar con él. Lo que ha significado él para mí. Al final, me conformo con darle un beso en los labios y otro en la frente. No quiero marcharme, pero tengo que hacerlo. Seb se ha ido para siempre, pero Nate sigue aquí. Mi presencia no ayudará a sus probabilidades de supervivencia. El hospital no es lugar seguro para mí. Pienso en llamar a Sánchez y contarle todo lo que sé, confesar mis pecados y los de los demás. Traspasarle mis problemas por el momento, solo para quitarme esa carga.

Abandono el hospital. No sé dónde ir, así que tomo un vehículo compartido a la ciudad. El conductor sube la música cuando me monto en el coche, lo cual me va bien. Le pido que me lleve a un casino en Greektown. Los guardias de seguridad me miran, pero me permiten entrar. Quieren el dinero de todos, no solo el de la gente que puede permitirse renunciar a él. Deambulo entre las mesas y veo a la gente perder más dinero del que tendré jamás en mi cuenta bancaria. Este lugar no tiene ventanas. No hay manera de distinguir el paso del tiempo si te niegas a apartar la mirada de tus cartas.

Una mujer con vestido rojo pasa junto a mí y se dirige en línea recta hacia un hombre sentado a una mesa de *blackjack*. Se acerca a él y le abofetea con fuerza. El hombre se frota la cara. Trata de ignorarla. La mujer está afectándole a la concentración. Se echa a llorar y le tira del brazo. Él la aparta de un empujón. Un guardia de seguridad se acerca para llevársela. La mujer grita al hombre, chilla, le ruega, pero él ya se ha olvidado de que está en la sala. Nadie más parpadea. Siguen jugando, fingen que la mujer y sus lágrimas no existen.

Lo que falta aquí es su humanidad.

El artículo dice que Russo resultó herido en la explosión de un coche bomba de camino a su apartamento en el oeste de Beirut. Pero no que también hubiera sido secuestrado y atracado. No es la clase de detalle que un periodista omitiría a no ser que Russo eligiera guardarse esa información. Pero, siendo una especie de periodista él también, sin duda sabría el valor que tendría añadir eso a la historia.

De modo que es evidente que se trata de algo que deseaba mantener en secreto.

Un coche bomba en Beirut durante la guerra civil y, después, alguna tragedia. Pero un secuestro sugiere que era el blanco de algo. Pero ¿de qué? ¿Y de quién? ¿Y por qué no quería que nadie lo supiera?

Eso es lo que no termino de entender.

46

Brazuca espera a que Lam termine la conferencia telefónica. Tiene el altavoz puesto y el idioma que hablan es un cantonés muy rápido. La participación de Lam es mínima. Solo alguna palabra aquí o allá para rellenar los huecos.

Está en el estudio de Lam, contemplando la elegancia del mobiliario mientras trata de disimular su impaciencia. Han pasado un par de días desde que descubriera que alguien iba detrás de Nora. Ha intentado ponerse en contacto con todos los moteles del centro de Detroit, pero no ha conseguido nada. Nora no responde a sus llamadas y parece tener el teléfono apagado la mayor parte del tiempo. Nunca ha sido fácil ponerse en contacto con ella, así que no sabe si simplemente lo está ignorando o si hay algo más.

—Perdona —dice Lam cuando cuelga el teléfono—. Mi padre está que echa humo.

—¿Qué has hecho esta vez?

Lam se pasa una mano por el pelo, espeso y oscuro, y después se frota la nuca. Un reloj de platino brilla en su muñeca.

—No tiene nada que ver conmigo, gracias a Dios. No espera nada de mí ahora que me he casado con la mujer que él eligió. Pero tiene muchas esperanzas puestas en los nietos.

—¿Tu mujer está embarazada? —Brazuca ni siquiera sabe cómo se llama. Lam apenas la menciona ni dice por qué nunca está. Dónde está la esposa fantasma es algo en lo que no tiene particular interés en meterse.

Lam sonríe tristemente y niega con la cabeza.

—El único nieto que tendrá jamás murió con Clem. Que asimile eso.

Brazuca lo deja correr. La rabia de Lam todavía eclipsa a toda razón. De pronto está harto de todo eso y especialmente harto de ese hombre por el que ha abandonado el nuevo capítulo relajado de su vida. La única ventaja es el dinero, que ya no tiene el atractivo que tenía antes. Se mete la mano en el bolsillo y le entrega a Lam una memoria USB. «Mi informe». Le ha llevado dos días recopilar todas sus notas y extraer las fotos útiles que habían hecho Warsame y él. Los eslabones que componían la cadena de suministro. Los Triple 9 en el Lala Lair. Curtis Parnell en el puerto. El contacto de los Three Phoenix en Hong Kong; los misteriosos agentes interesados en Nora Watts.

Lam abre el archivo en su portátil y lo lee. Al terminar, se aparta de la pantalla y se sirve un trago. Le sirve otro a él también, acordándose de incluirle esta vez, aunque se olvida de que es un alcohólico.

—El año pasado, cuando tu amiga acudió a esa conferencia en el chalé en el norte, iba buscando a una chica desaparecida. Pensaba que Ray Zhang, uno de los compañeros de mi padre, tenía algo que ver con ello.

A Brazuca le sorprende que de pronto Lam se ponga a hablar de Nora, que ha estado presente en su cabeza a todas horas los últimos días. Cuando Lam conoció a Nora mientras ella buscaba a Bonnie, se quedó desconcertado al estar en presencia de una mujer que no estuviera enamorada de su dinero.

—Eso es. —Brazuca mira el vaso de *whisky* que tiene delante, pero no lo toca. Todavía no le resulta fácil apartar el vaso, pero consigue controlarse.

—Ya te dije entonces que la familia Zhang tiene a un tipo de seguridad a quien contrata con frecuencia y se comenta que tiene vínculos con la tríada.

Brazuca asiente.

—Dao. Trabajó casi en exclusiva con Zhang durante años.

Ray Zhang era el patriarca de una familia adinerada relacionada con Nora y con los acontecimientos del año pasado, cuando desapareció Bonnie, la hija de Nora, pero los detalles eran confusos. Las únicas personas que sabrían lo que realmente ocurrió eran Nora, que tiene una memoria selectiva sobre los acontecimientos, y Ray Zhang y Dao, ambos desaparecidos desde entonces. Es difícil olvidar el espectacular lío en el que se vio envuelta Nora, aunque él se había prometido no hablar del asunto con Lam. Por entonces pensaba en la intimidad de Nora. Su relación personal con los Zhang, y que el fallecido Kai Zhang fuese el padre biológico de Bonnie, era algo que solo ella podría contar.

Lam continúa, ajeno a la súbita frialdad de Brazuca.

—Ray Zhang tenía algo turbio, pero nadie le cuestionaba sobre Dao cuando estaba vivo.

Brazuca se queda mirándolo.

—Nadie ha visto a Ray Zhang desde el año pasado. ¿Cómo sabes que ha muerto?

Lam, que antes era un libro abierto, se vuelve reservado. Mira el reloj. Da un sorbo al *whisky* y sonríe sin alegría. «He oído rumores». Gira la pantalla del ordenador hacia él. Señala una foto de un chino sin camisa que muestra sus tatuajes en su salón. Es una foto muy famosa en la Unidad Antibandas, según la documentación de Grace. «Jimmy Fang. A través de los Three Phoenix tiene contactos con la organización coordinadora a la que está afiliado Dao».

A Brazuca le ha vuelto el dolor de cabeza, ahora que las piezas encajan. De un solo golpe ha obtenido su libertad financiera y ha descubierto un contacto sorprendente. Ahora entiende por qué Nora está en peligro. El año pasado, cuando se fue a buscar a su hija desaparecida, se granjeó la enemistad de la familia Zhang... y la de su jefe de seguridad: Dao.

De todos los involucrados en el drama de Nora, Dao era el más peligroso. Un asesino sin piedad con pasado de mercenario.

—¿Hemos terminado? —pregunta Brazuca mientras se pone en pie—. ¿Esta es la cadena de suministro que estabas buscando?

—Sí —responde Lam—. Gracias, tío. Yo me encargo a partir de aquí.

Brazuca abre la boca pare preguntar a qué se refiere con eso, pero decide que en realidad no quiere saberlo. Ahora le resulta evidente que su amistad con Lam siempre ha estado basada en esto, en el hecho de que él es y siempre ha sido un empleado para este hombre. Un empleado de confianza, pero en cualquier caso uno que figura en la nómina.

—Tendré tu transferencia lista por la mañana —continúa Lam. Empieza a hablar de sus planes de venganza contra su padre, contra los traficantes de drogas y contra el mundo en general. Pero Brazuca ha dejado de escuchar. Los hombres como Lam pueden permitirse *vendettas* personales como esa. Su riqueza y sus contactos siempre les protegerán del peligro. El asunto cotidiano de la supervivencia no les afecta.

Para las personas como Nora, en cambio, la misión aparentemente mundana de sobrevivir un día más sin que alguien intente asesinarte no resulta tan sencilla. Sobre todo ahora, teniendo en cuenta a lo que se enfrenta. Una *vendetta* personal por parte de alguien mucho más poderoso que ella. Un enemigo peligroso, como lo es para él Curtis Parnell, el motero que ha desaparecido con una foto suya en el teléfono.

Se marcha sin decir nada más. No queda nada por decir. Sigue agotado, pero el agotamiento se ha transformado en una especie de ansiedad. De un modo perverso, la inquietud no se centra en él o en el peligro que podría correr frente a Parnell, si el motero no se ha esfumado ya. No piensa en su propia supervivencia. Tarda mucho en llegar hasta su coche. La primera razón es que aún se está recuperando. De un golpe en la cabeza, de la amenaza con un cuchillo de carnicero, de tener que perseguir a un universitario por la calle, del peso emocional de la muerte de Crow y de su propia inseguridad personal.

La segunda razón es la confusión absoluta.

Ha intentado dejar atrás el pasado, ¿verdad? No hay nada que desee más que montarse en su coche y conducir hasta Whistler. Reservar una cabaña en el bosque durante unos pocos días, probar allí el telescopio que ha estado mirando. Dormir. ¿Por qué entonces eso le parece ahora un sueño muy lejano?

47

Regla número uno para huir del país: recupera tu pasaporte.

Debe de haber otras reglas, pero no sé cuáles son. Se lo preguntaría a mi madre, salvo que se le da tan bien eso de huir que nadie, ni siquiera su devoto acosador, puede encontrarla. En cualquier caso, la primera regla está resultando ser muy difícil. La casa de Nate está llena de fariseos. Hay una reunión en marcha. Hay grupos de personas fuera, vestidas con camisetas a juego de color naranja neón que llevan por encima de la ropa. Se me ocurre entonces que mi concepto del tiempo ha vuelto a diluirse. Esta es la noche anterior a Halloween y los fariseos se preparan para enfrentarse a la gilipollez de la Noche del Diablo con una coordinación de colores y una sorprendente fe en la humanidad.

Un grupo de adolescentes me mira cuando me quedo parada en la calle demasiado rato, debatiéndome sobre si robarle una camiseta a alguien de fuera me garantizará el acceso a la casa sin que nadie comente que soy la mujer que estaba presente cuando dispararon a Nate. «Eh», dice una de ellas mientras se me acerca. Me tenso. Me ofrece una camiseta. «¿Tienes ya tu grupo?».

Digo que no con la cabeza.

—No pasa nada. Puedes ir con nosotros si quieres —me dice alegremente.

—Eh, estoy esperando a un amigo —respondo, pero me pongo la camiseta para no desentonar.

—Vale, buena suerte esta noche. Ni siquiera se ha puesto el sol aún y ya es lo peor que hemos visto en años. Ha corrido la voz de que tengamos especial cuidado esta noche. La gente está alterada y algunos de estos solo quieren causar daños. —Me lanza una sonrisa triste y se aleja. Espero otros veinte minutos, viendo cómo la casa se vacía y varios grupos se marchan. Un joven pasa con su bicicleta y la música a todo volumen. Lleva una de las camisetas de neón, pero no parece vinculado a ningún grupo en particular. Tardo varios segundos en reconocer la canción. Y solo porque es mi propia voz la que sale por los altavoces. Está poniendo nuestra canción. La que canté con Nate. Al oírla me da un vuelco el corazón. La última vez que la escuché estaba en el sótano de la casa frente a la que ahora me encuentro, recibiendo las atenciones del hombre cuya voz se aleja ahora. El ciclista se va calle abajo, llevándose la música consigo.

En ese estado de caos interior entro en la casa y, sorprendentemente, consigo hacerlo sin que nadie me vea.

Mi mochila no está en el estudio de abajo, cuya puerta han retirado. El equipo de grabación y las guitarras de Nate también han desaparecido, pero quien sea que se las ha llevado ha tenido la consideración de dejar el sofacito para quien quiera sentarse a contemplar una habitación vacía. No hay nadie abajo además de mí.

Pasa una hora más hasta que las voces desaparecen. Han retirado la insonorización improvisada de las paredes por alguna razón y ahora se oye todo lo que sucede arriba. La casa queda en silencio y por fin puedo buscar con tranquilidad.

Registro un dormitorio de arriba que hay hacia la parte trasera de la casa, protegido por una cerradura que cualquier ratero aficionado con acceso a tutoriales de Internet podría forzar. Tardo como un minuto en entrar en el que supongo que es el dormitorio de Kev, a juzgar por las fotos enmarcadas de Malcolm X y Assata Shakur en la pared. Curiosamente también está la trilogía de *El señor de los anillos* en el escritorio de mi derecha y, junto a ella, la colección de

Juego de tronos. Lo paso por encima. Nunca he sido gran admiradora de la fantasía. Ya me cuesta bastante entender la realidad.

Estoy tentada de hacer el saludo militar ante las fotos de la pared cuando encuentro mi mochila en el armario. Las personas que no confían en la policía son predecibles. Lo sé porque soy una de ellas. Deduje que Kev debía de haberse llevado mi mochila antes de que llegaran las autoridades. Aun así, me pregunto si sabrá que ha enterrado un vínculo tangible con el ataque de su hermano bajo unas camisetas y unos pantalones de chándal rosas con la palabra *ÁNGEL* estampada en el culo.

Saco mi pasaporte de la mochila y me lo guardo en un bolsillo con cremallera de la chaqueta, junto a la cartera. Cuando estoy a punto de marcharme, me detengo al oír un ruido dentro de la casa, y vuelvo a retroceder. No tengo mucho sitio donde ir. No pienso esconderme en un armario, así que me sitúo detrás de la puerta y escucho con atención. Me quito la mochila del hombro y la dejo a mis pies. Solo oigo pisadas en las escaleras. Pisadas silenciosas. Más de una persona, quizá dos. Tengo el teléfono en la mano, así que marco el número de la tarjeta de Sánchez, que tenía guardado en marcación rápida, por si acaso. No espero a que responda, le bajo el volumen al teléfono y me lo guardo en el bolsillo.

No hay manera de escuchar las intenciones, así que voy a dar por hecho lo peor.

Cuando la puerta se abre y entra una figura encapuchada con una pistola, empujo la hoja contra él. Suelta un grito y se le queda la mano atrapada en el marco. La abro y vuelvo a cerrarla con fuerza hasta que grita de dolor y cae al suelo en el pasillo. Recojo la pistola del suelo y lo sigo hasta la entrada, donde le doy una patada en la ingle que hace que se doble de dolor. Otra figura encapuchada sale del primer dormitorio junto a la escalera con la pistola levantada. Solo tengo una fracción de segundo, así que le agarro la mano, tiro hacia mí al mismo tiempo que estiro la pierna. Tropieza y cae hacia las escaleras, le empujo con la otra mano y se precipita escaleras abajo.

La pistola sale volando. Bajo corriendo los escalones y la recojo del suelo justo cuando me agarra el tobillo con la mano y me tira.

Me giro, apunto con la pistola al encapuchado de arriba y saco la otra pistola de la cintura del pantalón. Estoy boca arriba, pero tengo las dos pistolas en las manos. Apunto con la segunda al encapuchado de las escaleras. Sigue llevando la venda en la nariz. Es mi amigo del motel. El que disparó a Nate. Estoy tan furiosa que me dan ganas de apretar el gatillo, pero lo que necesito ahora son respuestas.

—¿Quién te ha contratado para matarme?

—Y yo qué coño sé —responde. Su voz suena extrañamente aguda y nasal. Tiene la pierna retorcida y pone cara de intenso dolor cuando intenta moverla.

—¿Ha sido Ryan Russo?

—¿Quién es ese? —Parece que le duele tanto que no puede estar mintiendo. Pero tengo que saberlo.

—Dime quién te ha contratado. —Aparto los ojos de él un momento para mirar a su amigo, tirado en lo alto de las escaleras. Me han dicho que un golpe directo en la ingle es la peor sensación posible para un hombre. Eso espero, y que siga así durante un rato.

Mi viejo amigo pone cara de dolor.

—La orden no me llegó a mí, zorra.

—¿Quién lo sabe? —pregunto cuando por fin consigo ponerme en pie.

Me acuclillo junto a él y le apunto con la pistola a la cabeza. Tengo la mano firme, como siempre que empuño un arma. La verdad es que antes me gustaban las pistolas.

El control de armas en Canadá es una cosa muy seria, salvo en casa de mi amigo Wallace. Wallace tenía un padre que pensaba no solo que el nombre de Wallace era apropiado en el siglo veinte, sino que además bebía *whisky* de Tennessee, llevaba sombrero vaquero, tenía una amplia colección de armas en el sótano y le dio a Wallace la llave del armario. Tras tontear un poco y beber algo de *whisky*, sacábamos una de las pistolas para practicar la puntería. Durante un par de años durante el instituto, viví en casa de Wallace cuando su padre estaba fuera por negocios. También disparé mucho, porque Wallace se inquietaba si pasaba demasiado tiempo en casa y yo puedo ser muy competitiva aunque las probabilidades estén en mi contra. Tengo buena puntería. Practiqué mucho en una vida anterior.

El joven al que estoy apuntando con la pistola se ríe. Presiona la sien contra el cañón. «¿Sí? Adelante. Hazlo. No ha infierno peor que Detroit. Hazlo». Habla muy en serio. No miente y no está fanfarroneando. A este chaval con la nariz y la pierna rotas no le da miedo morir. Su amigo el de arriba se pone a cuatro patas.

El deseo de vengarme es abrumador. Hay un hombre en el hospital por culpa de estos jóvenes desesperados. Porque uno de ellos tiene una pésima puntería y no debería haber tocado nunca un arma.

Veo en la cabeza la cara de mi padre. Su sonrisa tranquila. Y recuerdo que así es como murió.

No puedo apretar el gatillo.

Dania Nasri también habló del infierno. En relación con el lugar del que procedía. Supongo que el infierno es una cuestión de perspectiva.

—Espero que esto valga quince de los grandes, imbécil. No te muevas.

Entonces salgo por la puerta de la entrada y corro todo lo deprisa que puedo. Corro como si me persiguieran. Porque, claro, me persiguen. A cambio de una suma que, la verdad, me parece irrisoria. Le quité importancia cuando Sánchez mencionó lo que cuesta cargarse a alguien en Detroit.

Quince mil dólares no es dinero suficiente.

48

El teléfono se me ha quedado sin batería otra vez. No sé si Sánchez habrá oído mi charla con los asaltantes de la casa, pero ya no me importa. Lo que me importa es largarme de aquí lo más rápido posible.

Paso corriendo junto a un grupo de camisetas de neón y no me paro a advertirles de lo que hay en la casa. «¡Por allí hay un incendio!», me grita uno de ellos, así que me meto por una bocacalle. Huelo el humo del fuego y, por un momento, me pregunto si estoy de vuelta en Vancouver. La luna creciente se alza sobre mi cabeza, ofreciendo más iluminación que las escasas farolas. Veo las luces parpadeantes a lo lejos y oigo las sirenas de los camiones de bomberos y de las ambulancias. Tendría más sentido dirigirme hacia allí, hacia la gente, así que no lo hago. Se oye un fuerte estrépito en el aire. Los fuegos artificiales iluminan el cielo nocturno. No sé qué hacer con las dos pistolas que tengo ahora en mi poder. Estoy harta de ver pistolas por todas partes en este estado donde es legal llevarlas a la vista. Incluso aparecen en mis sueños.

Huyo de la multitud que podría o no ir armada, como yo. Ya estoy cansada de los seres humanos y ansío tener a Whisper junto a mí. Pero está ocupada con Leo, en quien me niego a pensar porque entonces tendría que pensar también en Seb. Y, si estoy cansada de la gente ahora mismo, la muerte de una de mis personas favoritas no va a ayudarme mucho.

Enseguida me encuentro con el problema de que no tengo a dónde ir. Cada vez que veo humo o una camiseta de neón, giro en otra dirección, pero ese no es un gran plan. Aunque no me culpo, porque no conozco esta ciudad lo suficiente como para tener algún tipo de estrategia. Estoy haciendo lo que he hecho desde que llegué aquí. Correr en círculos. Cuando no hay círculos hay callejones sin salida, y esta no es una excepción.

Enseguida me quedo sin sitios a los que correr.

Llego al final de la calle. A un lado hay un campo de hierba alta. Al otro, y a mi derecha, hay un almacén tapiado, uno de los pocos edificios de la manzana que quedan en pie. He llegado al final de la carretera y me arrepiento de mi decisión de huir de los sonidos de la civilización. Me siento expuesta. Cuando se me pasa el subidón de adrenalina que había sentido en casa de Nate, empiezo a temblar.

A lo lejos, en lo alto de la carretera, hay una figura iluminada a contraluz por una farola. La figura se detiene y mira en mi dirección. Eso podría no significar nada, pero, tras encontrarme cara a cara con mis ejecutores en casa de Nate, no quiero arriesgarme. Es urgente la necesidad de estar a cubierto, con la espalda pegada a una pared. El edificio de mi derecha no parece tan antiguo. Me pregunto si lo habrán abandonado hace poco y empiezo a pensar que eso podría darme unos minutos para pararme y pensar. Para cobijarme durante un rato, solo hasta que me aclare las ideas.

Hay una puerta a un lado que está entreabierta. Me cuelo y me aseguro de cerrarla a mi espalda. El vistazo rápido que he echado antes de cerrar la puerta me ha permitido ver una estancia amplia que quizá antes fuera un vestíbulo, con dos pasillos que salen a los lados.

Pasan solo unos breves segundos de silencio hasta que oigo pisadas que se aproximan por el pasillo más alejado a mí. Así que el edificio no está abandonado después de todo.

—¿Quién ha cerrado la puerta? —pregunta alguien con fastidio. Un joven, a juzgar por el sonido de su voz, alguien que ha sido expulsado de varias escuelas privadas antes de instalarse aquí. Es sorprendente la cantidad de cosas que se pueden oír en las voces de la gente cuando una está asustada y a oscuras. Alguien con menos vocalización murmura algo en respuesta sobre otra puerta que hay en la parte de atrás. Tomo velocidad con la esperanza de llegar a esa puerta trasera antes que ellos. Ahora que sé que el edificio no está vacío, ya no anhelo el cobijo de las paredes a mi alrededor. Solo quiero escapar. Recorro el pasillo más cercano a mí y me alejo de las voces. No deseo conversar con una pareja de mocosos en un almacén abandonado en la Noche del Diablo. Su presencia aquí no resulta precisamente tranquilizadora.

Desde que Nate lo mencionó, he estado investigándolo. Tiene sus orígenes en los disturbios racistas de Detroit, tres de los cuales fueron tan devastadores que hubo que llamar al ejército para que pusiera fin a los incendios que asolaban la ciudad. Detroit se convirtió en el patio de recreo de un pirómano y la situación se agravó en los ochenta hasta el extremo de que la ciudad tuvo que tomar medidas. La Noche del Ángel se creó para contrarrestar el vandalismo y la violencia, pero los pirómanos siguen acudiendo aquí para prender fuego a las cosas. Tengo la sensación de que esos jóvenes, sean quienes sean, no piensan en el interés de la ciudad. Es curioso, pero deambular por un almacén abandonado de noche provoca esa sensación.

Me llega a la nariz un leve olor acre. Un rastro de algo que tardo unos segundos en ubicar. Es raro que tarde tanto tiempo en identificar el olor de la gasolina, entonces vuelvo corriendo por el pasillo hacia la puerta por la que he entrado. Está cerrada. El olor es más fuerte aquí, lo que me hace pensar que esta estancia es la última que han rociado. No puedo abrir la puerta. La golpeo con los puños y grito «Ayuda» hasta quedarme ronca. Si grito «Fuego», bueno, eso es lo que quieren que pase, ¿no es así? Utilizar la Noche del Diablo como excusa para ver arder las cosas.

Quizá sea porque en el motel grité que viene el lobo, pero esta vez nadie acude a rescatarme. Dejo de golpear la puerta y estoy a punto de volver al pasillo cuando oigo que algo se mueve al otro extremo de la habitación. Me quedo helada.

—Hola, Nora —dice Ryan Russo.

49

La visibilidad en la habitación es nula. Podría ser una metáfora de mi vida, si yo fuera la clase de persona que lee el horóscopo y cree en metáforas vitales. Lo que me afecta ahora es más que la ausencia de luz. Esa voz en la oscuridad es algo pesado, más pesado incluso que el olor a gasolina. Tropiezo con lo que parece ser un contenedor de plástico, que se desliza por el suelo.

En la oscuridad, siento que Russo vuelve su atención hacia mí. No es un búho. Es imposible que pueda verme. Pero percibo su mirada de todos modos. Llevo una de las pistolas en la cintura de los vaqueros, la otra en la mano. Le quito el seguro. Suena como un trueno en este edificio que parece una caja de resonancia.

—Oh, no querrás disparar una pistola aquí dentro —dice Russo—. Creo que esos chicos han rociado este sitio con gasolina y han encendido un fuego en el sótano. Probablemente quieran que sea un incendio lento, pero no querrás correr riesgos. No sabes si tienen botes de gas a presión o algo así, solo para asegurarse de que se extienda el fuego. Un solo disparo podría hacer que todo el edificio ardiese. ¿Por qué no bajamos las pistolas y charlamos un poco?

—¿Y si salimos de aquí entonces? —No sé si lo que dice es cierto, pero a mí me parece mentira. En cualquier caso, no veo ningún objetivo al que pueda disparar—. Deberíamos tomarnos un café —le digo—. ¿Cómo tienes la semana que viene?

—¿Yo? Estoy libre como un pájaro.

—Tienes mucho tiempo entre manos para acosar a las mujeres, ¿verdad?

Se ríe.

—Qué curioso que saques ese tema. He estado pensando mucho en tu madre últimamente —me dice. Oigo que se mueve en mi dirección. No lo veo, pero siento su mirada. Oigo sus pasos lentos y premeditados en el suelo—. A las mujeres les resulta difícil empezar una nueva vida. Son muy emocionales. Siempre se les escapa algo.

Lo que me llama la atención es la seguridad en sí mismo. Esto es algo en lo que se nota que ha pensado mucho.

—Las muy zorras están locas —le digo. Hay algo que me inquieta, pero no logro identificar qué es.

—No tienes idea de lo cierto que es eso. Te vi con Dania Nasri. Descubriste lo de tu madre, ¿verdad? Descubriste quién era. Después de tantos años desde que os abandonara a tu hermana y a ti... ¿Tienes idea de dónde está ahora? —me dice con una extraña suavidad en la voz.

Suena de un modo diferente.

La última vez que hablamos, estábamos en Vancouver y parecía perdido. Inseguro, incluso. Hay una gran diferencia con su manera de hablar ahora. Cuando habla de mi madre, su tono adquiere una cualidad muy distinta. Algo que ni toda la suavidad del mundo puede enmascarar. Algo que roza el odio.

Estoy tan distraída con el cambio de su voz que tardo unos instantes en asimilar la pregunta.

¿Sé dónde está la mujer que me abandonó de niña?

De pronto me doy cuenta de algo sorprendente. Me da un vuelco el estómago, como si me hubieran dado un puñetazo. Supongo que eso es lo que sientes al descubrir que has mordido el anzuelo.

En Vancouver, sus comentarios sobre mi padre me hicieron

tomar este camino. Lo que descubro al llegar al final del trayecto no tiene nada que ver con su carrera militar. Una parte de mí esperaba la trama de un *thriller* de aeropuerto, para ser sincera. Una especie de conspiración militar que atrapó a Sam Watts y le llevó hasta la muerte. Pero esta no es esa clase de historia. En el caso de Sam Watts, fue tan simple como un hombre que se enamora de la mujer equivocada. Punto. Fin. Porque era justo lo que parecía ser: un veterano de vuelta a la vida civil. Un veterano que volvió al país donde nació en busca de sus raíces; aunque, que yo sepa, nunca llegó a encontrarlas. Quizá el camino fuese más accidentado de lo que me creía, pero al menos lo intentó. Era un marido devoto. Un padre cariñoso. La clase de hombre que se muestra amable con las ancianas mezquinas y regala casas a sus hermanos serviles. ¿Podría ser que fuese maravilloso y muriese de todos modos? ¿Podría ser tan cruel la vida?

¿Podrían haberme hecho luz de gas todo este tiempo para desenmascarar a mi madre?

—Te presentaste en Vancouver porque sabías que vendría a buscar la verdad sobre mi padre. —Sigo con la pistola en la mano derecha y camino sin hacer ruido con el brazo izquierdo estirado hacia la pared más cercana. Entonces la utilizo como guía, en busca de cualquier puerta invisible. Avanzo despacio, porque el suelo está cubierto de detritus de varias clases. Piso algo gelatinoso, pero me niego a pensar en lo que podría ser.

—No. Con eso me pillaste por sorpresa. Pensé en buscaros y ver si vuestra madre se había puesto en contacto con vosotras después de todos estos años. No estaba preparado cuando te enfrentaste a mí, así que improvisé. Pero, cuando vi que mordías el anzuelo, pensé: «¡Qué manera tan perfecta de provocarla!». Que fueras por ahí haciendo preguntas. Nadie le negaría a su hija información si la tuviera. Sobre todo si esa puta sigue viva y se pone en contacto con alguien de por aquí.

Hay ciertas cosas para las que he perdido la paciencia con los años. Cada vez que oigo la palabra «puta» es como si me abofetearan con un pescado mojado. Uno recién salido de una bandeja de hielo en el mercado; un cuerpo frío y vacío que golpea donde más duele, para recordarme que soy un hueco, un espacio vacío donde debería haber una persona.

Un espacio vacío, parece ser, que se llena ahora con la incertidumbre.

Hay algo aquí que no tiene sentido.

—Entonces, si no estás intentando encubrir la muerte de mi padre, ¿por qué contrastaste a esos tipos para matarme?

—¿De qué estás hablando?

No respondo. Parece verdaderamente confuso. Pero, entonces, ¿quién ha estado intentando acabar conmigo?

No puedo permitirme seguir pensando en eso, porque ahora huelo el humo. No es humo denso, pero ahora se aprecia más que su acelerante. Russo tenía razón. Hay un incendio en algún lugar de este edificio, un incendio que sin duda estarán observando los dos pirómanos que se han largado a toda prisa. Seguro que están fuera, lo suficientemente lejos para poder observarlo sin resultar heridos. Demasiado lejos para oírme gritar, si acaso eso les importase algo.

Si Gloria Tate tenía razón y Russo sufrió graves quemaduras en la explosión de un coche bomba, ¿no debería estar aterrorizado?

Utiliza mi silencio para acercarse. Me hago una idea general de dónde está, pero no puedo ubicarlo con exactitud. Lo que espero es que a él le esté pasando lo mismo. Debería mantenerme en silencio porque mi vida podría depender de ello, pero no puedo evitar hablar. He llegado demasiado lejos para parar ahora. He intentado abandonar esta ciudad dejada de la mano de Dios y aun así él me ha encontrado, este hombre con las respuestas a las preguntas que tengo sobre mis padres.

—Cuando era pequeña, viniste buscando a mi madre. Cuando empezó a ampliarse la cobertura sobre la crisis de los rehenes, viste su foto en la boda de los Nasri y la reconociste. Dania Nasri te dijo dónde vivía, pero, cuando fuiste a Winnipeg, ya se había marchado. ¿Por qué esperaste para ir a buscarla?

Había pasado más o menos un año desde que mi madre habló con Dania Nasri hasta que mi padre murió. La respuesta me viene antes de que pueda hablar.

—Porque eras un yonqui. No podías gestionarlo.

Su rabia es como una cuchilla que corta la oscuridad.

—Seguía recuperándome de aquella explosión. ¿Sabes lo que les hacían por entonces a las víctimas de quemaduras? Te metían en una bañera, te limpiaban las quemaduras y te frotaban la herida abierta para librarse de la piel muerta y evitar la infección. Jamás he sentido un dolor así. Así que sí, tenía un problema, no estaba preparado para enfrentarme a esa zorra, pero sabía dónde estaba. Mi error fue pensar que se quedaría allí.

—Pensabas que la conocías.

—Nunca se conoce a una mujer —responde con un resoplido.

—Mmm, qué interesante. Me pregunto si la odias tanto porque sabía que eras ludópata y eso te trajo problemas en Beirut. —Se produce una pausa, así que sigo con la trama, porque me doy cuenta de que eso es lo que es. Al fin y al cabo, sí que hay algo de mi madre dentro de mí. Recuerdo lo que dijo Samson en el apartamento de Chicago: que Russo era el tipo de hombre que podría considerarse un objetivo—. Quizá le debías dinero a alguna gente y te pidieron hacer un par de favores. Quizá daba igual quiénes fueran, porque simplemente te gustaba la emoción. O podría haber sido solo por el dinero. ¿Para quién trabajabas en Líbano? ¿Para los soviéticos? Era la Guerra Fría. —Siento la garganta como si me la estuvieran raspando por dentro. Me pregunto cómo podrá seguir hablando con todo este humo, aunque quizá esté acostumbrado al dolor.

—¿Era? La Guerra Fría nunca acabó. Ahora se libra en un campo de batalla diferente —me dice, pero me doy cuenta de que le he puesto nervioso. Empieza a perder la seguridad en sí mismo. Ahora se parece más al hombre con el que hablé en Vancouver cuando me enfrenté a él. A la defensiva.

Por un momento se hace el silencio y, lo que hasta ahora era una intuición, adquiere una forma diferente. Tengo la impresión de que esa búsqueda incansable de mi madre no se debía a una pelea de enamorados. Kovaks dijo que Beirut había sido un lugar de intrigas. Russo era conocido por su sentido de la aventura, por su deseo de estar presente en todas las crisis internacionales.

Por muy descabellado que parezca, tiene sentido. Espero que haya algo de verdad en esa teoría de que hasta los malos más malos de todos a veces sienten la necesidad de fanfarronear, o de quitarse una carga en vista de una enfermedad terminal. Recuerdo entonces algo que me dijo Dania Nasri. Que había habido un hombre y que mi madre había visto su otra cara. Quizá no era una manera figurada de hablar.

—Mi madre vio algo, ¿verdad? Algo que no debería haber visto.

Creo que voy a asfixiarme antes de que hable. No me hace esperar mucho. Ambos sabemos que no nos queda mucho tiempo. En algún lugar, a la vista, se halla el final. Para mí, puede que sea este almacén. Para él, son los resultados del laboratorio que hay en ese sobre de papel manila. Una cadena perpetua.

Pasan los segundos y creo que va a tomárselo a broma, pero entonces habla. Con urgencia, como si hubiera estado toda su vida esperando este momento. Ese es el problema con los secretos. El conflicto interno que crean. Siempre hay una parte de ti que quiere revelarlos.

—Era una doncella —me dice con rapidez y la voz más áspera—. ¿Lo sabías? Cada semana limpiaba cierto apartamento de Beirut. Lo tenía alquilado un estadounidense y era... de interés para los rusos. Se suponía que era un refugio de la CIA. Querían acceder a él, pero nunca me dijeron por qué. Mi contacto solo me dijo que tal vez se mostrara más dispuesta a dejar entrar a un estadounidense. Cuando la conocí, todo cambió. Él pensaba que...

En ese momento vacila.

—Cuando nos conocimos, hice que pareciera un accidente. Hubo conexión entre nosotros. Ella quería mejorar su inglés, así que seguimos viéndonos allí los días que iba a limpiar. Tuvimos una relación, por si quieres saberlo. Un día mi contacto quiso que pusiera algo en el apartamento... Y me dio la impresión de que ella me vio hacerlo, pero no estuve seguro hasta más tarde.

Todavía ronda por mi cabeza la conversación con Dania Nasri. Mi madre preguntaba «¿Hay alguien ahí?» y después se partía de risa. Además había visto la otra cara de un hombre que la estaba utilizando. Aunque no sé por qué, sí sé que ahí reside el oscuro misterio de todo este asunto.

—¿Poner algo? ¿Te refieres a un micrófono oculto?

Paso la mano por algo que parece madera contrachapada. Detrás podría haber una ventana. Si consigo arrancarla, podría ser una salida.

Russo guarda silencio durante varios segundos.

—No sé cómo lo descubrió. Era... retorcida. Sí, me pidieron que pusiera un micrófono en ese apartamento y ella me vio hacerlo, pero no estaba seguro. Supongo que lo adivinó todo. La razón por la que había acudido a ese apartamento. Como una semana más tarde, justo antes de que volviéramos a vernos, me atracaron cuando volvía a casa.

—¿Cuando volvías del casino? —Es solo una premonición, pero nada más decirlo sé que es verdad. Él también lo sabe. Samson dijo que no hay nadie tan predecible como un ludópata, y tal vez mi madre lo supiera también.

—Chica lista —me dice con una admiración perversa—. Aquel día había ganado mucho dinero, volvía a casa y entonces me secuestraron y me robaron. No fue un accidente. La vida no funciona así. Habían estado espiándome, las personas a quienes ella se lo hubiera contado. Conocían mis costumbres. Me robaron, me echaron del coche cuando aún estaba en movimiento. No tenía ni idea de dónde estaba.

—Y al volver te encontraste con el coche bomba.

Pensaba que la visibilidad en la habitación no podía empeorar más, pero así ha sido. Hace tanto calor que quiero quitarme la ropa antes de salir corriendo en busca de una salida. Cualquier salida. Lo único que me detiene es lo que me ha traído hasta esta ciudad en un primer momento. Pese a todo lo que he pasado, sigo queriendo descubrir la verdad.

He clavado las manos en los rebordes externos del panel de madera y he tirado con tanta fuerza que noto que se me rompen las uñas y la sangre gotea de las astillas alojadas en mis dedos. Pero el contrachapado no se mueve.

—La subestimé. Era la única que podría haberlo averiguado. No sé quiénes eran esos tipos, pero daba igual. Todos los negros del desierto sois iguales. No se puede uno fiar de vosotros. —Esto último prácticamente lo escupe, con la respiración entrecortada. No sé si es por la falta de oxígeno o por otra cosa.

No es la primera vez que me insultan, pero sí la primera que el insulto se debe al origen de mi madre. Aunque tampoco me sorprende mucho. No se puede ser virgen para siempre.

—Fue más lista que tú. Y mataste a mi padre porque estabas enfadado con ella.

Russo hace una pausa. Como si estuviera intentando calmarse. Le oigo moverse, pero no hacia mí.

—Mira, fue un accidente. Había ido a hablar con tu madre. A mi modo de ver, me debía dinero. Como poco. Tu padre tenía una pistola. Traté de arrebatársela y forcejeamos. Se disparó.

Ahora estoy más furiosa que asustada. En la oscuridad, todo se desvanece salvo el humo asfixiante y el sonido de su voz. Lo oigo todo con claridad, incluso aquello que no sabe que está revelando.

Acaba de mentirme.

—Lo mataste con su propia pistola e hiciste que pareciera un suicidio.

Lo que he dicho de que Russo era una especie de espía era un farol. Una teoría que tiene sentido, dado lo que me contaron Mark Kovaks, Jules Dubois y Samson. Hasta que él me lo ha confirmado, no tenía pruebas y nada que perder intentándolo. La verdad es que me dan igual los micrófonos ocultos, el espionaje de la Guerra Fría o sus razones para perseguir a mi madre hasta el fin del mundo. Si hubo alguna vez lugar para ella en mi corazón, desapareció el día en que Lorelei y yo fuimos enviadas al sistema de acogida y nos vimos obligadas a defendernos solas.

Pero lo de mi padre es otra historia. Los problemas en los que se metió mi madre estando en Beirut llevaron a la muerte de mi padre. Este hombre asesinó al único padre que he conocido jamás y mi hermana y yo nunca nos recuperamos. No, quizá Lorelei sí se recuperó. Agotada, tras días sin apenas dormir, mirando constantemente por encima del hombro, me doy cuenta de que ella se recuperó y siguió con su vida. Por eso es capaz de colgarme el teléfono con esa autoridad. Soy su pasado y ya no le importa. Pero yo jamás he sido capaz de dejarlo correr.

—No pensé que abandonaría a su familia —me dice—. Eso te demostrará qué clase de mujer era tu madre. ¿Sabes cuál solía ser mi mayor miedo?

Estoy respirando ahora a través de la manga de la camisa. El humo hace que me escuezan los ojos. Los tengo medio cerrados, casi no puedo mantenerlos abiertos.

—Lo que tiene la vida es que se supone que debes haberla entendido cuando llegas a mi edad. Tú tampoco eres joven, así que debes de hacerte una idea de lo que estoy hablando.

Ahora me toca a mí mantenerme callada. Continúa de todos modos. Siento que se acerca.

—Antes me aterrorizaba el fuego. Era tan grave que ni siquiera podía acercarme a una chimenea en invierno. Ni oír el chasquido de una cerilla. Las cicatrices... no te haces idea de las cicatrices.

—Parece calmado. ¿Cómo puede estar tan tranquilo cuando estamos a punto de quemarnos vivos?—. Pero ahora solo siento alivio. Quizá esto sea lo que debería haber ocurrido en Beirut.

Siento el horror que crece dentro de mí. No planea salir de aquí con vida, llevar una vida llena de dolor y diálisis. Este es su último acto. Tal vez hubiera sido diferente si yo hubiera sabido dónde está mi madre. Tal vez no habríamos quedado aquí atrapados porque aún le quedaría algo de venganza por la que vivir. Pero nunca he tenido tanta suerte y, según parece, él tampoco.

Siento que se acerca, pero no veo gran cosa. Llego a una puerta y me dispongo a atravesarla corriendo cuando noto que me agarra de la espalda de la chaqueta y me tira al suelo. Es más fuerte de lo que esperaba. Se me resbala la pistola de la mano cuando caigo. Siento el roce de sus dedos en el brazo.

Me apunta a la cabeza con otra pistola. Como hice yo con el joven al que amenacé en casa de Nate, como hizo Russo previamente con mi padre.

El aire es más denso. Apenas puedo respirar. El pasillo está lleno de humo. «Has dicho... una explosión...». Dejo escapar una tos seca que sacude mi cuerpo. Lo único que me mantiene despierta es el metal frío contra la sien. Me dan ganas de pegarme más a él. No puedo verlo. Es una voz en la oscuridad, al otro extremo de la pistola.

Su voz, cuando habla, suena amortiguada, como si estuviera hablando a través de la manga. Se acerca mucho, hasta mi oído. Lo noto, noto su odio. Lo percibo en su aliento y me eriza el vello de la nuca.

—He mentido.

Por supuesto.

—Sigo esperando a que aparezca tu madre para salvarte —me susurra, acaparando el poco oxígeno que queda en el edificio—. Pero supongo que no le importa.

Pienso en los resultados del laboratorio que encontré en el apartamento. Y entiendo ahora por qué me ha mantenido aquí todo este tiempo, poniéndose en peligro él también. A él tampoco le importa. Está dispuesto a morir con sus condiciones y a llevarme a mí con él. Porque ha llegado demasiado lejos para morir solo.

Me río. Me ahogo y me río un poco más.

—Eres... otro perdedor. Como yo. —La última palabra no es más que un susurro que me sale con esfuerzo por la garganta seca, pero sé que me ha oído. Que sabe tan bien como yo que es la verdad.

Aprieta el gatillo. La pistola se atasca. El edificio no explota.

La segunda pistola que llevaba en la cintura del pantalón está ahora en mi mano. Le quito el seguro y me apoyo contra la pared. Russo me aparta la mano justo cuando aprieto el gatillo.

Se oye un fuerte estruendo. Una parte del techo se derrumba sobre mi hombro. Trato de apartarme gateando, pero no tengo suficiente oxígeno. Quizá es que ya no queda. Creo que estoy en la puerta. No sé dónde está Russo, pero ¿acaso importa?

Cuando Dania Nasri dijo que oía *London Bridge* de fondo mientras hablaba con mi padre, algo se despertó en mí. El recuerdo de una cajita de música de color rojo. Recuerdo que mi padre le daba cuerda para mí y eso me hacía feliz. Creo que eso debe de ser amor.

Se produce otro estruendo sobre mi cabeza y entonces todo se viene abajo.

50

Brazuca se arrepiente de la cantidad de café que ha estado bebiendo. Cree que debería haber sido *kombucha*. Ha estado controlando el consumo de *kombucha* por el precio elevado, aunque ahora puede permitírselo. Pero, como siempre, ya es demasiado tarde. Se ha apartado del camino saludable y las paredes de su estómago están pagando por ello. De camino al aeropuerto, prueba a llamar a Nora otra vez. Salta el buzón de voz, pero está lleno. Probablemente con mensajes suyos. También ha estado escribiéndole, pero sin obtener respuesta.

Llevado por un impulso, entra en un barrio residencial de Richmond y aparca frente a una casa de dos plantas. Las luces están encendidas y ve sombras moverse detrás de las cortinas. Abre la puerta un hombre unos diez años más joven que él. Va vestido con una camisa abotonada y unos pantalones de vestir, y lleva el pelo peinado hacia atrás.

—¿Qué sucede? —pregunta el hombre al verlo.

Brazuca arquea una ceja.

—He venido a ver a Grace. Soy un amigo.

—Ah, pensé que eras policía. Perdona. Supongo que tienes esa clase de cara. —El hombre le hace pasar y le conduce hasta el salón—. Grace no me había dicho que hubiera invitado a amigos, pero bienvenido.

Grace los mira desde el sofá. Hay un puñado de personas con ella, que supone que serán parientes porque no ha invitado a amigos como él. Desaparece la sonrisa de su rostro al verlo. Se excusa, se acerca a él y lo arrastra hacia la puerta. No es nada sutil.

—¡Encantado de conocerte! —grita el hombre que le ha dejado entrar.

—¿Ese es tu novio? —pregunta Brazuca cuando se quedan a solas y la puerta se ha cerrado entre ellos y la fiesta que se desarrolla dentro.

Grace lo mira con rabia y se lleva las manos a las caderas. Esta noche lleva un vestido que le queda bien, pero no es tan interesante o deslumbrante como el modelito azul de su hermana. «¿Me estás acosando?».

—No —responde levantando las manos—. Voy a estar fuera un tiempo y quería darte algo. —Le entrega la memoria USB que le había dado ella antes.

Grace la agarra de manera automática y la observa.

—¿Mi documentación?

—Y mi informe sobre la muerte de tu hermana. Todo lo que tengo está ahí. Decías que querías saberlo.

—Sí, supongo que sí. —Afloja las manos y se apoya en la barandilla—. Tienes muy mal aspecto.

—He tenido un par de días malos. —Lo cual es quedarse corto.

—Yo también he estado ocupada. Por fin he terminado de limpiar el apartamento de mi hermana. Esta es la primera noche que estoy aquí desde que murió. Estamos celebrando el nuevo trabajo de mi prometido. Es abogado.

—¿El que me ha abierto la puerta?

—Sí —responde mientras da vueltas al anillo que lleva en la mano izquierda, un anillo que no estaba presente en sus anteriores encuentros con ella.

Le agarra la mano y desliza la yema del pulgar por la alianza.

—¿Cómo es que no llevabas esto cuando nos conocimos?

—No lo tenía cuando nos conocimos. Tras la muerte de mi hermana, decidimos tomarnos un descanso. Pero supongo que pensó que era hora de dar un paso hacia delante. Dijo que no quería estar lejos de mí. Me pidió matrimonio anoche.

—Enhorabuena.

—¿Lo dices en serio? —le pregunta sorprendida.

—Desde luego.

Grace vacila unos instantes y después toma una decisión. Le devuelve la memoria USB.

—Has hecho todo este trabajo, has averiguado quién era su camello, estuviste vigilando ese estúpido bar y descubriste de dónde sacaba la mercancía esa mujer, quién era su jefe y el jefe de su jefe. ¿Y sabes lo que pienso? ¿Qué importa todo eso? Mi hermana ha muerto. Estaba triste, se drogó y murió. Nada de esto explica por qué hizo lo que hizo, por qué no pidió ayuda para su problema.

—¿Tú la habrías escuchado?

Se queda callada un momento.

—Tal vez sí, tal vez no. Pero ya nunca lo sabremos, ¿verdad? Tengo que irme, Jon. Pero gracias por... —Pierde el hilo de pensamiento. Quizá no se le ocurra nada más por lo que darle las gracias.

—Sí. Cuídate.

—Tú también. —Le da un beso rápido y furtivo en la mejilla antes de volver a entrar en casa.

Observa la ventana del salón desde el coche durante un rato, después se dirige al aparcamiento de larga duración del aeropuerto. Esta noche no hay luna. No hay estrellas que mirar. Tanto mejor. Según parece, el Tim Hortons del otro lado de la carretera no vende *kombucha*, así que vuelve a beber café. Hay un vuelo a Atlanta con escala en Detroit que sale dentro de un par de horas. Pero no se decide a salir del coche.

Le llega una llamada por el manos libres. Un número de Toronto.

Se siente aliviado por un instante. Toronto está cerca de Detroit. Tal vez Nora haya llegado hasta allí y por fin haya decidido devolverle la llamada.

—¿Oiga? —dice una voz de mujer joven cuando responde.

—Soy Brazuca.

—Eh, verá, no sé si me recuerda. Le vi en el hospital el año pasado cuando encontraron a mi madre… eh, a mi madre biológica, quiero decir. Nora. Usted me dio su tarjeta y me dijo que le llamara si recordaba algo de…

—De cuando te secuestraron —le dice a Bonnie, la hija de Nora.

—Sí. Verá, he recordado algo. Es un tatuaje que vi en su brazo. En el brazo de mi…

—Entiendo —le dice con suavidad. Fue su propio padre quien la había secuestrado el año pasado cuando desapareció. Eso es lo que ha estado a punto de decir. Mi padre—. Kai Zhang.

—Sí. He estado dibujando su tatuaje inconscientemente. En realidad me acabo de dar cuenta.

—¿De qué era el tatuaje?

—Unas garras de pájaro. Puedo enviarle un dibujo si quiere.

—Sí, por favor.

Se queda callada unos segundos, entonces Brazuca ve el mensaje en la pantalla cuando lo recibe.

—Hay algo más —dice Bonnie cuando vuelve a ponerse al teléfono—. El otro tipo, el calvo que a veces era el encargado de vigilarme.

—Se llama Dao.

—Ah. Dao. Bueno, pues se enfadó mucho cuando lo vio. Pensé que tal vez mi… Kai… no debería haberse hecho ese tatuaje. Discutieron por eso durante un tiempo, pero no entendía lo que decían.

—De acuerdo, está bien que recuerdes todo eso. Muchas gracias por decírmelo.

—Sí, es que... estoy preocupada por Nora —dice la chica—. Me envió una foto. De su cara. Se hizo un selfi. Normalmente suele salir Whisper y ahora... es raro. Tengo la sensación de que...

—Seguro que está bien —le dice él, aunque no se imagina a Nora haciéndose un selfi por nada del mundo.

—En su tarjeta dice que es usted detective. ¿Puede encontrarla y decirle que me llame? No responde al teléfono y lo haría yo misma, pero estoy en Toronto.

—Estoy retirado, cielo.

—No me llame así —le dice con la voz aguda—. Le pagaré.

El año pasado, en el hospital, estaba recuperándose de su propio trauma, del cautiverio a manos de su padre biológico, un hombre al que nunca había visto antes de que la secuestrara. Bonnie había acudido al hospital a ver a Nora, que pasaba parte del tiempo inconsciente y, cuando se despertaba, decía cosas sin sentido. Bonnie salió de la habitación devastada. Sus padres adoptivos, Lynn y Everett, le habían pasado los brazos por encima de los hombros y la chica estaba llorando. Nora no la había reconocido. Bonnie había levantado entonces la cabeza y lo había mirado a los ojos. Así que le dio su tarjeta y le dijo que se pusiera en contacto con él si recordaba algo.

Pasados unos segundos de silencio, la chica suspira y, con un tono de ofensa, uno que solo un adolescente tendría el valor de emplear, le dice: «Vale. Buscaré a otro».

Tras colgarle el teléfono, Brazuca se queda mirando la foto del boceto que le ha enviado. Es fascinante. Una garra siniestra con lo que parece ser sangre que gotea de ella.

Si fuese la clase de hombre que hace gráficas, habría una línea que conecta a los Triple 9 con los moteros de Parnell, y otra que conecta a los moteros y a los Triple 9 con el desaparecido Jimmy Fang y su grupo Three Phoenix, radicado fuera de Hong Kong. Representando al grupo Three Phoenix estaría un símbolo con tres garras de pájaro ensangrentadas. Como las que vio en la pantalla del ordenador de Lam, en la foto de Jimmy Fang. El tatuaje de las tres garras era el más llamativo de Fang. Bonnie solo había visto parte del diseño, pero fue suficiente para enfurecer a Dao. Dao, un hombre tan peligroso que hasta Bernard Lam parecía haber estado a punto de mearse encima cuando hablaba de él. Un hombre que, al igual que Jimmy Fang, podía desaparecer sin dejar rastro. Tenía buenos contactos.

A Brazuca no le cabe duda de que Dao sigue vivo y guarda rencor hacia Nora. Al fin y al cabo ella es la mujer que mató a Kai, el hijo de su jefe, y estuvo implicada también en la muerte de la esposa de Kai. Si hubiera estado implicada en la muerte de Ray Zhang, aunque de manera indirecta, ¿eso habría bastado para enfurecer a Dao?

¿Sería posible que, cuando Nora abandonó el país, ya no fuera suficiente con tenerla controlada? ¿Que tal vez Dao hubiera visto la oportunidad de vengarse en una ciudad tan peligrosa como para que una mujer canadiense asesinada no resultase algo destacable?

Cuanto más lo piensa más descabellado le parece.

Sentado en el coche viendo aproximarse un avión, recibe otra foto de Bonnie. Es la cara de Nora. Cansada, demacrada, con un mechón de pelo sobre la frente. Tiene las comisuras de los labios ligeramente levantadas, la sombra de una sonrisa, aunque su mirada es directa y sus ojos carecen de luz. Como de costumbre.

Se queda largo rato contemplando la foto, incapaz de entender por qué le inquieta tanto. Hasta que se da cuenta. Lo que le preocupa, lo que le hace salir del coche y subirse en la lanzadera que le llevará a la terminal, es que Nora lo ha intentado.

51

A lo lejos, oigo preguntar a una mujer, «¿Está viva?».

Responde un hombre. «La he encontrado en el umbral de una puerta. La pared se había derrumbado a su alrededor».

—¿Una okupa? —pregunta la mujer.

—No, una voluntaria de la Noche del Ángel.

Recuerdo una camiseta de neón. Estoy tumbada boca arriba y me llevan en camilla a alguna parte. El trayecto parece pedregoso. El suelo es irregular. Las ruedas se quedan enganchadas en algo y se niegan a moverse. Junto a mi cabeza oigo maldecir a un hombre. «Mierda», dice. «Maldita chatarra».

Le oigo alejarse. Hay luces brillantes que destellan tras mis párpados cerrados. No quiero abrirlos, pero de pronto recuerdo que estoy en Detroit y parece que estoy atada a una camilla. Me imagino las facturas médicas desorbitadas de Estados Unidos. Ir a un hospital en este país con mi presupuesto no es una opción. Desato instintivamente las correas que me sujetan. Me bajo de la camilla y caigo al suelo de rodillas. Las piernas no me funcionan. Veo los escombros de un edificio y me viene todo a la cabeza.

Me pregunto dónde estará Ryan Russo.

Cuando parpadeo para despejarme la vista, encuentro la respuesta. A mi izquierda hay otra camilla, pero esta tiene encima una bolsa con un cuerpo dentro. La imagen de las facturas médicas es reemplazada por las rejas de la cárcel. Así me doy cuenta de que, aunque Russo haya muerto, tengo un enemigo muy poderoso en este mundo. Mi imaginación establece algunas relaciones que al principio me parecen improbables, pero no logro quitármelas de encima. Me nace dentro una especie de certeza. Desde el principio he pensado que me perseguían porque estaba indagando en el pasado de mi padre, pero esto no tiene nada que ver con él. Me lo he buscado yo misma. Solo hay una persona que tendría tantas ganas de verme muerta como para poner precio a mi cabeza, que incluso tendría los recursos para encontrarme en Detroit. Fui responsable de la muerte de dos personas el año pasado, ambas pertenecientes a la familia acaudalada para la que él trabajaba. Dao. Pero un hombre como Dao, de encontrarse en Estados Unidos, lo habría hecho él mismo. Así que no está en Norteamérica, pero está vivo. Esa es la única explicación que tengo, por descabellada que parezca. Pero me parece correcta. Me parece cierta.

Las luces de un coche que se acerca por la calle me recuerdan que llamé a Sánchez desde casa de Nate. Pero no sé dónde está mi teléfono.

Tengo que largarme de aquí.

Las piernas no me sirven de nada, así que me arrastro a cuatro patas hasta el final de la parcela, donde la hierba llega casi hasta la cintura. El coche se detiene junto al bordillo y de dentro sale Sánchez. Va hablando por el móvil. Escondida, le veo negar con la cabeza al ver la camilla vacía y mira a su alrededor, confuso. Le grita algo a un bombero que hay a lo lejos y después avanza con cautela hacia el almacén. La parte trasera del edificio sigue en llamas.

Desde la hierba de fuera lo veo arder. Hay algo malo y al mismo tiempo algo hermoso en ello. A lo lejos se oye la sirena de otro camión de bomberos.

Empiezo a reírme. Algo ha explotado dentro de mí.

Para mí el infierno está frío. Lo que está sucediendo es purificador. Pronto este edificio se derrumbará y algo nuevo ocupará su lugar. Cierro los ojos y espero a que suceda.

52

La última vez que Brazuca anduvo buscando a Nora, fue en las tierras salvajes de Vancouver Island. Por entonces su cojera estaba tan mal que apenas podía caminar por los senderos sin sentir latigazos de dolor que le subían por la pierna. Simone le había animado a ir a buscarla, ayudado por Whisper. No habría encontrado a Nora de no ser por la perra, y ahora desearía habérsela llevado consigo a Detroit, aunque solo fuera para tener compañía. Había sido un golpe de suerte obtener una pista en el primer motel del centro de Detroit que había visitado. La mujer bizca de la recepción se había mostrado más habladora en persona que por teléfono. Una tarjeta de visita le condujo hasta el detective que había hablado con Nora sobre el intento de robo en su habitación. Un detective saturado de trabajo que, según descubrió Brazuca, pensaba que la vida de Nora corría peligro, pero que también creía que ya no era problema suyo.

Sentado junto a Sánchez en un banco duro de un hospital de Detroit, escucha la grabación de Nora enfrentándose a dos asaltantes armados en una casa propiedad de un joven cantante de *blues*. El mensaje se interrumpe de manera abrupta y se oyen sus pasos corriendo.

Cuando termina la grabación, Sánchez le mira.

—Esto fue anoche. Al principio pensamos que estaba herida y buscaría ayuda. Creemos que el fuego que ha acabado con el edificio donde la encontraron fue originado por dos chavales que un testigo vio por la zona, observándolo. Vertieron gasolina por todo el edificio, usaron una vela para encender el fuego y colocaron alrededor latas de disolvente para que, al calentarse, explotara y mantuviera activo el fuego. Rudimentario, pero funcionó. Ardió todo el edificio. Había escombros por todo ese basurero. Los paramédicos con los que hablamos dijeron que tenía suerte de estar viva; se había arrastrado hasta una puerta y parte del techo se había derrumbado a su alrededor. Pensaban que al final se presentaría en algún hospital.

—Pero no ha sido así —dice Brazuca, porque se trata de Nora y sabe que no haría eso.

Sánchez se encoge de hombros.

—No es su estilo, imagino, buscar ayuda. Hemos detenido a los tipos responsables del ataque a Nate Marlowe gracias a un chivatazo. Uno de ellos ha confesado y ha identificado al otro como el que disparó. Así que el caso está cerrado.

—Pero...

—Pero quien fuera que puso precio a la cabeza de tu chica sigue suelto. Esos tipos no dicen nada sobre sus superiores. Saben que, si hablaran, estarían muertos.

Al final del pasillo hay un hombre luchando por su vida debido a todo este lío. Brazuca se había mostrado reticente cuando Sánchez le pidió reunirse aquí, porque no logra quitarse de la cabeza la imagen del cuerpo inerte de Seb Crow. No se olvida de Krushnik y su dolor. Pero ahora entiende la decisión de verse aquí. Lo más probable es que Sánchez pretenda hacerle entender lo que alguien como Nora puede hacerle a un hombre que baja la guardia. Como si no lo supiera ya.

El detective de Detroit también podría andar buscando alguna información que le ayudase a atar los cabos sueltos.

Ven a una enfermera que empuja a un chaval dormido en silla de ruedas por el pasillo y desaparece al doblar una esquina.

—No es mi chica —dice Brazuca tras una pausa. Solo la idea le ha producido cierto grado de ansiedad—. Estoy buscando una relación con la tríada. ¿Has oído hablar de los Three Phoenix? Tienen base en la costa oeste, pero están vinculados con Hong Kong.

Sánchez niega con la cabeza.

—No me suena, tío. Pero te digo una cosa: estos tipos no tenían profesionalidad suficiente para la tríada, sobre todo una que opera internacionalmente. Nora se les ha escapado tres veces. Ha sido una chapuza.

Brazuca le sonríe. Por lo que le ha explicado Sánchez, parece que Curtis Parnell había contratado a las personas equivocadas. Y una cagada de esa magnitud tendría consecuencias.

—Quizá, pero no conoces a Nora.

No le sorprende que encontrara una manera de escapar. Una vez la había llamado superviviente y eso es lo que es, pero no sin consecuencias. La prueba de su asombrosa capacidad para evitar la muerte yace en una cama de hospital al final del pasillo. Los desechos que deja a su paso.

—¿Marlowe sobrevivirá? —le pregunta a Sánchez.

El otro detective parece elegir sus palabras con cuidado.

—No lo sé. Eso es lo que he venido a averiguar. Se supone que ni siquiera debería estar trabajando en este caso. Soy de la Unidad Antirrobos. Este asunto ya no es de mi incumbencia. —Se detiene y parece debatirse con algo en su interior—. Entonces ¿no tienes idea de dónde podría haber ido?

—No.

Brazuca no quiere pensar en Nora a la fuga. Nora asustada, sola. Con un poderoso enemigo pisándole los talones, un enemigo que ha vuelto a subestimarla. Pero está viva. Al menos eso es algo a lo que aferrarse. Algo que puede decirle a su hija.

Con una despedida abrupta, deja al detective de Detroit en el banco y sigue el camino que ha seguido la enfermera. Se asegura de evitar pasar por la habitación donde Nate Marlowe yace en estado crítico con una perforación en el pulmón. El recordatorio evidente de una vida en la cuerda floja.

No está seguro de la relación que Marlowe tenía con Nora, no se ha molestado en preguntárselo a Sánchez, pero el hecho de que esté al borde de la muerte por culpa de su peligroso pasado le basta para moverse con más rapidez. Si fuera un hombre diferente, se pararía a pensar por qué…, bueno, se pararía a pensar, punto. El nuevo capítulo de su existencia ha quedado enturbiado por el café que ha estado bebiendo como si fuera el elixir de la vida. Enterrado también bajo la montaña de calorías de una hamburguesa con queso que se comió hace una hora.

Así que no se detiene.

Sabe que, si lo hace, una joven atormentada podría perder a su madre. Ha visto tantas pérdidas en su vida que no soporta esa idea.

Le sorprende descubrir que el sol se ha puesto mientras estaba en el hospital con Sánchez. El cielo nocturno es tan denso que no se ve ninguna estrella. Lo cual le parece bien, aunque amenazante. El sonido de las pisadas aceleradas de Nora sobre el asfalto le lleva de vuelta a Vancouver, donde Bonnie había visto un tatuaje que no debería haber visto y donde se perdía el rastro de los Three Phoenix.

53

Algunos detalles aparecen borrosos, pero recuerdo despertarme en el suelo poco antes del amanecer. ¿Fue ayer? Me parece que hace siglos. En el bolsillo de la chaqueta encontré el pasaporte y la cartera, con una llave de latón guardada dentro. Tardé un minuto en reconocerla. Pertenece a una casa, en algún lugar lejano. Quizá no abra nada; no lo sé.

No quiero esta llave, pero sé a quién dársela. Me alejé a rastras de esas ruinas hasta que recuperé la fuerza, entonces me puse en pie y empecé a caminar. Dejé mi identidad en aquel edificio en llamas. ¿Nora quién? Esa mujer tiene enemigos, unos que aún la persiguen. Quizá esos enemigos piensen que ha fallecido en el incendio. Quizá ahora se rindan.

Incluso aunque no lo hagan, ahora mismo eso no me importa. Tendrán que atraparme y no se lo pondré fácil, ahora que sé que siguen buscando. Dao, el hombre que estoy convencida de que va detrás de mí, ha mostrado su debilidad; y, si cree que la venganza no es una debilidad, debería echar un vistazo a Ryan Russo.

Por el momento, sigo moviéndome, en las sombras. Sin llamar la atención. Recuperando la fuerza. La muerte me rodea aquí en Detroit, pero no me quedaré mucho tiempo. Quizá sea una ilusión, pero tengo una llave que entregar.

Ansío tener a Whisper a mi lado, como siempre, pero está conmigo en espíritu. La veré dentro de poco y nos sentaremos en los acantilados y contemplaremos el océano. Pensaremos en Seb y comeré *pad thai* mientras ella mordisquea un hueso. Nos pondremos gordas las dos y quizá entonces ya no haya más secretos entre Leo y yo.

En el almacén en llamas estaba preparada para que todo acabase, pero todavía no ha acabado. Soy como el héroe en una absurda novela bélica. Aquí, montada en una canoa, alejándome con los remos. Salvo que estoy en otra calle mugrienta de Detroit y apenas puedo poner un pie delante del otro.

No hay canoas en mi futuro, pero sí hay un puente grande. A unas pocas horas después de cruzarlo, hay una chica a la que tengo que ver. Para entregarle una reliquia del pasado, una que ha atravesado continentes y ha sobrevivido a incendios. Alguien debería tenerla, pero ese alguien no soy yo. Le hablaré a la chica de mi padre, que era una buena persona, un ser humano decente que se enamoró de la mujer equivocada. También le hablaré de mi madre, que era una zorra fría que se marchó sin mirar atrás. Tiene una tía en Vancouver que me odia, pero tal vez no la odie a ella. No es una historia perfecta, pero es nuestra historia si la quiere.

La llave está caliente al tacto, así que la aprieto en la palma de la mano. Necesito acumular todo el calor que me sea posible para el camino.

Tengo un puente que cruzar.

AGRADECIMIENTOS

Agradezco el apoyo de Miriam Kriss, Lyssa Keusch, Kate Parkin, Katherine Armstrong y del maravilloso equipo de William Morrow y Bonnier Zaffre.

Muchas gracias a las personas generosas que me dieron su tiempo y sus conocimientos: Sunni Westbrook, David Predger, Nadeen El-Kassem, Munir El-Kassem, Jim Compton, Linda L. Richards, Sarah Yu, Aysha Alkusayer, PH, Tiffany Morris, Debra Malandrino y Andrew Mockler.

Un gran número de textos apoyaron mi documentación, demasiados para nombrarlos todos, pero quería recordar tres en particular: *Sabra and Shatila*, de Bayan Nuwayhed al-Hout, *Spy Handler: Memoir of a KGB Officer*, de Gregory Feifer y Victor Cherkashin, y *Pity the Nation*, de Robert Fisk, donde conocí La Trama, en relación con Líbano.

Gracias en especial a mi asesor de la policía, Ira Todd, que se desvivió por mí en Detroit. Amigo, este libro no habría sido lo mismo sin ti.

www.ingramcontent.com/pod-product-compliance
Lightning Source LLC
LaVergne TN
LVHW091628070526
838199LV00044B/990